문학교육의 방법과 실제

정현숙

춘천에서 출생하여 강원대학교 사범대학 국어교육과를 졸업하였다. 이
화여자대학교 대학원 국어국문학과에서 문학 석사와 문학 박사 학위를 받
았다. 현재 한림대학교 아시아문화연구소 연구교수로 있다.

주요저서로 『박태원문학연구』 『한국현대문학의 문체와 언어』 『한국현대
작가연구』(공저) 『중국조선족 문학의 어제와 오늘』(공저) 『김유정과의 산책』
(공저) 등이 있다.

문학교육의 방법과 실제

인쇄 · 2014년 11월 1일 | 발행 · 2014년 11월 6일

지은이 · 정현숙
펴낸이 · 한봉숙
펴낸곳 · 푸른사상사
주간 · 맹문재 | 편집 · 김선도

등록 · 1999년 7월 8일 제2-2876호
주소 · 서울시 중구 충무로 29(초동) 아시아미디어타워 502호
대표전화 · 02) 2268-8706(7) | 팩시밀리 · 02) 2268-8708
이메일 · prun21c@hanmail.net
홈페이지 · http://www.prun21c.com

ISBN 979-11-308-0302-9 93810
값 22,000원

현대문학연구총서 35

The teaching method and reality of literature education

문학교육의 방법과 실제

정현숙

education

푸른사상
PRUNSASANG

이 책은 주로 문학교육의 구체적인 방법론에 대해 관심을 갖고 살펴본 글을 모은 것이다. 그동안 대학에서 문학교육을 강의하면서 문학을 어떻게 가르칠 것인가, 국어교사를 지망하는 학생들에게 문학교육에 대하여 어떤 방향을 제시해야 하는가 하는 본질적인 문제에 대하여 나름대로 고민해 왔다. 고민하는 과정에서 몇 편의 논문을 썼고, 그것을 책으로 묶어 내놓는다.

1부는 교과서와 문학교육에 관련된 내용을 다룬 글 두 편을 실었다. 「국어 교과서의 문학교육에 대한 비판적 검토─「메밀꽃 필 무렵」을 중심으로」은 2011개정 교과서에 수록된 「메밀꽃 필 무렵」을 대상으로 문학교육 현장에서 어떻게 수행되고 있는가를 구체적으로 짚어보았고, 「일제 강점기와 해방직후 어문교육의 한 양상─박태원을 중심으로」는 박태원이 일제강점기에서 해방직후에 이르는 시기에 어떤 방법으로 어문교육에 참여하였는지를 작품과 교과서를 중심으로 살펴보았다. 2부는 「문학교육과 문학치료─『우리들의 행복한 시간』을 중심으로」「문학

문학교육의 방법과 실제

교육의 현장, 문학관과 문화 콘텐츠」「대학 글쓰기 교육의 실제─한국
과 미국 대학을 중심으로」 등 세 편을 실었다. 「문학교육과 문학치료─
『우리들의 행복한 시간』을 중심으로」는 독자수용비평을 원용하여 문학
치료의 구체적인 방법론을 제시하였고, 「문학교육의 현장, 문학관과 문
화 콘텐츠」는 문학관이 문학교육의 확장이라는 기능에 충실하기 위한
방법론을 모색해 보았으며, 「대학 글쓰기 교육의 실제─한국과 미국 대
학을 중심으로」는 대학의 글쓰기 교육에 주목하여 우리나라 작문교육
프로그램이 미국 대학과 어떻게 다른지에 대하여 논의하였다. 3부는
「현대소설에 나타난 재만 조선인의 삶─강경애의 「소금」을 중심으로」
「이효석 소설의 기교와 서정성」「고전 다시 쓰기의 의미─김유정과 박
태원의 「홍길동전」을 중심으로」 세 편의 글을 실었다. 「이효석 소설의
기교와 서정성」은 시적경지의 소설을 지향하는 이효석의 소설론의 요
체는 무엇인지 그리고 그것이 실제 작품에 어떻게 반영되어 있는지를
살펴보았으며, 「고전 다시 쓰기의 의미─김유정과 박태원의 「홍길동전」
을 중심으로」는 패러디한 소설의 의미를 짚어보았고, 「현대소설에 나타

「재만 조선인의 삶―강경애의 「소금」을 중심으로」는 재만 조선인의
간고한 삶에 반영된 여성성을 조명해 보았다.

　책으로 묶기 위해 다시 손을 보았지만, 여전히 부족함이 많다. 부끄
러움은 앞으로 노력하면서 보완하리라 다짐한다. 그동안 도움을 주신
여러 분들께 감사드리며, 또한 무리한 부탁을 기꺼이 들어주신 한봉숙
사장님께 감사를 드린다.

2014. 11
정 현 숙

제2부 » 문학교육의 확장

제3부 » 현대소설의 지평

제1부

———

교과서와 문학교육

국어 교과서의
문학교육에 대한 비판적 검토
—「메밀꽃 필 무렵」을 중심으로

1. 서론

문학교육은 문학 능력의 향상을 통하여 인간다움을 성취하는 교육활동이다. 문학교육의 정의는 이처럼 간단하지만 그 이해와 수행의 시각은 결코 한결같지 않다.[1] 그것은 문학교육이 '문학'과 '교육'의 단순한 결합이 아닐 뿐만 아니라 접근과 방법 또한 단순하지 않기 때문이다. 문학교육학의 출범은 이러한 문학교육의 고유한 독자성으로부터 비롯된 것이었다. 문학교육학의 정립과 함께 그간 문학교육학의 정체성과 향방, 이론체계 수립, 방법론의 모색 등 실로 다양하고 심도 있는 논의들이 꾸준히 전개되어 왔다. 그런데 문학교육학이 문학교육 현실과 유리되어 있고, 문학교육학의 연구 결과가 문학교육 현장에 투입되지 않는다는 비판이 있어 왔으며, 특히 문학교육학의 연구 결과에 대해 현장 교사들이 한결같이 현장을 모른다고 불만을 토로하는 현실은 문학교육학

---

1) 김대행 외, 『문학교육원론』, 서울대학교 출판문화원, 2011, 5쪽.

이 문학교육 현장을 이끌어가지 못하고 있음을 단적으로 보여주는 것[2]이라는 지적이 있다. 자명한 사실이긴 하지만 문학교육에서 중요한 것은 이론과 실제를 순환적으로 확인하고 보완하는 작업이다. 실제 교육 현장과 동떨어진 이론이나 이론에 바탕을 두지 않는 실제는 사실상 둘 다 공허한 것이기 때문에 무엇보다 상호 교류와 협조 작업이 필요하다.

이러한 점에 주목하여 그동안 다양한 노력들이 지속되어 왔고 그것에 대한 검토와 비판이 폭넓게 이루어져 왔음에도 불구하고 현재 우리의 문학교육은 여전히 눈여겨보아야 할 부분이 많다. 대학생들의 문학능력을 보면 그 일단을 진단할 수 있다. 대학생들의 문학능력은 그들이 받아온 문학교육의 실상을 정직하게 담고 있기 때문이다. 물론 개인차가 있기는 하지만 대학에서 문학 강의를 하다보면 문학교육에 문제가 있다는 것을 금세 알게 된다. 학생들의 문학능력은 작가와 작품, 문학사에 대하여 지극히 단편적인 지식에 그치는 경우가 허다하고, 역사주의 비평의 문제도 심각하여 모든 문학작품을 저항의 논리로 해석하려는 편견도 우려스러울 정도이다. 실례로 필자가 문학 강의 시간에 서정주와 관련한 질문에 어떤 학생이 자신은 그가 친일작가라는 것 밖에 아는 것이 없다는 대답을 듣고 당혹스러웠던 적이 있다. 극단적인 예일 수 있겠으나 문제는 이런 경험이 비단 필자에게만 국한되지 않고,[3] 해를 거듭할수록 좀처럼 나아지지 않는다는 점이다. 우리 문학교육의 한계는 고스란히 학생들에게 전이되어, 결국 대학교육의 문제로 이어지

---

2) 최병우, 「문학교육학의 이론적 범주와 문학교육의 방법」, 『문학교육학』 제40호. 2013. 24쪽.
3) 김동환, 「문학교육의 관점에서 본 소설 읽기 방법의 재검토— 교과서 속 「메밀꽃 필무렵」」, 『문학교육학』 제22호, 2006, 12~13쪽.

고 있다.

　근래 잇달아 시행되는 교육과정 개정은 교육현장에 혼선을 야기하는 측면이 없지 않지만, 교육 문제를 개선하려는 의지만은 분명해 보인다. 문제는 이러한 교육과정이 교육현장에서 얼마나 유용하고 또한 실효성이 있는가 하는 점이다. 이 글은 이러한 문제의식으로부터 출발하여, 문학교육 현장에서 이루어지는 교수–학습의 실제를 구체적으로 검토하고자 하는 데 목적이 있다. 구체적인 논점은 최근 개정된 고등학교 국어 교과서에 수록된 소설을 대상으로 삼아 실제 교육현장에서 소설교육이 어떻게 수행되고 있는가 하는 것을 살펴보는 것이다. 특별히 교과서에 주목하는 것은 교과서가 교수–학습의 핵심이라는 판단에서이다. 논의 대상은 이효석의 「메밀꽃 필 무렵」이다. 「메밀꽃 필 무렵」이 교과서에 수록되기 시작한 것은 제6차 교육과정 고등학교 『국어』(상)[4] 에서부터이다. 이후 이 작품은 정전으로 자리를 굳혔다고 보아도 무방할 정도로 교육과정에서 가장 환영받는 작품이 되었다.[5] 2007년 개정 교육과정에서는 5종의 국어 교과서에 수록되어 가장 높은 빈도 수를 보여주었으며,[6] 2009년 교육과정 국어 교과서에도 가장 많이 수록되어 있다.[7] 이러한 현상은 2011개정 교과서에도 그대로 이어져, 6종의 국

---

4)　조희정, 「교과서 수록 현대문학 제재변천연구—건국과도기부터 제7차 교육과정기까지 중등 국어교과서를 중심으로」, 『국어교육학연구』 제24집, 2005, 461쪽.

5)　김근호, 「이태준 소설의 서사윤리와 소설교육」, 『현대소설연구』 54권, 2013, 45쪽.

6)　당시 국어교과서에 수록된 소설은 약 55편인데, 5종에 수록된 소설은 「메밀꽃 필 무렵」 한 편뿐이다. 양윤모, 「교과서 수록 현대소설과 정전의 형성과정 연구—고등학교 국어 및 문학교과서 수록 작품을 대상으로」, 『한국어문연구』, 2012, 51쪽.

7)　박기범, 「고등학교 문학교과서의 현대소설 제재분석」, 『문학교육학』, 제37호, 2012, 205쪽.

어 Ⅰ, 1종의 국어Ⅱ, 3종의 문학 교과서에 수록되어 있다. 이효석의 작품이 가장 높은 채택률을 보여주고 있는 것은 분단이후 한국의 문학교육이 처한 탈이데올로기화를 대표적으로 보여주는 상황 즉 1988년 해금조치 이후에도 불필요한 시비에 휘말리지 않고자 하는 교과서 집필진의 태도와 문학교육 현장의 관성 그리고 검정 체제로 인한 출판사의 자체 검열적 태도 등이 복합적으로 작용한 결과로 판단된다[8]는 주장이 있으나, 그보다는 「메밀꽃 필 무렵」이 소설 교육에서 다루어야 할 다양한 요소 즉 서사성과 심미성, 서술 양식과 문체 등 문학적 성과가 뛰어난 작품이기 때문이다.

이 장에서는 「메밀꽃 필무렵」이 수록되어 있는 고등학교 국어Ⅰ 교과서 6종을 대상으로 삼아 학습목표, 본문 학습, 학습활동, 작가소개 등을 살펴보고자 한다. 국어Ⅱ와 문학은 교육 목표가 다르기 때문에 함께 논의하지 않기로 한다. 교과서에 수록된 「메밀꽃 필무렵」에 대해서는 이미 선행 논의가 있다.[9] 선행 논의는 교과서가 개정되기 이전에 이런저런 문제점을 세밀하게 짚어보면서 재고되어할 부분을 지적하였다. 이 장에서는 이러한 비판이 어느 정도 반영되어 있는지도 밝혀볼 것이다.

---

8) 김근호, 앞의 글, 45쪽.
9) 김동환, 앞의 글, 11~40쪽.

2. 국어교과서와 「메밀꽃 필 무렵」

1) 국어 교육과정과 교과서

교수-학습 과정은 교수자와 학습자가 교재를 매개체로 진행하는 의사소통의 과정이다. 따라서 의사소통 과정을 원활하게 해주는 교재의 역할은 매우 중요하다. 교수-학습 활동은 주로 교과서를 매개로 교사와 학생이 소통하는 과정에서 공동 목표를 성취 하기 때문이다. 따라서 교과서는 기본적으로 교육과정에 기반하여 개발된다. 그런데 교육과정에 기반한다고 할 때, 표층적 수준이 아닌 심층적인 면, 즉 교육과정의 기저에 깔린 철학적 인식론적 토대를 파악하고, 이를 제대로 반영해야 좋은 교과서라고 할 수 있다.[10] 현재 교육과정에서 문학의 내용체계는 다음과 같다.[11]

실제		
· 다양한 갈래의 문학		
- 시(시가), 소설(이야기), 극, 수필, 비평		
· 다양한 매체와 문학		
지식	수용과 생산	태도
· 문학의 본질과 속성	· 작품 이해와 해석	· 문학의 가치와 중요성
· 문학의 갈래	· 작품 감상	· 문학에 대한 흥미
· 문학 작품의 맥락	· 작품 비평과 소통	· 문학의 생활화
	· 작품 창작	

---

10) 정혜승, 「좋은 국어교과서의 요건과 단원 구성 방향」, 『어문연구』 제34권 4호, 2006, 388~389쪽.

11) 교육과학기술부, 고시 제2012-14[별책 5], 『국어과 교육과정』 6쪽.

이처럼 다양한 장르를 바탕으로 문학에 대한 지식, 생산과 수용뿐만 아니라 문학을 생활화할 수 있는 태도를 중시하고 있다. 세부 내용은 1) 문학 갈래의 개념을 알고 각 갈래의 특징을 이해한다, 2) 문학 작품에 나타난 작가의 개성을 이해하고 작품을 감상한다. 3) 문학은 가치 있는 내용을 언어로 형상화한 예술이며 사회적 소통활동임을 이해한다 등으로 규정하고 있다.[12] 또한 내용 체계와 세부 내용을 고려하여 교수·학습을 전개하되, 문학 영역의 지도에서는 개별 작품을 학습자의 삶과 관련 지어 봄으로써 심미적 상상력과 건전한 심성을 계발하고 바람직한 인생관과 세계관을 형성하는 데에 도움이 되는 학습 활동을 하도록 요구하고 있다.[13] 현행 교과서는 집필 의도에 따라 세부적인 차이는 있으나, 모두 이러한 교육과정을 실현하기 위한 체제로 구성되어 있다.[14]

2) 「메밀꽃 필 무렵」의 문학교육방법

논의 대상은 「메밀꽃 필 무렵」이 실려 있는 고등학교 국어 I ① 박영목 외(천재교육) ② 김종철 외(천재교육) ③ 이숭원 외(좋은책신사고) ④ 한철우 외 (비상교육) ⑤우한용(비상교육) ⑥ 조현설외(두산동아)이

---

12) 교육과학기술부, 앞의 책, 77쪽.
13) 교육과학기술부, 앞의 책, 80쪽.
14) 2011년(2011. 8. 9.)에 개정된 교육과정에 따라 2013년 교과서 본심사에 통과된 국어 I, Ⅱ 교과서는 김중신 외(교학사), 이삼형 외(지학사), 박영목 외(천재교육), 김종철 외(천재교육), 윤여탁 외(미래엔), 이숭원 외(좋은책신사고), 한철우 외(비상교육), 우한용 외(비상교육), 문영진 외(창비), 신동흔 외(두산동아) 조현설 외(해냄에듀) 등 11종이다.(교육부교과서민원바로처리센터 2013. 7. 26. 공지사항).

다. 이후에는 논의 편의상 번호로 표기한다. 거의 대부분의 교과서는 단원목표-학습목표-본문 학습-학습활동 등의 구조로 되어 있다.

우선 이 작품이 어느 단원에 수록되어 있는지 살펴보자. 단원 설정은 이 작품을 어떤 시각에서 바라보고 있는가 하는 점을 알 수 있다. 교과서에 따라 대단원과 소단원을 설정하는 경우도 있고 그렇지 않은 경우도 있다. 「메밀꽃 필 무렵」이 수록되어 있는 단원은 다음과 같다.

교과서	단원	대단원
①	문학의 갈래	
②	문학의 갈래	글의 여러 가지 빛깔
③	맛있는 글쓰기	작가의 향기, 색깔있는 글쓰기
④	언어로 빚은 생각, 세상과 만나다	
⑤	문학이라는 예술	
⑥	문학의 갈래	

위에서 보는 바와 같이 이 작품은 넓은 범위의 문학(④⑤)이나 문학의 갈래(①②⑥)단원에 수록되어 있으며, ③의 경우만 개성적인 글쓰기 단원에 수록되어 있다. 넓은 범위의 문학이나 문학의 갈래는 모두 서사양식 즉 소설을 이해하기 위한 작품으로 수록하고 있기 때문에 이 소설은 대부분 소설이라는 장르를 학습하기 위한 적절한 제재로 선택되고 있다.

(1) 학습목표와 도입 단락

학습목표를 보면 이 작품을 통해 무엇을 배우는가가 더 분명하게 드러난다. 정리해보면 다음과 같다.

① -1. 서사갈래의 특징을 이해한다.

　 2. 서사 갈래의 특징을 고려하여 작품을 감상할 수 있다.

② -1. 문학 갈래의 개념과 특징을 이해할 수 있다.

　 2. 문학 갈래의 특징을 바탕으로 작품을 이해할 수 있다.

③ -1. 문학작품에 나타난 작가의 개성을 이해하고 작품을 감상한다.

　 2. 여러가지 표현 기법과 적절한 문체를 사용하여 글을 쓰고 이
　　를 점검하며 고쳐 쓴다.

④ -1. 문학작품에 드러난 작가의 개성을 파악할 수 있다.

　 2. 작품을 감상하고 작가의 개성을 파악하여 자신의 개성과 비교
　　할 수 있다.

⑤ -1. 문학 갈래의 개념을 알고 각 갈래의 특징을 이해한다.

　 2. 문학은 가치 있는 내용을 언어로 형상화한 예술이며 사회적
　　소통활동임을 이해한다.

⑥- 1. 서사문학의 특징을 이해할 수 있다.

　 2. 서사문학의 하위 갈래인 설화와 소설을 특징을 파악할 수 있다.

　①②⑤는 문학의 갈래와 특징을 이해하고 이를 바탕으로 작품을 감상할 수 있다 ③④는 작품에 나타난 개성을 이해하고 감상한다는 점에서 학습목표가 같으나 ③은 적절한 문체를 사용하여 글쓰기, ④는 작가의 개성과 자신의 개성을 비교하기라는 점에서 차이가 있다. ⑥은 서사문학의 특징, 설화와 소설의 특징을 파악한다에 두고 있다. 학습 목표만 놓고 보면 ①②③⑤⑥은 지식, 수용과 생산 두 측면에만 초점이 놓여 있는 반면에 ④는 수용과 생산, 태도의 측면을 고려하고 있다.

　주목할 것은 학습 목표 자체보다는 이러한 목표를 달성하기 위하여 교과서를 어떻게 구성하고 있는가, 또한 학습활동은 어떻게 제시하고 있는가 하는 점이다. 이를 좀 더 세밀하게 살펴보기로 한다. 각 교과서

는 소설을 간략하게 소개하는 도입 부분을 설정하고 있다.

① 다음은 서사 갈래에 속하는 작품으로 장터를 떠돌며 살아가는 한 늙은 장돌뱅이의 애환을 그린 현대소설이다. 서사 갈래의 특징이 무엇인지 생각하며 감상해보자.

② 이 작품은 장돌뱅이 허생원의 이야기를 담고 있는 현대단편소설이다. 서사갈래에 속하는 소설의 특성에 주목하면서 작품을 감상해보자.

③ 다음은 장돌뱅이의 삶을 다룬 소설이다. 표현기법과 문체에 주목하며 작품을 감상해보자.

④ 〈제재연구〉 갈래-단편소설 순수소설, 성격-서정적 낭만적. 배경 1920년대 강원도 봉평장에서 대화장으로 가는길, 주제-장돌림 생활의 애환 속에 펼쳐지는 인간 본연의 애정, 특징-세련된 언어와 서정적 분위기 속에서 낭만적인 정서의 세계를 이야기함. 암시와 여운을 주는 결말의 방식을 택함

⑤ 「메밀꽃 필 무렵」은 '허 생원'이라는 한 장돌뱅이의 삶을 통한 인생의 애환과 부자 상봉의 이야기를 담은 작품이다. 사건이 전개되는 양상과 그 사건에 대응하는 인물의 행동 특성 및 성격 등을 이해하면서 작품을 감상하고, 이를 통해 서사 갈래의 특징을 알아보도록 한다. 또한 작품에 나타난 작가의 가치관을 이해하고, 더 나아가 인간의 보편적인 삶의 방식을 이해함으로써 문학이 사회적 소통 활동임을 알 수 있도록 한다.

이처럼 작품에 접근하는 도입 부분에서 학습목표와 관련하여 간략한 정보와 방향을 제시하고 있다. 초입 부분에서는 '사실적인 정보+방

향의 제시'[15] 즉, 간단한 사실 정보를 바탕으로 작품을 읽어갈 방향을 제시하는 정도가 적절한데, 이런 점에서 ①②③은 도입 서술로 적절하다. ⑤는 다른 교과서와는 달리 소설 바로 앞에 도입 단락을 제시하지 않고 단원소개 부분에서 서사의 개념과 하위 갈래에 대하여 간략하게 설명하고 이어서 작품에 대한 정보와 방향을 구체적으로 기술하고 있다. 그런데 ④의 경우는 지극히 도식적이고 해석의 방향을 일방적으로 미리 확정 짓고 있다는 점에 문제가 있다. 갈래와 성격을 제시하는 것이 무슨 의미가 있을까도 회의적이다. 무엇보다 작품의 주제와 특성 등을 연역적인 명제처럼 제시하는 것은 바람직하지 않다. 이는 작품을 읽어가는 교수-학습의 과정을 통하여 귀납적으로 도출되어야 한다. 도입부분에서 미리 규정할 경우 다양하고 열린 읽기가 불가능해지고, 암기 위주 수업으로 흐를 가능성이 크기 때문이다. ⑥은 도입부분이 아예 없다는 점도 문제이다. 도입 부분과 관련하여 선행 논의에서 환상적 낭만적이라는 용어의 부적절함을 지적하고 있는데[16] 대부분의 새로운 교과서에서 이러한 점은 수정되었다. 다만 ④와 ⑥은 여전히 문제를 안고 있다.

(2) 본문 학습과 학습활동

본문 학습은 교수-학습의 활동이 구체적으로 전개되는 부분이다. 본문 학습은 도입에서 제시한 접근 방향과 긴밀하게 연계되고 본문 학습 이후에 있을 학습활동과도 긴밀한 관련성을 맺고 있어야 한다. 본

---

15) 김동환, 앞의 글, 18쪽.
16) 김동환, 앞의 글, 17~19쪽.

문 학습활동을 바탕으로 학습활동을 수행하기 때문이다. 선행 논문에서 사건, 배경, 허생원의 사랑, 자연과 배경, 서정소설 등에 대한 확정적 진술을 문제 삼고 있는데,[17] 이 문제들은 상당 부분 수정된 것으로 보인다. 대부분의 교과서는 소설에 대한 확정적 진술보다는 어휘 풀이와 함께 소설 중간 중간에 소설을 읽어가는 핵심적인 방향을 적어 놓고 있다.

① 작품을 읽으면서 허생원과 조선달의 직업은 무엇일까?. 허생원이 동이를 보고 발끈 화가 나 버린 이유는 무엇인가? …(중략)… 달밤의 메밀밭이라는 배경은 어떤 분위기를 만들어 내는가? 허생원과 동이의 관계가 가까워졌음을 보여주는 행동은 무엇인가? …(중략)… 동이가 왼손잡이라는 사실이 암시하는 것은 무엇일까?

② 허생원의 외모가 성격 형성에 어떤 영향을 미쳤을지 생각해보자, 허생원에게 나귀가 어떤 의미일지 생각해보자. …(중략)… 허생원과 동이의 관계가 어떻게 바뀌었는지 말해보자. 허생원이 당황하는 까닭을 짐작해보자. 제천에서 일어날 일을 상상해보자.

④ 동이에 대한 허생원의 생각은 어떻게 변하고 있는가? 허생원이 봉평장을 빼놓지 않는 이유는 무엇일까? …(중략)… 등장인물들의 대열이 달라진 것은 이야기 전개와 어떤 관련이 있을까? 허생원이 동이가 왼손잡이인 것에 주목한 이유는 무엇일까?

⑤ 허생원과 조선달의 직업은 무엇인가? 허생원이 동이에게 화가 난 이유는 무엇인가? …(중략)… 이 소설에서 달밤과 메밀밭은 어떤 역할을 하는가? …(중략)… 허생원과 동이의 심리적 거리는 어떻게 변하는가? …(중략)… 동이가 왼손잡이인 것이 암시하는 것은 무엇인가?

---

17) 김동환, 앞의 글, 20~29쪽.

⑥ 허생원과 조선달의 직업은 무엇인가? …(중략)… 달밤을 묘사한 부분에서 느껴지는 분위기는 어떠한가? 허생원에게 성서방네 처녀와의 추억은 어떤 의미인가? 동이의 이야기를 들은 허생원의 심정은 어떠할까? 허생원이 동이의 왼손을 유심히 쳐다본 이유는 무엇일까?

위에서 보는 바와 같이 인물들의 직업, 메밀밭과 달밤이라는 배경, 허생원의 분신인 나귀, 허생원과 동이의 변화, 왼손잡이 등 대부분 사건의 전개 과정 즉 플롯에 초점이 놓여있다. 소설 교육에서 소설을 구성하는 소재, 인물, 배경, 사건 등에 대하여 집중적인 관심을 기울이는 것은 물론 필요한 학습활동이고, 유용한 교수방법이기도 하다. 물론 이 소설의 독특한 배경과 암시적인 소재들도 주목할 만하다. 그러나 문학교육의 궁극적인 목적이 문학 텍스트의 구체적인 체험을 통한 내면화에 있는 만큼 구성요소에만 주목하는 방법은 스토리를 알아가는 과정에 불과하다. 소설은 무엇을 이야기하고 있는가와 더불어 어떻게 이야기하는가 하는 면이 중요한 장르이다, 즉 소설은 이야기를 들려주는 화자와 이야기를 듣는 청자 사이의 소통 과정이며, 소설 교육에서는 이 소통 과정의 체험 즉 학습자가 이야기를 의미 있게 재구성 또는 재창조하고 주체적으로 수용하는 활동이 중요하다. 그 소통은 서술방식 즉 소설의 구성요소들이 어떻게 유기적인 관련성을 유지하면서 이야기를 들려주느냐, 또한 독자는 독서 과정을 통하여 그 이야기를 어떻게 듣고 있느냐 하는 점에 주목해야 한다. 사실상 한 편의 소설을 결정하는 것은 서술방식에 달려 있다고 해도 과언이 아니다. 동일한 인물 사건 배경도 어떤 방식으로 이야기하느냐에 따라 다른 소설이 되기 때문이다.

따라서 소설 교육에서 주목해야 하는 것은 홀로 사는 가난한 장돌뱅이의 단 한 번의 애틋한 사랑이라는 이야기 자체가 아니라 그 이야기를 들려주는 독특한 방식일 필요가 있다. 예컨대 인물과 대상에 대한 거리, 일상어와 구체어가 많고, 행동이나 배경에 대한 섬세한 수식 그리고 보여주기와 들려주기를 교차하는 방식 등이다. 그런데 본문 학습에서 서술방식에 대하여 세밀하게 주목한 교과서는 없다. 다만 학습활동에서 서술방식에 대하여 주목한 교과서들이 있다. 그 교과서들은 이 부분을 보완할 수 있겠지만 그렇지 않은 교과서들은 소설 교육이 인물, 사건, 배경에만 그칠 가능성이 짙다. 대부분의 교과서들은 소설을 수록한 단원에서 시, 소설, 희곡 또는 수필을 실어서 문학 장르 전체를 가르치도록 구성하고 있다. 말하자면 국어 I 에서 소설교육은 이 「메밀꽃 필 무렵」 한 편이나 두 편 정도로 그치고 있다. 물론 국어 II 와 문학 시간에 미흡한 부분들을 보완할 수 있지만 국어 II 에는 문학작품이 한두 편 정도이고 국어 교과서에 수록된 작품은 문학 교과서에 중복하여 싣지 않는 경우가 많다. 또한 대부분의 문학교과서는 고전부터 최근의 작품을 수록하고 있어서 작품 하나하나의 세부적인 학습보다는 한국문학사 전체의 맥락과 시대별 특성들을 고려하여 학습하도록 되어 있다. 문학을 선택하지 않은 학교의 학생들에게는 소설 몇 편으로 모든 소설 교육이 끝날 가능성도 있다.

교과서의 학습활동은 본문 학습의 결과를 확인하고 학습자의 활동을 통하여 작품을 심도 있게 또한 총체적으로 이해하는 부분이다. 따라서 집필자는 대상 작품을 통하여 학생들에게 어떤 점을 인식시킬 것인가 하는 점을 신중하게 고려하고 심층적인 이해에 도움이 되는 활동을 제시해야 한다. 이에 각 교과서들은 다양한 방식의 학습활동을 고안해 놓고 있다. ①은 내용학습, 목표학습, 통합학습 ②는 목표학습, 적용학습 ③은 통합적으로 활동하기 ④학습활동 모으기 ⑤는 이해와 적용, 스스로 창의력 키우기 ⑥은 이해학습, 적용학습 등으로 나누고 여러 활동을 제시하고 있다. 이 학습활동들은 크게 네 부분으로 정리될 수 있다. 인물, 사건, 배경 등을 다시 확인하는 활동, 서술양식과 문체와 관련한 활동, 다른 매체와 비교하는 활동, 창작활동이 그것이다.

① (1) 다음을 고려하여 이 소설의 서술자가 어떤 특성을 지니고 있는지 알아보자. 서술자가 작품 안에 있는가, 작품 밖에 있는가? 서술자가 관찰한 것만 전달하고 있는가, 아니면 등장인물의 심리를 포함하여 모든 것을 알고 전달하고 있는가?
　(2) '허생원'을 서술자로 설정하여 다음 장면을 바꿔 써 보고 서술자를 바꾸기 전과 어떻게 다른지 말해보자.
② 다음은 본문의 일부분이다. 〈보기〉의 항목에 해당하는 부분을 표시해보면서 소설에서 서술자의 역할을 파악해보자.
③ (1)달밤의 메밀밭 풍경을 서술한 장면을 중심으로 이 작품에 드러난 작가의 개성을 말해보자.
　(2) 여러 가지 표현 기법과 적절한 문체를 사용하여 이 작품에 대한 감상문을 써보자.
④ 〈보기〉를 참고하여 이 소설에서 작가의 개성이 잘 드러나는 표현을 찾아보자
⑤ 다음 글을 읽고 이 소설이 지닌 문학적 가치에 대해 이해해보자
　〈김동리는 이효석을 두고 '소설을 배반한 소설가'라고 하였다.
…(하략)…〉
　(1) 김동리가 이효석에게 '소설을 배반한 소설가'라고 말한 이유가 무엇인지 말해보자
　(2) 메밀 꽃 필 무렵에 대한 자신의 감상을 정리하여 이 소설의

문학적 가치를 평가해보자.

⑥ 1. 이 소설에 등장하는 주요 인물들의 성격을 정리해보자. 2. 이 소설 속 사건의 전개과정에 대해 알아보자. 3. 이 소설의 배경에 대해 알아보자. 4. 다음 부분을 바탕으로 이 소설의 서술자와 서술상의 특징을 파악해보자. 〈적용학습〉 5. 다음 글을 읽고 설화가 지닌 서사문학적 특징을 파악해보자.

여기서 한 가지 주목할 것은 앞에서 언급한 서술양식과 문체에 대한 부분이다. 문학은 의식적이든 무의식적이든 작가가 선택하는 언어로 구성된다. 소설가가 무엇을 어떻게 쓰든, 독자가 무엇을 어떻게 읽든 그것은 언어 안에서 그리고 언어를 통해서 가능하다. 문체에 대한 관심은 이러한 문학 언어에 대한 인식과 관심으로부터 출발한다. 문학에서 언어는 단순히 내용을 담는 그릇에 머무는 것이 아니라 작품 전체를 규정하는 궁극적인 실체이기 때문이다. 또한 문체는 수사학적인 차원에 한정되는 것이 아니라 주제와 작가의식에 이르기까지 긴밀하게 관련되어 있다. 요컨대 문체에 대한 관심은 한 작품에 대한 고유한 어휘와 통사에 관련된 언어 선택과 서술기법 그리고 그 미적 기능 사이의 관계를 설명함으로써 한 작품의 예술적 성취를 탐구하는 것이다.[18] 소설은 이야기라는 방식으로 주제를 드러내므로 소설의 서술방식은 작품의 구조를 결정하고 작품의 주제와 깊이 관련된다. 따라서 소설 교육에 있어 서술방식의 이해는 그 유형을 도식적으로 이해하는 데서 끝나서는 안 된다. 하나의 소설이 지니는 서술방식 상의 특징이 어떠하며 그것이 작품의 주제를 얼마나 효과적으로 드러내는가가 동시에 고려되어야 한

---

18) 정현숙, 『한국현대문학의 문체와 언어』, 푸른사상, 2005, 13~14쪽.

다.[19] 특히 「메밀꽃 필 무렵」은 소설 전체에 독특하고 참신한 직유와 비유, 상징 등 특유의 표현 기법이 두드러진 소설로 정평이 나 있으며, 달밤과 메밀꽃 등 배경에 대한 묘사들은 단순히 분위기를 드러내는 데에 그치지 않고 사건과 인물의 내면세계와 긴밀히 연계됨으로써 소설 전체의 서사를 추동한다.

이런 점에서 문체와 서술양식과 관련하여 "이 소설의 서술자가 어떤 특성을 지니는지 알아보자"라는 ① ② ③의 학습활동은 주목할 만하다. 다만 ①의 "서술자가 작품 안에 있는가, 작품 밖에 있는가? 서술자가 관찰한 것만 전달하고 있는가, 아니면 등장인물의 심리를 포함하여 모든 것을 알고 전달하고 있는가?"의 활동은 단순히 시점 유형을 이해하는 수준에 그칠 수 있다. 소설의 시점에서 중요한 것은 관찰자 시점이냐 전지적 작가 시점이냐가 아니라 전지적 작가 시점으로 서술됨으로써 텍스트의 정보가 어떻게 독자에게 조정 전달되고, 그것에 따라 텍스트가 어떻게 달리 수용되느냐 하는 점이다. 또한 ③은 학습활동에서 '작품에 드러난 작가의 개성을 파악하고 여러 가지 표현기법'에 대하여 주목하고 있지만, 이 작품의 고유한 문체적 특성과 의미를 통합적으로 이해하는 방향으로는 나가지 않고 있다. 또한 이 교과서는 이 부분과 관련하여 여러 가지 표현 기법을 설명하는 글을 싣고 있는데 그것이 다양한 수사법(비유법, 변화법, 강조법)과 여섯 가지 문체 유형(간결체, 화려체 등)에 초점이 맞추어져 있다. 이는 문체를 자칫 도식적인 수사법과 문체 유형에 그칠 수 있다는 한계를 안고 있다. 이러한 학습활동은 문학교육이 단편적인 지식이나 피상적인 작품 읽기로 기울어질 가

---

19) 구인환 외, 『문학교육론』, 삼지원, 2012, 275쪽.

능성을 내포하고 있다. 이효석의 문체적 특성에 대한 글을 제시하고 있는 ⑤는 심화된 활동으로 볼 수 있다. 다만 (1)의 질문이 너무 포괄적이어서 좀 더 구체적이고 본문 학습과 연계하도록 해야 할 것이다.

마지막으로 작가에 대해서 살펴보자. 작가는 작품을 이해하는 기초적인 자료이다. ④는 이효석이라는 이름만 제시하고 있으며 나머지 교과서들은 작가를 다음과 같이 소개하고 있다.

① 이효석(1907~1942). 소설가. 호는 가산(可山). 초기에는 사회의식이 높은 작품을 많이 썼으나, 뒤에는 자연친화적인 삶을 그린 서정적인 작품과 인간의 애욕문제를 다룬 작품을 많이 썼다. 대표작에는 「하얼빈」「돈(豚)」등의 단편소설과 『화분(花粉)』 등의 장편소설이 있다.

② 이효석(1907~1942). 소설가. 호는 가산(可山). 1928년 도시와 유령을 발표하며 문단에 나온 이후, 점차 자연과의 교감을 묘사한 서정적인 작품을 발표하였다. 작품에 「메밀꽃 필 무렵」「화분(花粉)」「벽공무한(碧空無限)」 등이 있다.

③ 이효석(1902~1942). 소설가. 주요 작품으로는 「화분」「돈」「들」 등이 있다.

⑤ 이효석 (1907~1942). 소설가. 초기에는 사회문제를 드러내는 작품을 쓰다가 점차 자연과 교감을 묘사한 서정적인 작품을 주로 썼다. 주요 작품으로는 「산」「화분(花粉)」「벽공무한(碧空無限)」 등이 있다.

⑥ 이효석(1907~1942). 소설가. 시적인 문체와 세련된 언어. 서정적인 분위기로 특유의 작품 세계를 형성하고 있다. 대표작으로 「산」「들」「화분」「장미 병들다」 등이 있다.

이처럼 작가 소개가 지극히 소략하거나 생략하는 경우도 있다. 흥미로운 것은 그동안 보편적으로 써온 동반자 작가라는 명칭이 없어졌다는 점이다. ①은 초기에 사회문제를 드러내는 소설을 쓰다가 점차 서정적인 작품, 애욕문제를 다룬 소설을 썼다고 소개하고 있다. 그런데 이효석은 자신에게 있어서 성에 대한 묘사는 애욕 자체가 아니라 인간의 본연, 건강한 생명의 동력과 신비감을 담아내려는 의미라고 밝힌 바 있다.[20] 따라서 애욕이라는 표현은 재고될 필요가 있다. 교과서의 작가 소개는 보다 정확한 사실을 제공하는 것이 중요하고, 작가 소개도 작품 이해의 한 부분이라는 점을 고려할 필요가 있다.

지금까지 단원 구성, 학습목표와 도입 단락, 본문 학습과 학습활동, 작가 소개 등에 주목하여 보았다. 분석 결과, 단원 구성 외에 다음 몇 가지 측면이 수정, 보완되어야 할 것으로 보인다. 학습목표는 문학의 갈래, 서사의 갈래의 특징, 그리고 「메밀꽃 필 무렵」이 지닌 고유한 특성과 가치를 아울러 이해하도록 제시할 필요가 있다. 현행 교과서는 대부분 이 중 하나만 제시하고 있는데, 세 층위의 학습목표를 제시해야 이 작품을 통해 문학의 갈래, 소설 장르의 특징 그리고 이를 바탕으로 이 소설이 지닌 독특한 작품성을 학습할 수 있기 때문이다. 이와 아울러 도입 단락에서는 이 소설을 이해할 수 있는 간략한 정보와 방향성을 제시할 필요가 있다. 예컨대 이 작품은 허생원의 이야기를 담고 있는 소설이다. 이야기의 내용과 표현 기법에 주목하여 소설을 읽어보자 정도가 적절할 것이다. 소설의 주제와 특성을 미리 확정하여 제시하는 것은 바람직하지 않고, 학습과정을 통해 학습자가 귀납적으로 이해하도록 방향을 제시해야 한다.

---

20) 이효석, 「건강한 생명력의 추구」, 『이효석 전집』 6권, 창미사, 2003, 225~227쪽.

현행 교과서에서 가장 아쉬운 부분은 본문 학습이다. 전술한 바와 같이 이 부분은 교수-학습의 핵심이기 때문에 학습자가 소설 읽는 재미를 체험하고, 내면화, 사회화할 수 있는 방향으로 전개되어야 한다. 이 부분에서 이야기를 들려주는 화자와 이를 듣는 청자 사이의 소통을 체험하고 재창조할 수 있는 활동이 중요하다. 특히 이 소설은 말하기와 보여주기를 적절히 교차하는 독특한 서술과 묘사, 참신한 비유와 문체가 뛰어난 작품이다. 이 소설에서 서술자는 봉평장에서 대화장으로 가는 동안 허생원의 애환을 들려주고, 동이가 허생원의 아들임을 암시하는 과정을 보여주고 있다. 또한 이 소설 전체를 주도하는 것은 달빛 아래 "소금을 뿌린 듯" 하얗게 피어있는 메밀꽃이다. 허생원이 성서방네 처녀와 인연을 맺은 것도 "달이 너무나 밝기" 때문이었고, 따라서 이들의 사랑은 단순한 욕구라기보다는 "자연의 조화"에 의한 것이고, 그것은 인간의 본연적인 것, 건강한 생명의 동력과 신비로 해석된다. 메밀꽃은 단순한 배경이 아니라 허생원과 성서방네 처녀, 허생원과 동이, 과거와 현재를 이어주는 동시적 시간인 동시에 서사를 추동하는 핵심 매체이다. 그리고 이 소설은 다양한 식물, 동물, 사물들이 은유와 상징 그리고 시각, 청각, 미각, 촉각, 후각 등 다채로운 이미지를 생성하고, 이를 통해 서사를 추동하는 특징이 있다. 상징과 이미지가 소설 전체를 추동하는 것이 이 소설의 심미적 상상력이다. 따라서 본문 학습에서는 단순한 줄거리 파악이 아니라 이 소설이 지닌 이러한 특성을 학습자가 충분히 이해할 수 있도록 구조화하는 것이 필요하다. 이에 따라 학습 활동도 단순히 시점, 문체 유형, 수사법을 지식적으로 확인하는 활동이 아니라 소설 읽기를 바탕으로 내면화, 재창조할 수 있도록 구체화되어야 한다. 예를 들면 이 소설 중에 자신이 뽑은 명문장은 어느 부분이고 그 이유는 무엇인지를 묻는다면 학습자가 이 소설의 독특한 문체와 서술기법 등을 어떻게 수용하고 생산하는지를 구체적으로 확인할 수 있을 것이다.

마지막으로 작가와 관련한 부분이다. 현행 교과서는 작가 소개, 대표작, 작품 특징 등이 집필자의 주관에 따라 각기 다르다. 이 문제는 이미 학계에서 제기된 바 있는데, 전공 분야에서 중지를 모아 고등학생들이 알아야 할 사항을 정리하여 제공하는 것이 바람직할 것으로 보인다. 교과서의 작가 소개는 학문적인 차원이 아니라 정확하고 객관적인 정보를 제공하는 것이 중요하기 때문이다.

3. 결론

문학교육의 궁극적인 목적은 작품에 대한 감상 능력과 감식안을 갖춘 성숙한 독자를 길러내는 데 있으며, 이를 위해서 문학이 언어예술이라는 본질에 충실할 필요가 있다. 성숙한 독자를 양성하기 위해 교육과정도 실제, 지식, 수용과 생산 그리고 태도로 그 중점이 변화해 왔다. 그런데 이러한 변화와 노력에도 불구하고 우리의 문학교육은 여전히 문제가 있다. 그것은 교육정책, 교육과정, 입시위주의 사회 환경 등 외부적인 문제도 있지만, 교수–학습의 교육방법이라는 내부적인 문제도 있다. 물론 이 두 측면은 서로 맞물려 있지만, 이 글에서는 내부적인 문제에 주목하였다.

이 글은 고등학교 국어 교과서에 수록된 작품을 중심으로 실제 교육 현장에서 문학교육이 어떻게 수행되고 있는가 하는 점을 상세하게 검토하였다. 특별히 교과서에 주목하는 것은 교과서가 교수-학습의 핵심이라는 판단에서이다. 구체적인 논점은 정전으로 인식될 정도로 여러 교과서에 많이 수록되어 있는 이효석의 「메밀꽃 필 무렵」을 대상으로 삼았다. 6종의 교과서를 대상으로 단원 설정, 학습목표, 도입 부분, 본문 학습, 학습활동 등이 어떻게 구성되어 있는지를 살펴보았다. 이 작품은 5종의 교과서에서는 소설의 갈래, 1종에서는 개성적인 글쓰기 단원에 수록되어 있고, 학습목표는 4종 교과서가 소설의 특징에 대한 이해와 감상, 2종은 개성의 이해에 놓여 있다. 도입부분은 4종은 학습목표와 관련하여 간단한 정보와 방향을 제시하지만 1종은 도식적인 내용을 제시하고 1종은 어떤 내용도 제시하지 않고 있다. 본문 학습은 주로 인물, 사건, 배경에 주목하고 있으며 학습활동은 창작 부분을 강조하고 있으나 본문 학습과 긴밀한 연계성이 미흡하다. 가장 아쉬운 것은 본문 학습 부분이다. 소설은 무엇을 이야기하고 있는가와 더불어 어떻게 이야기하는가 하는 면이 중요한 장르이다. 소설은 이야기를 들려주는 화자와 이야기를 듣는 청자 사이의 소통과정이며, 무엇보다 소설 교육에서 중요한 것은 이 소통과정의 체험 즉 학습자가 이야기를 의미 있게 재구성 또는 재창조하고 주체적으로 수용하는 활동이다.. 문학교육의 궁극적인 목적이 문학텍스트의 구체적인 체험을 통한 내면화와 사회화에 있기 때문이다. 그런데 교과서에 수록된 「메밀꽃 필 무렵」의 교수-학습 과정은 학습자의 구체적인 문학체험 과정이 심도 있게 전개되지 않고 있으며, 특히 이 소설이 지닌 독특한 문체적 특징을 귀납적으로 수용하는 과정도 미흡하다.

따라서 몇 가지 점이 보완되어야 할 필요가 있다. 학습목표는 문학의 갈래, 소설의 특징, 「메밀꽃 필 무렵」이 지닌 독특한 작품성이라는 세 층위를 제시하고, 도입 단락도 이 소설의 특징을 이해할 수 있도록 이야기의 내용과 표현기법에 주목하여 읽어보자 정도로 제시하는 것이 적절할 것이다. 본문 학습은 이 소설 특유의 서술기법 즉 들려주기와 보여주기의 교차, 서사를 추동하는 메밀꽃의 이미지, 다양한 식물과 동물, 사물 등에 주목하여 소설을 꼼꼼하게 읽어 가는 활동에 초점을 맞출 필요가 있다. 학습활동도 소설 읽기에 근거하여 이야기의 핵심, 명문장 찾아보기와 다시 쓰기 등 학습자의 수용과 생산을 구체적으로 확인할 수 있도록 제시해야 한다. 마지막으로 작가소개는 전공분야에서 정확하고 객관적인 정보를 제공하는 방안이 강구될 필요가 있다.

일제강점기와 해방 직후
어문 교육의 한 양상

— 박태원을 중심으로

1. 서론

박태원은 어느 작가보다도 '언어'와 '문장'에 자각적이었다. 작가가 '언어'와 '문장'에 예민하다는 것이 그리 특별한 것은 아니지만, 박태원의 경우는 조금 각별한 면이 있다. 당시 그는 이른바 '기교파'로 불렸는데, 그것은 형식과 기교에 치우친 작가라는 다소 달갑지 않은 시선을 내포하고 있었다. 그는 문학의 사회적 역할과 이데올로기를 강조하던 당대 문단과 대립각을 세우면서 언어의 자율성과 예술성을 강조하였다. 그는 문장에 대한 인식이 부족한 당대 문단에 대하여 '문장에 대하여 무관심하기 조선 사람만 한 자 없을 것이요, 문장에 대한 수련을 게을리 하기 조선 작가만한 자 또한 없을 것이다'[1]라고 비판하면서, '내용이니 형식이니 수법이니 문장이니 하고 왼갖 것을 논할 수 있는 것은 오즉 참말로 우수한 작가, 평론가에게만 허용되는 일이요, 중등학교 2

---

1)   박태원, 「1934년의 조선문단」, 『중앙』 2권 12호, 1934. 12, 39쪽.

학년생 정도의 졸렬한 문장을 갖어 사상을 표현하는 재조 밖에 없는 자들은 감히 참여할 배가 아니다'[2]라고 단언하였다. 그리고 작품의 내용을 문제 삼는 것은 저급한 독자에게나 필요한 것이고, 진보된 독자는 '무엇'과 함께 '어떻게' 썼나 하는 것에 주의를 기울여야 한다고 역설하고, 이무영의 「우심」 중 '자기의 경제생활과 연옥의 자개장과를 비유하는'에서 '비유'는 '비교'라고 써야 한다고 지적하였다.[3] 이러한 비평은 엄흥섭으로부터 '중학교 작문 교원적 유치'[4]라는 비난을 받기도 하였지만, 그는 여러 차례 '문예 감상이란 구경 문장의 감상이다'라는 명제를 내세우면서, '문학에 있어서 '무엇'과 함께, 혹은 그것보다도 '어떻게'에 관심을 기울일' 것을 요청하였다.[5]

이러한 언어와 문장에 대한 남다른 관심은 창작과 비평에 그치는 것이 아니라 국어 교육의 영역으로까지 확장되고 있다. 박태원은 일제 당국의 치밀한 언어정책에 의해 일본어가 국어로 대치되고 모국어는 조선어로 지칭되면서 점차 학교교육에서 배제되어가는 상황에서 어린이를 대상으로 다양한 양식의 글을 발표하기 시작하는데, 그 글들은 다분히 어문교육적인 의도를 내보이고 있다. 또한 해방 직후에는 『중등문범』 『중등작문』 등 두 권의 작문교과서를 펴냄으로써 국어교육에 대한 열의를 지속적해 나간다.

이 글은 박태원의 저작들이 국어 교육과 어떤 관련성이 있는지에 대하여 살펴보고자 하는 데에 목적이 있다. 주요 논점은 일제강점기부터

---

2) 박태원, 앞의 글, 38쪽.
3) 박태원, 앞의 글, 39~40쪽.
4) 엄흥섭, 「평자의 교양문제」, 『조선중앙일보』, 1935. 3. 1.
5) 박태원, 「9월 창작 평」, 『매일신보』, 1933. 9. 22.

해방 직후에 이르기까지 박태원은 직·간접적으로 국어 교육에 관여하였는데, 그 구체적인 내용은 무엇이고 그 의미는 무엇인지에 대하여 논의하고자 한다. 세부적인 논점은 일제강점기 아동문학에 반영된 어문교육에 대한 자의식과 해방직후 작문 교육에 대한 관점이 될 것이다. 이러한 논의는 크게 두 가지 점에 의미를 부여할 수 있을 것이다. 하나는 박태원 연구의 범위를 확장한다는 점이고, 다른 하나는 일제강점기와 해방 직후 국어 교육의 일면을 살펴본다는 점이다.

박태원과 국어 교육에 관련한 논의는 이미 몇 차례 언급된 바 있다. 박태원의 국어교과서 관련 자료 발굴과 해제,[6] 문학 교육의 관점에서 박태원 문학을 논의하는 논고 등이 그것이다.[7] 새로운 자료 발굴은 그 자체로 중요한 의미를 지닌다. 『구보학보』 9집에 실린 마끼세 아끼꼬의 「해방기 박태원과 국어교과서」는 교과서와 관련하여 세 편의 자료를 상세히 설명하고, 특히 『중등문범』이 재일본조선인연맹에서 복간하여 당시 재일조선인 학교의 교재로 사용되었다는 새로운 사실도 밝혀내고 있다. 『중등문범』은 박태원이 편집한 교재로 모범이 될 만한 글들을 주제별로 모아 놓은 일종의 좋은 글 모음집이고, 『중등작문』은 박태원이 직접 집필한 작문교과서이다. 따라서 박태원의 작문 교육에 대한 관점과 내용을 살펴보기 위해서는 『중등작문』에 대한 분석이 필수적이지만, 이 자료 발굴 소개란에는 표지만 소개되어 있을 뿐이다. 또한 이

---

6) 마끼세 아끼꼬, 「해방기 박태원과 교과서—「어린이 일기」『중등국어교본』『중등문범』을 중심으로」, 『구보학보』 9집, 구보학회, 2013.
7) 김명석, 「박태원 소설과 문학교육」, 『작가연구와 문학교육』, 성신여자대학교 출판부, 2012; 김동환, 「박태원문학과 문학교육」, 『구보학보』 8집, 2012.

『중등작문』은 지금까지 발간된 교과서 목록에도 빠져 있다.[8] 필자는 최근『중등작문』 전문을 확보하였으며 이 글에서는 이를 중점적으로 분석하고자 한다. 또한 일제강점기와 해방직후의 국어교육에 대한 연구는 활발하게 전개되어 왔으며 주목할 만한 성과들도 나와 있다, 기왕의 논고들을 통하여 국어(조선어)정책과 교과서 문제 등 이 시기 국어교육에 대한 실증적이고 기초적인 부분들이 상당 부분 해명되었다.[9] 그런데 당시 국어 교육의 실상을 밝히기 위해서는 세부적이고 구체적인 부분들에 대한 논의가 보완되어야 할 것이다. 이 글은 박태원을 중심으로 국어교육의 양상을 살펴봄으로써 그 일면을 보완하고자 한다.

2. 일제강점기 아동문학과 조선어 교육에 대한 자의식

일제강점기 교육 당국은 1911년 9월 2일 '조선교육령' 발표를 시작으로 1945년 7월 1일 전시교육령에 이르기까지 10여 차례 교육령을 개정하였다.[10] 교육령이 여러 차례 개정되면서 언어정책 또한 수정되었

---

8)   국립중앙도서관,『한국 교과서 목록』, 국립중앙도서관. 1979; 허재영,『국어과 교과서와 교재지도연구』, 한국문화사, 2006.

9)   윤여탁 외,『국어교육 100년사』I, 서울대학교 출판부 2006: 강진호 외,『국어 교과서와 국가 이데올로기』, 글누림, 2007; 김혜련,『일제강점기 조선어과 교과서와 조선인』, 역락, 2011; 허재영,『일제강점기 교과서 정책과 조선어과 교과서』, 도서출판 경진, 2009.

10) 일제강점기 조선교육령은 제1차 1911. 8. 23., 2차 1920. 11. 12., 제3차 1922. 2. 4., 제4차 1929. 4. 19, 제5차 1933. 3. 15., 제6차 1935. 4. 1., 제7차 1938. 2. 23., 제8차 1940. 3. 25, 제9차 1943. 3. 8., 제10차 1945. 7. 1. 총 10차례 수정 ·

는데, 그 변화의 핵심은 조선어 교육을 약화시키고 국어로서 일본어 보급을 강화하는 것이었다. 이에 따라 교육 과정에서 일본어 수업 시수는 조선어에 비해 3배에 이르도록 교과과정을 편성하는 반면, 조선어 수업 시수는 대폭 줄여갔으며, 모든 교과서를 일본어로 기술하게 하고 교수 용어도 일본어를 사용하게 하였다. 1922년 신교육령에는 국어(일본어) 상용자가 다니는 소학교, 중학교, 고등여학교에서는 일어만 교과목으로 설정하고 조선어는 가르치지 않기 시작하였으며, 일본어를 상용하지 못하는 학생들이 다니는 보통학교, 고등보통학교, 여자고등보통학교에서는 일어 교육을 강화하고 조선어 교육은 크게 약화시켰다. 1930년대에 이르러서는 조선어 수업을 대폭 줄이고, 공용문서에서 조선어 사용을 금지하기 시작하였으며, 1938년 3월 4일에 공포된 개정 교육령에서는 조선어를 수의과목(隨意科目)으로 고쳐 겨우 명목만 유지하게 되었다. 그리고 1939년 4월부터는 학교 수업에서 조선어 수업이 실질적으로 폐지되었을 뿐만 아니라, 학교내·외에서도 조선어 사용을 전면 금지하기에 이른다. 1940년대에 이르러서는 조선어 말살 정책을 강행하여 1945년 8월 15일까지 학교 교육에서 조선어 교육이 시행되지 못하는 암울한 시기를 맞는다.[11]

이러한 상황 속에서 우리 어문 교육은 새로운 방향으로 전개되어 나간다.[12] 공교육에서 조선어 교육을 억압하면 할수록 민족 교육으로서

공표되었다.
11) 허재영, 「일제강점기 조선인을 대상으로 한 일본어 보급 정책」, 『담화인지언어학회 학술대회 발표논문집』, 담화인지언어학회, 2004. 4, 127~140쪽.
12) 이 장에서는 어문 교육의 용어는 일제가 지칭하던 조선어 교육과 구별하여 일제강점기 한글 교육의 의미로 사용한다.

어문교육을 강화하려는 다양한 모색과 실천이 활발해졌다. 외부의 통제와 지배가 강화됨에 따라 내부의 저항과 대안 역시 가속화되었던 것이다. 그것은 크게 두 부분으로 나누어 볼 수 있는데, 하나는 한글에 대한 체계적인 연구와 정리 작업 등을 통해 한글 교육의 기틀을 마련하였다는 점이고, 다른 하나는 공교육기관 이외의 공간과 대중매체를 통하여 다양한 조선어 교육 프로그램을 적극적으로 실시하였다는 점이다.

한글에 대한 학문적인 접근과 작업은 1921년 12월 창립된 조선어연구회를 중심으로 전개되었다. 이 연구회는 우리말과 글을 연구하고 정리, 보급하려는 노력을 지속하여 나갔다. 1929년에 조선어사전편찬회를 조직하고 조선어사전편찬을 기획하였으며, 1931년에는 연구회의 명칭을 조선어학회로 바꾸고, 1933년에 '한글맞춤법통일안'을 공표하고, 1936년에 『사정한 조선어 표준말 모음』을 간행하였다. 학자들은 연구발표회와 강연회를 통하여 한글의 문자적 우수성을 밝히고 학문적 연구 성과를 입증하였으며, 체계적인 정리 작업도 진행해나갔다. 이러한 성과들은 한글교육의 기반이 되었다. 그러나 1942년 이른바 조선어학회 사건으로 회원들이 대거 검거 투옥되고, 조선어 말살 정책이 더욱 강화되면서 이러한 활동은 상당 부분 위축되기 시작하였다.

또한 사립학교와 제도권 밖 교육시설 그리고 대중매체 등 다양한 영역에서 다양한 방식으로 우리말과 글에 대한 교육을 지속해나갔다. 당시 사립학교는 공교육기관보다 비교적 교과운영이 자유로웠기 때문에 우리 어문 교육에 많은 시간을 할애할 수 있었을 것이며,[13] 강습소, 야학, 간이학교 등 제도권이 아닌 교육시설에서는 한글 교육을 중점적으

---

13) 윤여탁 외, 앞의 책, 284~285쪽.

로 실시하였다. 무엇보다 신문과 잡지 등 대중 매체를 활용한 다양한 방식의 한글 교육은 효율적이고 파급 효과 또한 컸다. 공교육에서 단계적으로 조선어 교육이 폐지되는 상황 속에서 신문, 잡지 등에 게재된 글들은 읽기 자료로 활용될 수 있었기 때문이다. 당시 어린이를 대상으로 하는 신문과 잡지에는 우리나라의 역사, 풍습, 속담, 시, 시조, 동요, 동화, 만화 등 다양한 양식의 글들을 싣고 있는데, 이는 어문 교육뿐만 아니라 민족교육으로서 중요한 의미를 지녔다. 또한 전문적인 아동문학 작가뿐만 아니라 이태준, 채만식, 김유정, 현덕, 김소운 등 당시 문단의 대표적인 작가들도 필자로 참여하였다는 사실은 당시 어문교육에 대한 인식을 잘 드러내준다.[14)]

이 시기 박태원은 월간 아동잡지『소년』의 필진으로 참여하고, 창작 동화, 번역 동화, 역사전기문학 등 다양한 양식의 아동문학을 발표함으로써 아동문학 작가로서 새로운 위상을 정립하였다. 그의 아동문학은 당시 어문 교육에 대한 남다른 자의식에 근거하고 있는 것으로 보인다. 「솟곱」「줄다리기」「김후직」 등의 동화는 종종 '독본(讀本)'이라는 표제 아래 발표되었다. 당시 '독본'은 한글 교육을 위해서 고안된 형식으로 사립학교, 야학, 강습소 등에서 공교육에 대체하는 교재로 주로 사

---

14) 참고로『소년』(1940. 8) 창간호의 목차를 보면 새가요-노래가 없고 보면(윤석중 노래, 윤극영 곡)/수수께끼 세 토막/속담 두 개/소년 지식/새 연재소설-꽃 필 때까지 (방기환)/소년 소설-돌아온 아버지(정비석), 야학생(양미림)/사화-김유신(박태원)/동화-돌팔매(김소운)/웃음동산/우리들의 시조/소년 시집-약속(조미리), 아침의 노래(이종성), 시골밤(김원용), 밤시내(이원수)/그림얘기-베니스의 상인/만화-흉내(김용필), 나하고 사하고(안고흥), 즐거운 하루(임동은), 야단을 치니까/그림-즐거운 여름방학(정현웅), 측후소 구경(의환, 동헌) 등으로 구성되어 있다.

용되었다.[15] 박태원의 동화가 독본으로 발표되었다는 것은 그의 글들이 조선어 교육이 금지되는 상황에서 어문 교육의 대안으로 기능하였다는 점을 분명하게 시사하고 있다.

「솟곱」(『매일신보』, 1935. 10. 27., 11. 3 총 2회 연재)은 '어린이 페-지'에 실린 생활동화이다. 제목 앞에 '어린이 독본'이라고 명시하고 있다. 2회에 걸쳐 연재된 이 동화는 어린이의 단순한 일상을 다루고 있다. 감기 때문에 사흘 동안 학교에 가지 못하고 누워있는 기순이가 학교에 가고 싶어서 감기약도 잘 먹고 어머니한테 내일은 꼭 학교에 가겠다고 다짐한다는 내용이다. 이야기의 핵심은 기순이가 학교에 빨리 가고 싶어 한다는 것인데, 그것은 '조선어 독본' 때문이다.

> 어머니가 그러케 말슴하셔두 기순이는 짜증을 낸채「그 까진 솟곱」하구 듯지도 안헛습니다. 밤에 옆집 희자가「십이 비행긔 놉고밝은가을하날에 비행긔한채가 푸로패라소리를 웅장스럽게 내며서쪽에서동쪽으로날라갑니다」하고 조선어독본을 읽는 소리를 듯구는 기순이는 이번에는 사흘이나 결석한 학교가 생각이 나서 견딜수업섯습니다.[16]

기순이는 소꿉을 사준다는 어머니 말씀에는 아랑곳하지도 않고, 옆집 희자가 조선어 독본 읽는 소리를 듣고 학교에 가기로 결심한다. 조선어독본은 기순이가 학교에 가는 결정적인 이유이다. 집에서도 조선어 독본을 소리 내어 읽고 그 소리를 듣고 학교에 가려는 의지를 밝히

---

15) 오현숙, 「해방기 박태원 문학의 두 가지 갈래」, 방민호 편 『박태원 문학 연구의 재인식』, 예옥, 2010. 409쪽.
16) 박태원, 「솟곱」(상), 『매일신보』, 1935. 10. 27.

는 장면은 조선어교육의 중요성을 의도적으로 강조하는 대목이다.

「줄다리기」(『매일신보』, 1935. 12. 1., 8. 총 2회 연재)도 '어린이 독본'으로 발표된 동화이다. 이 작품도 어린이들의 일상을 주요 내용으로 삼고 있다. 순이, 정희, 수남이가 골목에서 숨바꼭질놀이를 하고 노는데, 남수가 자기 집에서 함께 놀자고 초대한다. 아이들은 남수네 집에서 숨바꼭질과 줄다리기를 하며 놀지만 곧 남수의 횡포 때문에 그 집에서 나와 다시 자기들끼리 재미있게 논다는 것이 동화의 줄거리이다. 그런데 이 단순한 이야기는 식민지 현실에 대한 알레고리를 내면화하고 있다. 남수는 넓은 정원에 연못과 그네까지 있는 저택에 살지만, 수남이를 때리고, 숨바꼭질 할 때 룰을 지키지 않으며, 줄다리기 하다가 나가떨어졌다고 화를 내며 아이들을 내쫓는 등 무례하고 일방적이다. 여기서 눈여겨 볼 것은 불공평하고 폭력을 일삼는 남수에 대한 세 아이들의 태도이다. 남수가 룰을 지키지 않고 혼자 날뛰자 세 아이들은 정당하게 자신들의 생각을 밝히고 더 이상 그 행동을 용납하지 않는다. 그리고 후안무치한 행동에도 전혀 동요하지 않고 이를 무시하고 자기들의 세계로 다시 돌아가 놀이를 계속한다.

이 작품들이 발표된 1935년은 제6차 조선교육령이 시행되던 시기이다. 이 시기 일제 당국의 교과서 정책은 겉으로는 조선의 특수한 사정 또는 조선에 적합한 교과서 개발을 표방하고 있었지만, 사실상 내선일체의 지배이데올로기를 강화하고 있었다. 제6차 교육령에는 역사교과서와 조선어교과서에 조선 역사와 관련한 내용을 많이 싣고 또한 조선 사람의 글을 수록한다고 밝히고 있다. 그러나 3년 뒤 제7차 개정교육령에서는 조선어를 필수가 아닌 수의과목으로 격하시켰고, 이듬해인 1939년부터 학교에서 조선어 수업은 금지된다. 「솟곱」은 일종의 외국어 교육으로 명맥을 이어가던 조선어 교육이 조만간 교과목에서 사라질 위기 상황에서 조선어 독본의 의미를 어린이의 시선으로 보여주고 있으며, 「줄다리기」는 부당한 행위에 대응하는 자세를 어린이의 수준에 맞게 담아내고 있다.

이들 작품에 앞서 발표한 동화 「오남매」(『어린이』, 1933. 6.~9. 총 4회 연재)에는 작문과 관련한 내용이 실려 있다. 독특의 조밀한 관찰과 세련된 필치로 아동문학에 새로운 경지를 개척하였다[17]는 평가를 받고 있는 이 작품은 어구누나, 쪼끔누나, 남종이 언니, 남수, 순이 등 다섯 남매의 사소한 일상을 그리고 있다. 남수가 안방 다락에 있는 줄도 모르고 온 집안 식구가 찾아 헤매는 이야기, 욕심꾸러기 남수가 참외에 욕심내다가 설사를 하는데 설사를 하면서도 참외를 먹는 모습, 능금을 빼앗아 먹을 궁리를 하고 있는 와중에 능금이 땅에 떨어뜨리자 얼른 집어들고 도망치는 모습 등 장난꾸러기 남수와 누나들이 벌이는 재미있는 행동들이 사실적으로 그려져 있다. 그런데 흥미로운 것은 남수의 좌충우돌하는 이야기가 그대로 작문의 내용이라는 점이다. 남수는 남종이 언니가 자신의 부끄러운 행동을 작문으로 썼다는 사실을 알고 작문 공책을 찢어버리고, 남종이 언니가 남수의 가슴을 쥐어박자, 남수는 울면서 남종이 언니에게로 달려드는 것으로 동화가 끝난다.

> 「…그날 저녁에 남수는 어머니께 매를 맞고 어-ㅇ 엉 울엇습니다」
> 하는 소리가 나고 뒤미쳐
> 「호호호호… 호호호…」 하고 재미나게 웃어대는 어구누나소리가

---

17) 「1933년의 문학계—오남매, 박태원 작, 어린이 6~9월호 연재아동소설」, 『신동아』 3권 12호, 1933. 12.

들립니다…(중략)…

　「그걸 남종이 언니가 그대루 작문을 지엇단다」

　「작문이 뭐야」

　「얘기 쓰는 거야」

　「얘기 써 뭣해」

　「학교에 내놓지」

　따는 그 말을 듯고보니 커다란책에 남종이 언니 글씨로 무엇인지
잘게잘게 적혀잇는 모양입니다.[18]

　이 부분은 작문의 개념을 아동문학이라는 수준에 맞게 그려내고 있
다. 작문이 무엇인지, 또한 글쓰기가 어떻게 이루어지는지 그리고 그
효과는 무엇인지가 잘 드러나며, 그것을 두려워하는 남수의 행동을 통
해 글쓰기의 위력을 강조하고 있다고 볼 수 있다.[19]

　어린이 잡지 『소년』에 실린 「김유신」과 「김후직」 두 편의 글은 아동문
학을 통한 어문 교육의 또 다른 일면을 보여준다. 『소년』 창간호 (1940.
8.)에 실린 「소년 김유신」은 제목 앞에 '조선사화'라는 장르 표시가 덧
붙여 있다. '박태원 지음'이라고 적고 있지만 이 작품은 창작이 아니라
김유신에 관련한 설화를 번역한 것이다. 내용은 김유신이 열일곱 살
때, 신라의 형세가 외롭고 위태로워, 중악이라는 산 석굴에 들어가 나
라의 화란(禍亂)을 구할 수 있는 힘을 달라고 하늘에 간절한 기도를 올
린다. 나흘 째 되는 날 한 노인이 나타나자, 유신은 나라를 구할 수 있
는 술법을 가르쳐 달라고 간청한다. 그 도인은 김유신이 세 나라(고구

---

18)　박태원, 「오남매」, 『어린이』 11권 9호, 1933. 9, 32~33쪽.

19)　박진숙, 「동화의 출발점으로서의 심심함이라는 기제」, 『구보학보』 9집, 구보학
　　회, 2013, 360~361쪽.

려, 신라, 백제)를 병합할 뜻을 가졌으니 장한 일이로다 라고 하면서 술법을 알려주고 사라진다. 이후 신라의 형세가 더욱 위태로워지자 유신은 보검을 들고 다시 깊은 산으로 들어가 향을 피우고 제를 올린다. 정성스레 기도를 드리자 신령이 보검 위로 내려 저절로 움직이고, 그는 나라를 위해 목숨을 아끼지 않을 것을 거듭거듭 맹세한 다음 마침내 산을 내려왔다는 내용이다. 흥미로운 것은 이 글의 같은 지면에 '우리들의 시조'란이 있는데, 충신 성삼문의 봉래산가를 싣고 있다는 사실이다. 김유신의 사화와 성삼문의 시조를 한 지면에 게재함으로써 애국심과 충성심 등 민족의식을 강조하고 있다. 이것은 교육적인 목적과 편집자의 의도가 반영된 것으로 보인다.

「김후직」은『소년』(4권 10호, 1940. 10.)에 실린 글이다. 제목 위에 '소년독본' '첫째 과'라는 표제어가 붙어 있다. 이 글 역시 창작이 아니라『삼국사기』 열전에 실린 김후직의 이야기를 어린이들에게 알기 쉽게 풀어쓴 역사전기물이다. 그런데 박태원은 글머리에 다음과 같이 당부함으로써 이 글이 '독본'임을 강조하고 있다.

우리가 사람으로 태어난 이상에는 부모께 효도를 극진히 하고 임금께 충성을 다하여 비로소 도리에 마땅하다 하겠습니다. 그래 나는 이「소년독본」에서 우선 옛적 충신의 이야기를 하나 하기로 합니다. 단정히 앉아서들 읽으십시오.[20]

본문은『삼국사기』 원전을 그대로 번역하고 있다. 충직한 신하인 김

---

20) 박태원, 「김후직」,『소년』, 1940. 10, 40쪽.

후직은 진평왕이 사냥을 즐기자 이를 금해 줄 것을 간절히 간하지만, 왕은 듣지 않는다. 후직이 병에 들어 죽게 되자 아들에게 죽어서라도 왕의 잘못을 고쳐주고자 자신을 왕이 사냥 다니는 길목에 묻어달라고 유언을 한다. 왕의 사냥놀이는 계속되었는데 어느 날 왕이 사냥을 가다가 '가지 마소서!' 라는 소리를 듣고 그 연유를 묻는다. 신하들을 통해 후직의 충심을 알고 난 왕은 눈물을 흘리면서 다시는 사냥을 하지 않았다는 이야기이다.

이러한 일련의 글들은 1938년부터 시행된 제7차 조선교육령 시기에 발표되었다는 점에 주목할 필요가 있다. 이 시기는 학교 교육에서 내선일체 식민통치 이데올로기가 한층 강화되었으며, 조선적인 것을 배제하고 완전한 일본인으로 동화되기를 목표로 했다. 제7차 교육령 개정에 따라 발포된 소학교 규정에는 내선일체에 따른 황국신민화가 소학교 교육의 목표이며, 모든 수업은 국어 즉 일본어를 사용할 것을 명시하고 있으며, 이듬해부터 조선어 사용이 전면 금지된다.[21] 따라서 이 시기는 이전 시기보다 교육적 대안과 민족 교육으로서 어문 교육의 역할이 한층 강화되었다. 언어는 단순히 의사소통의 도구가 아니라 사고 형성의 매체이며, 모국어 교육을 통해 전통문화와 사상 즉 민족의식이 형성되기 때문이다. 박태원의 역사적 인물에 대한 글은 이러한 교육적인

---

21) 이에 『매일신보』 1938년 3월 17일자 회외에서 소학교 교육의 방향을 명시하고 있다. 그 내용은 一. 教育에 關한 勅語의 趣旨에 依하야 國民道德의 涵養에 努力하고 國體의 本意를 明徵히 하야 兒童으로 하여금 皇國臣民으로서의 自覺을 振起하고 皇運 扶翼의 道에 徹케 하도록 努力할 것 七 國語를 習得케 하고 그 使用을 正確히 해서 應用을 自在케하고 國語敎育의 徹底를 期하야써 皇國臣民으로서의 性格을 涵養하도록 努力할 것. 八 敎授用語는 國語를 使用할 것이다. 허재영, 앞의 책, 2009, 118~119쪽에서 재인용.

의도를 함유하고 있으며, 조선어독본으로서 유용한 자료였다.

이처럼 일제 강점기 박태원의 아동문학에는 당시 파행적인 어문 교육에 대한 자의식이 반영되어 있다. 이는 비록 간접적이기는 하지만 조선어교육이 불가능해져가는 상황에 탄력적으로 대응해나가는 유효한 수단이었다고 볼 수 있다.

3. 해방 직후 국어 교육과 작문교과서

1) 국어 교육과 교과서

해방 이후 가장 시급한 문제는 교과서를 편찬하는 일과 국어를 가르치는 교사를 양성하는 일이었다. 일본어를 국어로 교육받아온 어린 학생들에게 우리말과 글을 되찾아주고 그것을 가르칠 교재를 만드는 것은 교육 당국이 직면한 과제였다. 1945년 9월에 발족된 조선교육심의회 제9분과위원회가 교과서 업무를 담당하면서, 국어교과서를 비롯한 각종 교과서 편찬 업무가 본격적으로 시작 되었다.

이에 따라 박태원의 글들이 교과서에 수록되었다. 그의 작품이 교과서에 수록되기 시작한 것은 1947년 군청청문교부에서 발행한『중등국어교본』이다. 이 교본은 상, 중, 하 세 권으로 발행되었는데, 이는 각각 1·2학년, 3·4학년, 5·6학년용이다. 박태원 글은 1·2학년용에「첫 여름」, 3·4학년용에「아름다운 풍경」이 각각 실려 있다. 이 두 글은 2페이지 정도의 수필이다. 두 편은 기왕에 발표된 글을 교과서에 맞게 수정하여 수록하고 있다.「첫 여름」은『신생』(1930. 6.)에「초하풍경」

으로 발표되었던 글인데, 한문 제목을 한글 제목 「첫 여름」으로 바꾸고, 「하늘」 「빨래터」 「맥고자」 「모기장」 「발(簾)」 「악박골」 「냉면」 「낮잠」 등의 여덟 개 소제목도 「하늘」 「빨래터」 「태극선」 「냉면」 「맥고자」 등 다섯 개로 줄였다. 내용도 "차차 더워지면 우리의 타선을 자극합니다. 맛도 좋으려니와 그 위에 소복히 얹혀 있는 각종 고명이 참말 보기 좋지 않습니까?"라는 구절을 첨가하는 등 학생들 수준에 맞게 수정하였다.[22] 「아름다운 풍경」은 『백광』(1941.5)에 「우산」이라는 제목으로 발표된 수필 중 일부분이다. 「우산」은 「가소로운 장면」과 「아름다운 풍경」의 두 소제목으로 나누어 비오는 날의 풍경을 묘사하고 있는데, 교과서에는 뒷부분만 뽑아서 「아름다운 풍경」이란 제목으로 싣고, 문장과 어휘도 부분적으로 수정하고 있다. 예를 들면 일본식 행정명칭 '현저정'을 '현저동'으로, '오래비'를 표준어 '오빠'로, '여인들은 그곳에 오즉 십 여 명에 그치지 않았다'를 '여인들은 그 곳에 이 십 명도 훨씬 넘는다' 등으로 바꾸어 놓았다.

특히 이 시기 작가들은 입을 모아 아동문학의 중요성을 강조하였다. 그것은 어린이들로 하여금 일본어의 잔재를 하루 빨리 청산하고 우리말과 글을 쓸 수 있도록 유도해야 한다는 시대적인 요청이 시급했기 때문이다. 『아동문학』 창간호 (1945. 12. 1.)에는 여러 편을 글이 실려 있는데, 필자들은 모두 일본어를 청산하고 어린이용 국어교재를 만드는 작업에 협력해야 한다고 역설하고 있다. 이태준은 "우리가 일본 제국주의에 짓밟혔을 적에 우리말과 글을 빼앗겼고, 성과 아들딸들의 이름마

---

22) 「초하풍경」은 박태원이 편집한 『중등문범』에 다시 수록한다. 『중등문범』에는 제목을 그대로 사용하고, 「하늘」 「빨래터」 「맥고자」 「태극선」 「냉면」의 소제목으로 되어 있다.

저 일본식 사람 이름으로 지어 불렸고, 그리고 집안에서까지 비굴하게 일본 말을 하였던 것을 청소하자"[23]고 하면서 우리 민족의 계승자인 우리 어린이들의 장래를 위해 아동 교육용 교재 발행에 협력하자고 호소하고 있다. 이원조도 우리들의 당면한 과제는 "문학 활동이 아니고 학교와 가정 나아가서는 우리 민족 전체가 제일 짧은 기간 안에 가장 시급히 달성해야 할 일은 일본적 독소(의식 습관 유희 중의 일본의 찌끼)를 빨리 빼내는 일이라"고 하면서 다음과 같이 촉구하였다.

성인의 입에서 간혹 일본말이 튀어 나온다 하더라고 그것은 오히려 입에 익은 탓이라고 하자 또 성인 문학이 언어적 정화가 못되었다고 하더라도 그것은 문학적 불비라고 하자 그러나 어린이 입에서 나오는 일본말은 결코 그런 것이 아니어서 성인을 수정하면 될 것이지마는 아동은 다른 민족에서 빼앗어다 우리 민족으로 돌아오게 하는 것인 때문이다. 그러니 당면한 과제는 문학이 아니란 말인 것이다. 이 과제는 학교와 가족 나아가서는 우리 민족 전체가 제일 짧은 기간 안에 가장 시급히 달성하지 아니하면 안 될 것이다. 그러므로 우선 말에서 우리 아동을 찾았으므로 말미암아 아동 세계에 좀 먹어 들어갔던 모든 일본적 독소—모든 의식 풍습 유희 중에서도 가장 그 악례로써 '사무라이 곡고' 같은 것을 빼고 청신 발랄한 새 조선 아동의 세계를 건축할 수 있는 것이며 이와 병행해 아동문학 수립의 근본대책이 세워지는 것이다.[24]

23) 이태준, 「아동문학에 있어서 성인 문학자의 임무」, 『아동문학』, 창간호 1945. 12. 1, 1쪽; 이응호, 『미군정기의 한글운동사』, 성청사, 1974, 67쪽에서 재인용.
24) 이원조, 「아동문학의 수립과 보급」, 『아동문학』 창간호, 1945. 12. 1, 2쪽; 이응호, 앞의 책, 67쪽에서 재인용.

박태원의 「어린이 일기」는 이러한 시대적인 요구를 잘 반영하고 있다. 이 작품은 해방직후 발행된 아동용 한글 주간 『어린이 신문』에 1945년 12월 1일부터 1946년 5월 11일까지 총 10회에 걸쳐 연재되었으며, 초등학생인 영이의 일기 형식을 빌어서 해방직후 새롭게 시작된 한글 공부와 정국의 변화를 사실적으로 그려내고 있다. 영이의 「어린이 일기」는 다음과 같은 첫머리로 시작한다.

> 「꼬끼요~」「꼬끼요~」 하고 동네 닭이 웁니다. 「고계곡꼬~」 하고 우는 닭은 이제는 한 마리도 없습니다. 어느 닭이나 모두 「꼬끼요~」「꼬끼요~」 하고 웁니다. …(중략)… 학교 정문을 들어 설 때 누가 뒤를 쫓아 오며, 「리에이상!」 하고 부릅니다. 김정숙인줄 알지만 나는 대답도 안하고 돌아다보지도 않았습니다. 내 이름은 이영이지 「리에이」가 아닙니다. …(중략)… 그런데 나도 일본말이 그저 입에 배어서 국어 시간에 무심코 「센세이!」하고 부르고 얼굴이 빨개졌습니다. 정숙이만 나물랄 일이 아닙니다. 나도 정신을 차려야 하겠습니다.[25]

새벽 닭 울음소리는 해방에 대한 은유적인 표현인데, 국어 교육과 관련하여 그 중요성을 강조하고 있다. 닭 울음소리가 일본어 '고계곡꼬'가 아니라 우리말 '꼬끼요'로 바뀌었다고 명시하고 있다. '고계곡꼬'는 일본 사람 귀에 익은 수탉소리이며 일본 문부성이 공식으로 정한 닭소리로 국정 국어교과서에 실려 있다.[26] 또한 이름이 '리에이'가 아니라 이영이기 때문에 친구가 부르는 소리에도 응답하지 않던 영이가 무심

---

25) 박태원, 「어린이 일기」, 『어린이 신문』, 1945. 12. 1.
26) 마끼세 아끼꼬, 앞의 글, 327쪽.

코 선생님을 '센세이'라고 부르고 부끄러워하는 장면을 통해 해방 직후의 혼란한 상황을 드러내기도 한다. "내가 「우리말, 글, 우리나라는 훌륭한 나라요, 우리는 훌륭한 백성이요」하고 읽으면 순이는 「개, 새, 매미, 배추, 대나무, 담배 ㅅ대」하고 제 공부를 합니다.(2회)"라고 영이와 동생 순이가 국어를 공부하는 모습, 영이가 한글을 알지 못하는 옥희, 복술이, 동순이에게 가르쳐주는 모습 등 열심히 한글 공부에 참여하는 과정이 생생하게 전달된다. 당시 학교 현장에서 쓰던 교과서의 지문 내용을 그대로 싣기도 함으로써 당시 한글공부의 실제 과정을 보여준다. 또한 5회에는 일본어를 쓴 한 학생을 여러 명이 때려주는 장면이 나오는데, 그것은 '누구든지 무심코 일본말을 쓰기만 하면 그렇게 여럿이서 때려주는 것이다'라고 설명하고 있다.

이 동화는 한글 공부 뿐만 아니라 징용에서 돌아오지 못한 아버지 때문에 힘겹게 살고 있는 친구를 돕는 행동, 청소와 부모님 심부름, 숙제를 그날그날 꼭 해 놓는 습관 실천하기 등 영이의 바람직한 생활 모습도 담아내고 있다. 이 글이 수록된 지면에는 최영해의 「국어교실」 과 동시, 한국사와 한국지리에 관한 글도 함께 편집되어 있다. 예를 들면 「어린이 일기」 5회 지면에는 국어교실―ㄾ받침, ㄿ받침, ㅄ받침, ㅆ받침―과 동물원을 소개하는 만화가 실려 있고, 6회 지면에는 오준영의 지리독본(1), 소년조선사―백제 건국과 온조왕, 소학생과의 독본―꽃밭 등이 함께 실려 있다. 즉 「어린이 일기」가 게재된 지면은 한글 교육 뿐만 아니라 한국지리와 역사를 가르치기 위한 교육적 목적으로 편집된 것이다.

이러한 교육적인 의도는 『주간소학생』(1946. 11. 25.~1947. 11.)에 연재된 『이순신 장군』에도 드러나 있다. 이 작품은 이순신의 활약상을 그리고 있는데, 같은 지면에 서사와 관련된 사료, 유물, 역사, 지리 등을 설명하고 있다. 예를 들면, 4회는 「군비와 거북선」이라는 소제목 아래 외적의 침입에 대비하여 군비를 확충하고 거북선을 만드는 등 이순신의 용의주도한 면을 그리고 있는데, 같은 지면에 '조선의 쇠'에 대하여 설명하는 부분을 덧붙이고 있다.[27] 이 밖에 주요서사와 관련하여 이순신의 유물(도장과 인문, 영패, 귀도, 참도, 독전기, 홍소령기, 남소령기, 곡나팔, 장병검, 사조구 등)을 사진과 함께 싣고 용도를 설명하는가 하면, 조선과 산, 조선과 평야, 조선과 장마, 조선과 섬, 조선 땅, 각 도의 이름 등 조선의 역사와 지리에 대한 설명도 첨가하고 있다. 또한 『이순신 장군』을 연재하는 같은 지면에 「한글공부─틀리기 쉬운 말(이영철)」도 함께 연재하고 있다. 박태원은 연재본을 단행본 『이순신 장군』(아협, 1948)으로 발간할 때 1페이지부터 102페이지까지 각 페이지에 나오는 어려운 어휘를 모아서 '어려운 말 풀이'를 부록으로 제공하고 있다.

요컨대 이 시기 박태원의 동화는 순수한 문학작품의 의미보다는 교육적인 목적이 강화되어 있다. 이는 해방 이후 한글, 역사, 지리 등 민족문화에 대한 교육이라는 시대적인 요구를 반영한 것이다.

(2) 국어 교육과 작문교과서

해방 직후 국어과 교육은 1947년 9월 1일 미군정청 편수국에서 발

---

27) 박태원, 『이순신 장군』, 『주간 소학생』, 1947. 1. 1, 11쪽.

표한 '교수요목'에 의거하여 실시되었다.[28] 교수요목(중학교 교수요목)
은 교수요지, 교수방침, 교수사항, 교수의 주의 등 네 부분으로 구성되
어 있으며, 그 내용은 다음과 같다.

(一) 교수 요지
국어를 잘 알고 잘 쓰게 하며 우리의 문화를 이어 확충 창조ㅎ게 하
고, 겸하여 지덕을 열어 건전한 국민정신을 기르기로 요지를 삼음
(二) 교수방침
(ㄱ) 국어의 됨됨이를 밝히며, 그 국민다운 사상 감동의 표현 방법
을 가르치어, 국어의 올바른 이해와 사상 체험의 명확한 발표를 익히
고 국어 애중의 생각을 기름
(ㄴ) 국어국문의 전통과 그 표현을 이해ㅎ게 하고, 국어국문의 사적
발달을 구명하여 종래의 사상 문화의 연원과 발달을 자세히 알려 국
민정신을 기르고 우리 문화를 창조 확충ㅎ게하는 신념을 배양함
(ㄷ) 국어국문을 통하여 덕육, 지육, 체육 등의 정신과 식견을 길러
건전한 중견 국민의 사명을 스스로 깨닫게 함.
(三). 교수 사항
교수 사항은 아래와 같음 : 읽기, 말하기, 짓기, 쓰기, 문법, 국문학사
1. 읽기-국어의 익힘, 풀기, 감상, 비평, 받아쓰기 등을 시켜 국가
의식을 높이고, 도의와 식견을 밝히고, 실천 근로 문예 등을 즐기고,
심신을 건전ㅎ게 하여 큼직한 국민의 자질을 기름
2. 말하기-올바른 국어로써 사상 체험을 똑똑히 발표하고, 듣기를
익히고, 또 틀린 밀과 소리를 바로 잡고, 아어(雅語) 경어(敬語) 쓰는
법을 익힘

---

28) 이 시기를 교수요목 시기라고 칭한다. 정부수립 이후 우리나라 교육과정은 지금
까지 일곱 차례에 걸쳐 기준이 바뀌어 왔다. 교수요목의 시기(1946~1954), 제1
차 교육과정의 시기(1954~1963), 제2차(1963~1973) 제3차(1973~1981) 제4차
(1981~1987), 제5차(1987~1992), 제6차(1992~1997) 제7차(1997~).

3. 짓기-현대어를 위주하여 감정 의사를 익달하게 들어내어 여러 가지 글을 짓게 하고 사상 체험의 정확 자유한 표현을 하도록 지도하고 또 첨삭 비평의 능력을 기름

4. 쓰기-정확하고, 민속하고, 깨끗하고도 아름답게 쓰도록 지도함

5. 문법-국어의 소리, 글자, 어법, 표기 등의 대요를 가르쳐, 국어의 됨됨이와 그 특질을 이해ㅎ게 하고, 또 현대어, 신조어, 고어, 방언, 표준어, 외래어 등에 대한 명확한 인식을 얻고 국어의 사적 발달의 개요(槪要)를 알게 함

6. 국문학사-국문학의 사적 발달의 대요를 가르쳐 국민의 특성과 고유 문화의 유래를 밝혀 문화사상에의 우리 古典고전의 지위와 가치를 알림

四. 교수의 주의-읽기 말하기 문법 짓기 쓰기는 항상 그 관계와 연락을 긴밀히 하여 지도함. 읽기는 읽는 법을 위주하여 반복수련하게 하며, 그 문리를 정통하도록 함. 익히기에서는, 발음을 정확하게 하여, 그 귀조(句調)와 문제를 분명히 구별하고, 그 글 뜻을 이해하며 읽도록 주의함. 풀기는 글월의 의미와 요지를 알아냄을 위주하여, 어귀, 글원을 명확히 이해ㅎ게 하며, 특히 국민정신을 기름에 유의함.가끔 받아쓰기도 시켜 읽기의 교수 효과를 더욱 정확ㅎ게 함. 말하기는 올바른 말로 어휘, 어법을 익히며, 말을 하는 대나 듣는 때의 자세, 태도를 수련ㅎ게 함. 문법은 실지 일용생활을 쓰는 말에서 그 옳음과 틀림을 박히게 하여, 국어의 이해력과 발표력을 정확ㅎ게 하며, 국어에 대한 관심이 깊도록 함. 짓기는 정조(情操)를 기르고 식견을 높여 국민 생활의 발전과 국민다운 자각을 심화ㅎ게 함. 말하기와 쓰기는 따로 시간을 벌러 놓지 아니 하였으니, 읽기와 짓기 시간에 적당한 기회에 이를 지도하기로 함. 초급과 고급의 선택과목은 국어의 보충교재를 교수하기로 하되, 한문도 교수할 수 있음[29]

---

29) 교육부, 『초·중·고등학교 국어과 한문과 교육과정 기준(1946~1997)』, 교육부, 2000, 157~158쪽

위에서 보는 바와 같이 국어과 교수사항은 읽기, 말하기, 짓기, 쓰기, 문법, 국문학사 등으로 나누어졌다. 이에 따라 국어과 하위 영역은 여섯 부분으로 확정되었으며 실제 교수는 읽기, 짓기와 문법, 국문학사로 나누어져 있다. 말하기와 쓰기는 읽기 등 다른 영역과 함께 수행되었던 것으로 보인다. 이에 따라 각 영역의 교과서들이 다양하게 개발되었다.[30] 이 시기 박태원이 관심을 기울인 영역은 짓기이다. 그런데 자신의 사상과 느낌을 표현하는 짓기(작문)교육은 미개척분야를 개척하는 입장에 놓여 있었다. 왜냐하면 앞선 시기인 일제강점기에는 사상 표현을 목표로 하는 조선어작문 교육을 실시하지 않았기 때문이다. 그러므로 쓰기 교육의 개념이나 지도 내용 지도 방법 등에 대한 모형을 개발하는 일이 쉽지 않았던 것으로 보인다. 작문교육에 관심을 갖고 있던 사람들은 작문교육의 목교와 방법에 대하여 많은 고민을 할 수밖에 없었다. 더욱이 국어과의 다른 영역인 읽기 말하기 문법 영역의 목표와 지도 내용이 뚜렷했던 데 비해 쓰기는 글씨쓰기와 작문 습자의 등의 개념이 혼재되어 있는 상황에서 목표 설정 및 지도 내용 구성에 많은 어려움을 겪을 수밖에 없었다.[31] 당시 작문은 문법과 함께 수업하도록 되어 있고, 교수 시간은 초급 1학년 37, 초급 2학년 37, 초급 3학년 74, 고급 1학년 37, 고급 2학년 37시간으로 배정되어 있다.[32]

박태원은 『중등문범(中等文範)』과 『중등작문(中等作文)』 등 두 권의 작

---

30) 이 시기 교과서 목록 작업은 기관과 개인 연구자에 의해 몇 차례 진행되었으나, 아직까지 전모가 밝혀지지 않고 있다.

31) 허재영, 「국어과에서의 쓰기교육변천 연구―근대계몽기로부터 건국기까지의 쓰기 교육」, 『어문론총』 24호, 한국문학언어학회, 2005, 141~143쪽.

32) 교육부, 앞의 책, 2000, 158쪽

문 교재를 펴낸다.[33] 작문 교육에 대한 관심은 한글에 대한 남다른 자긍심과 관련성이 있다. 그는 「한글송」에서 투르게네프가 자신의 모국어를 '위대하고 신실하고 자유로운 노서아어여!'라고 예찬한 사실을 두고, '그것이 우리 한글보다도 좀 더 위대하고 신실하고 자유로운지는 못하리라'라도 하면서 다음과 같이 한글의 우수성을 강조하고 있다.

　　실로 한글은 우리의 보배요 자랑이다. 이는 인류의 지혜가 이제까지 창작 발명하여온 가운데 가장 위대한 수확이다. 그러나 나는 지금 나의 그 빈약한 어휘 속에서 구차(苟且)스러 형용사를 선택하여 이곳에 나열하여 놓을 필요가 있을까? 세계 문자 상 그 형식으로나 그 실질로나 또는 그 밖에 모든 것이 도저히 학리적이요 이상적이라고 이는 가장 완미정제(完美整齊)한 문자문화의 완성이라고, 아우러 한글에 대하여는 내외의 모든 학자들이 최상급의 찬사를 드려온터라. 내 이제 그것을 인용하려는 것은 너무 새삼스럽다. 그리고 또 부지럽슨 짓이다. 의심하여 질정치 못하는 날에 있어서도 국운을 생각하여 마음 아픈일이 있어서도 너만은 나의 막대료 기둥일리라 오오 위대하고 신실하고 자유로운 우리 한글이여![34]

　『중등문범(中等文範)』은 박태원이 편집한 교재이고『중등작문(中等作文)』은 그가 집필한 작문교과서이다. 박태원의『중등문범(中等文範)』은 박태원이 편집하였으며『부독본총서(副讀本叢書)』 6권으로 1946년 정음사에서 발간되었다. 당시 이 교재는 일본 재일조선인학교에서도 조

---

33) 박태원의 차남 박재영 씨에 의하면 해방직후 박태원이 학교 현장에서 학생들을 가르쳤다고 한다. 시기와 장소에 대해서는 정확하지 않으나, 국어교사로 재직한 사실은 분명한 것으로 보인다.
34) 박태원, 「한글송」, 『서울신문』, 1948. 10. 15.

선어 부교재로 사용되었다. 1948년 재일본조선인연맹 약칭 조련(朝聯)이 정음사 판을 복간하여 각 학교에 보급하여 널리 활용하게 하였다.[35] 104쪽에 이르는 이 책은 학생들에게 규범이 될 만한 글들을 모아 놓은 것으로 1부와 2부로 나누어져 있다. 1부는 12장으로 구성되어 있는데 한 장에 두서너 편의 글 싣고, 2부는 한 주제에 대하여 한 두 문장 정도의 짧은 글을 여러 편 싣고 있다. 글은 수필 또는 소설에서 전문 또는 일부 발췌하고, 경우에 따라서 제목을 바뀌기도 하였다. 예컨대 첫 번째로 실린 글 「四月」은 장덕주의 「사월의 하늘」 중 일부분에 해당하는 글이다. 1부는 각 장에 주제를 명시하고 있지는 않지만 비슷한 주제의 글들을 모아 놓고 있으며, 2부는 주제를 명시하고 주제별로 글을 발췌하여 싣고 있다. 원본 목차 1부는 제목만 제시하고 글 말미에 출처를 밝히고 있다. 출처는 작가와 작품명을 밝힌 경우도 있고, 작가만 적은 경우도 있다. 이 글에서는 이해를 돕기 위해 제목과 작가를 밝혀 놓는다. 책에 실려 있는 목차를 소개하면 다음과 같다.

제1부 제1장 四月(장덕조), 서울의 봄(현진건), 봄밤(모윤숙) 제2장 初夏風景(박태원). 新綠(정현웅), 바다(최정희), 소내기(이기영), 제3장 故鄕의 가을(채만식), 秋果三題(정현웅), 박ㆍ고추(홍우백), 落葉(이효석), 제4장 눈 내리는 밤(정비석), 滿洲벌판에 눈 나릴 때(박계주), 제5장 淸凉里(김기림), 麻浦(백석), 近郊(최영주), 제6장 毘盧峰을 오른다(박노갑). 道峰(이병기), 三防峽(박종화), 東海岸(노자영) 제7장 물(이태준), 바다(이태준), 山(홍우백) 제8장 田園의 樂(문일평), 懷鄕(이

35) 현재 일본에서 조련판 『중등문범』이 소장된 곳은 도쿄외국어대학 조선어학연구실 부설 오사다(長田)문고, 조선대학교 조선문제연구센터 부속 재일조선인관계자료실, 시가(滋賀)현립대학 박경식(朴慶植)문고이다. 마끼세 아끼꼬, 앞의 글, 335쪽.

원조), 田園生活(채만식), 落葉(안회남) 제9부 芭蕉(이태준), 菊花(조용만), 나팔꽃(김동석), 水仙(이태준), 제10장 鳶(김동석), 蜻蛉(김동석), 어린 時節(김환태), 제11장 불(염상섭), 큰물(채만식) 제12장 入院한 날(최정희), 주검(이태준), 貧村(염상섭), 가난(최학송)

제2부 1. 봄, 2, 여름, 3. 가을, 4. 겨울, 5. 해, 달, 별, 하늘, 구름, 6. 새벽, 아침, 낮, 저녁, 7. 비, 우레, 바람,눈, 서리, 얼음, 8. 바다, 배, 섬, 港口, 江, 9. 거리, 길, 公園, 山, 들, 10. 집, 村落, 11. 기차, 12. 散策, 遊山, 登山, 13. 장마, 가물, 큰물, 불, 14. 生活, 勤勞, 가난, 病

이 책은 몇 가지 측면에서 의미를 지닌다. 우선 다양하고 세분화한 주제의 글들을 모아 학생들로 하여금 좋은 글의 모범을 보여주었다는 점이다. 또한 글을 쓰는데 있어서 주제를 드러내는 방식, 표현하는 방법 등을 익히는 데에도 도움이 된다는 점이다. 중학교 교수요목 마지막 부분에 '초급과 고급의 선택과목은 국어의 보충교재를 교수'한다고 적고 있다. 따라서 부독본총서로 발간된 이 책은 보충교재로 사용되었을 것으로 보인다. 교수요목 중 '교수의 주의'에는 '읽기 말하기 문법 짓기 쓰기는 항상 그 관계와 연락을 긴밀히 하여 지도함'을 목표로 하고 있는 것을 고려하면 국어과 여러 과목에 사용되었을 가능성도 있으며, 짓기 과목의 교재로도 활용되었을 것이다.

『중등작문』은 박태원이 집필한 작문교과서로 1948년 정음사에서 발행하였다. 17개 항목으로 구성되어 있으며 총 80페이지다. 한 항목을 서 너 개의 작은 항목으로 나누어 설명하고 있다.[36] 교과서의 내용은

---

36) 목차는 다음과 같다. 제1. 말과 글 : 표정으로, 손지 몸짓으로, 표현방법의 몇 가지, 말, 글. 제2. 가을 : 가을 하늘, 가을의 향기, 가을의 풍미, 가을의 풍물. 제3.

크게 글의 본질, 글을 쓰는 방법, 글의 종류 등 세 부분으로 나누어진다. 이 시기에 발행된 작문교과서와 유사하게 학생들이 이해하기 쉽게 개념을 설명하고 구체적인 예문을 제시하는 방식으로 기술하고 있다. 다만 다른 교과서들과는 달리 머리말이 생략되어 있다.[37] 박태원이 학생들에게 먼저 강조하고 있는 것은 글의 본질, 즉 글의 정직성과 진실성에 대한 문제이다.

글을 짓는다 하면 남이 잘 모르는 어려운 말이나 하고 무슨 아름다운 문구나 늘어놓아야 되는 줄로 잘못 생각하기 때문이다. 본 대로 느낀 대로 무엇이든 좋다 자기가 눈으로 본 것 또는 마음에 느낀 것을 본 대로 느낀 대로 그대로만 적어놓으면 그것이 그냥 훌륭한 글이 된다. 그저 제가 본 대로 느낀 대로 쓰라 결코 마음에 없는 말을 쓰려고 하지 말고 억지로 꾸미고 지으려 하지 말라 글이란 우리 마음에 떠오는 것을 정직하게 적어만 놓으면 그만인 것이다. 어떠한 짧은 글이라 할지라도 그 속에는 언제나 우리 마음의 표현이 있다. 글이란 우리의

마음의 표현 : 글의 본질, 본 대로 느낀 대로. 제4. 진실 : 글은 진실하여야, 동심, 생활고. 제5.삼다주의 : 공부와 노력, 삼다주의, 많이 읽는 것, 많이 짓는 것, 많이 생각하는 것. 제6. 사생 : 재료는 도처에, 사생. 제7. 관찰 : 치밀한 관찰, 모든 감각을 집중시켜. 제8. 묘사 : 묘사란, 예리한 감각. 제9. 구두와 부호 : 구두, 부호. 제10. 기사문 : 문이란, 객관적으로. 제11. 서사문 : 서사문이란, 동적으로, 시간으로, 서사문의 범위, 주의할 점 몇 가지. 제12. 서정문 : 서정문이란. 제13. 감상문 : 감상문이란, 기발 신선, 주의할 점 몇 가지. 제14. 기행문 : 여행, 길 떠나는 즐거움, 재료는 인상적인 것으로, 지방색, 지방정조, 때와 장소, 역사적 회고. 제15. 서간문 : 서간문이란, 진정 용어, 사연, 교양. 제16. 해설문 : 해설문이란, 주의 몇 가지. 제17. 평론문 : 평론문이란, 요점 몇 가지.

37) 당시 작문교과서는 『국어작문』(고희준·조종하, 창인사, 1947), 『중등작문』(오상순, 백영사, 1947), 『신중등작문-초급』(이성두, 대양출판사, 1947), 『새중등작문교본』(윤태영, 삼중당, 1948), 『현대중등글짓기』 1, 2(최영조, 금룡도서, 1948) 등이 있다. 허재영, 『국어과 교과서와 교재지도 연구』, 한국문화사, 2006, 53~54쪽 참조.

마음을 떠나서는 결코 존재하지 못하는 것이다. 까닭에 글을 쓰는 데는 무엇보다도 우선 마음이 정직하고 진실하여야 한다, 이것이 글 쓰는 데 가장 요긴한 조건인 것이다. …(중략)… 이것은 곧 글에는 허위나 가식─즉 거짓이 있어서는 아니 된다는 뜻이다. 글은 언제나 진실하여야 한다는 말이다. …(중략)… 참말 명문이라 할 만한 것은 그리 흔하지 않다. 이미 전문가가 그러하다. 처음으로 글 짓는 공부를 하는 사람이 그 솜씨가 서투를 것은 가장 당연한 일이 아니겠느냐? 제군은 오직 마음이 진실하지 못한 것을 근심하라 글이 서투른 것은 결코 부끄러워할 배 아니다. 글은 설혹 서투르다 하더라도 그 내용이 진실하기만 하다면 그 글은 능히 읽는 이의 심금을 울려 줄 수 있는 것이다. 공감을 얻을 수 있는 것이다. 언제나 '진실' 두 글자를 잊지 말라. 제 아무리 갖은 형용사를 늘어놓아 언뜻 보기에는 제법 아름다운 듯 싶은 글이라도 그 내용이 허위와 가식으로 차 있다하면 한 푼의 값어치도 없는 줄로 알라.[38]

이어서 글을 잘 쓰는 방법으로 구양수의 삼다주의 즉 간다(看多) 주다(做多) 상량다(商量多), 많이 읽고 많이 짓고 많이 생각하는 것에 대해서 설명하고, 이를 위해서 세밀한 관찰과 감각의 집중이 필요하다고 강조하고 있다.

세밀한 관찰─사생은 실물을 보고 그리는 것이다. 그러한 까닭에 사생을 잘 하려면 우선 잘 보기부터 해야 한다. 가장 세심한 주의력을 가지고 대상을 빈틈없이 자세히 보고 속속들이 깊이 살펴야만 한다. …(중략)… 모든 감각을 집중시켜 관찰하라 하면 흔히 두 눈으로 보는 것만 가리키는 줄로 잘못 생각하는 이다 있다 그러나 결코 그렇지 않

38) 박태원, 『중등작문』, 정음사, 1948, 12~15쪽.

다. …(중략)… 귀로 듣기도 하고 코로 맡기도 하고 또 손으로 만져도 보고 입으로 맛도 보고 하는 것이다. 즉 시각 청각 후각 촉각 미각 등 모든 감각을 집중시킨 다음에야 비로소 세밀한 관찰이 이루어진다. …(중략)… 묘사—이러이라하고 어떠 어떠하다고 장황하게 설명을 하여 독자의 이해를 구하는 것이 아니라 자기가 관찰한 대로 그것을 여실하게 그려 놓아 읽는 사람 눈앞에 그대로 방불하게 하는 것이다.[39)]

예민한 감각과 치밀한 묘사는 그가 이전부터 창작기법으로 밝혀온 "언어에 있어서든, 문장에 있어서든, 우리는, 다만 내용을 통하여 어느 일정한 의미를 전할 뿐에 그쳐서는 안 된다. 반드시 그와 함께, 그 음향으로, 어느 막연한 암시를 독자에게 주문을 하여야만 한다. 내용으로는 이지적으로, 음향으로는 감각적으로, 동시에, 언어는, 문장은, 독자의 감상 우에 충분한 효과를 갖지 않아서는 안된다."[40)]는 주장과 동일하다. 또한 기사문, 서사문, 서정문, 감상문, 기행문, 서간문, 해설문, 평론문 등 다양한 글의 특성, 어휘의 정확한 표현, 문장 부호의 사용 등에 대해서도 상세히 설명하고 있다.

4. 결론

지금까지 박태원과 국어 교육과의 관련성에 대해서 살펴보았다. 박태원은 언어와 문장에 대하여 남다른 인식을 지녔으며, 이는 국어교육

---

39) 박태원, 앞의 책, 33~37쪽.
40) 박태원, 「창작여록—표현, 묘사, 기교」, 『조선중앙일보』, 1934. 12. 22.

에 대한 관심으로 확대된다. 그는 어린이를 대상으로 다양한 양식의 작품과 교과서 집필 등을 통해 국어교육에 직간접적으로 관여하였다.

일제 강점기에 발표한 여러 편의 동화는 공교육에서 조선어 교육이 금지되지 상황에 대한 대안 교육적 성격을 지닌다. 특히 '독본(讀本)'이라는 표제 아래 발표된 「솟곱」 「줄다리기」 「김후직」 등은 조선어독본의 의미, 민족의식과 역사의식을 함유함으로써 당시 파행적인 어문교육에 대한 비판적인 자의식을 담아내고 있다. 이러한 작품들은 비록 간접적이기는 하지만 조선어교육이 불가능해져가는 상황에 탄력적으로 대응해나가는 유효한 수단이었다.

해방 직후 박태원은 아동문학을 통해 어문교육에 남다른 관심을 보여 왔던 이전의 행로를 이어가는 한편, 교과서 집필에까지 그 범위를 확대시켜 나간다. 「어린이 일기」는 영이의 일기 형식을 빌어서 해방직후 새롭게 시작된 한글 공부를 사실적으로 그려내고 있다. 이 시기 박태원이 관심을 기울인 영역은 작문교육이며, 두 권의 교과서를 펴낸다. 『중등문범』과 『중등작문』이 그것이다. 『중등문범』은 박태원이 편집한 교재로 다양한 주제의 모범적인 글을 모아놓은 책이고, 『중등작문』은 그가 집필한 작문 교과서이다. 『중등작문』은 개념을 설명하고 구체적인 예문을 제시하는 방식으로 기술하고 있는데, 특히 그는 글의 진실성과 정직성을 강조하고 있다.

제2부

———

문학교육의 확장

문학교육과 문학치료
― 『우리들의 행복한 시간』을 중심으로

1. 서론

이 글은 문학치료의 구체적인 방법론으로 독자 반응 비평의 이론을 원용해보고자 하는데 그 목적이 있다. 독자반응비평 또는 수용미학이라고 불리는 이 방법론의 핵심은 문학의 의미를 고정된 것이 아니라 독자가 수용하는 과정에서 생성되는 것으로 본다. 문학 치료에서 중요한 것은 독자(내담자)가 문학 텍스트를 구체적으로 체험하면서 자신의 문제를 스스로 해결할 수 있도록 도움을 주는데 있다. 따라서 독자중심 이론의 효과적인 원용이 문학치료의 구체적인 방법론을 모색하는데 의미 있는 작업이 될 수 있을 것이라는 가설이 이 논의의 출발점이다.

문학치료의 방법론으로 수용미학의 대표적인 학자인 볼프강 이저 (W. Iser)의 문학이론이 유용하다는 점은 이미 선행 논고에서 확인된 바 있다.[1] 그런데 실제로 문학 작품을 대상으로 그 효용성을 논증하는

---

1) 변학수, 「치료로서의 문학―독서행위와 치료적 전략」, 『독일어문학』 17집, 2000.

논고들은 거의 없다고 해도 과언이 아니다. 지금까지 발표된 논문들은 주로 문학작품에서 문학치료적인 요소를 찾아내거나 정신질환과 관련한 논의들이 대부분이다.[2] 본격적인 문학치료 논문이 적은 이유는 문학치료라는 영역이 초보적인 단계이며, 아직까지 학문적으로 체계화되어 있지 않기 때문이다.[3] 미술치료, 음악치료, 연극치료 등이 보편화되면서 인문학치료와 아울러 문학치료의 필요성에 대한 관심이 커지고 있지만, 문학치료는 용어와 개념[4] 등 원론적인 문제부터 방법론적인 모색에 이르기까지 기본적인 체계와 연구 성과가 여전히 미흡한 실정이다. 비록 충분하지는 않지만 그동안 문학치료에 대한 방법론을 논의하는 논자들은 문학치료는 문학작품을 체험하고 독자(내담자) 스스로 문제 해결의 실마리를 풀 수 있는 방법을 모색하도록 돕는 실천적인 방법론이라는 점에 동의하고 있다.

이 장에서는 문학치료의 방법론으로 독자반응비평의 원용이 어떤 가능성을 지니는지에 대하여 짚어보고, 이를 바탕으로 공지영의『우리

---

2) 신상성,「문학 심리치료를 위한 이론적 접근」,『학생생활연구』4집, 용인대학교 학생생활연구소, 1996; 채연숙 · 변학수 · 김춘경,「문학치료와 현대인의 정신병리」,『뷔히너와 현대문학』28~30집, 2006~2008; 정운채,「우울증에 대한 문학치료적 이해와「지네각시」」,『문학치료연구』5집, 문학치료학회, 2006.

3) 현재 국내의 문학치료연구는 한국문학치료학회, 한국통합문학치료학회, 인문치료학회 등 크게 세 학회를 중심으로 진행되고 있다.

4) 서구에서는 보편적으로 독서치료(bibliotherapy)라는 용어를 사용하고, 이 범주 안에 시치료(poetry therapy), 이야기치료(narrative therapy) 드라마치료 (drama therapy) 등을 포함한다. 반면 현재 우리나라는 문학치료(literatherapy)와 독서치료(bibliotherapy)의 구분이 명확하지 않으며, 논자에 따라 문학치료를 큰 범주로 삼거나 독서치료를 큰 범주로 삼고, 그 안에 시치료, 글쓰기 치료, 이야기치료, 드라마치료, 연극치료, 영화치료 등을 포함시키고 있다. 변학수,『문학치료』23집, 학지사, 2004.

들의 행복한 시간』(2005)을 대상으로 삼아 그 방법론의 유용성을 점검
해보기로 한다.

2. 문학치료와 독자반응비평

1) 문학의 기능과 문학 치료

문학의 기본적인 요소는 작품. 현실세계, 작가. 독자이다. 이 네 요
소에 따라 주로 모방이론(mimetic theories), 표현이론(expressive theo-
ries), 객관이론(objective theories), 실용이론(pragmatic theories)등이 논
의된다. 모방이론(mimetic theories)은 작품이 현실을 어떻게 모방하
느냐 하는 미메시스 이론과 관련되고, 표현이론(expressive theories)은
작가가 상상력을 통해 작품을 표현하는 과정에 주목한다. 객관이론
(objective theories)은 문학작품을 독립된 완결체로 보는 관점으로 문학
작품 자체에서 문학의 의의와 예술성을 찾는다. 그리고 실용이론(prag-
matic theories)은 작가와 독자와의 관계 즉 창작의 주체와 향수하는 객
체와의 관련성에 주목한다. 이 실용이론은 교시적인 기능 즉 작가나 작
품이 담고 있는 메시지 전달을 강조하며, 그동안 계몽주의적 관점에서
논의되어 왔다.

문학치료는 이 실용이론과 밀접한 상관성을 지닌다. 즉 독자(내담
자)가 작품이 담고 있는 메시지를 어떻게 받아들이고, 이를 통해 자신
의 감정을 치유할 수 있느냐 하는 점에 주목하는 것이다. 보편적으로
독자들은 문학작품을 읽고 어떤 식으로든지 감동을 받고 카타르시스를

느낀다. 즉 교시적인 기능은 문학의 본질 중에 하나이며 이것은 문학치료의 전제 조건인 것이다. 문학은 인간과 세계에 대한 새로운 통찰력을 제시함으로써 독자로 하여금 인식의 지평을 확대하고, 심리적인 보상과 정서적인 위안을 얻게 하기 때문이다. 그러나 문학치료는 이러한 소극적이고 자연발생적인 결과를 의미하는 것이 아니라, 보다 적극적이고 전문적인 과정을 의미한다. 즉 전문적인 치료사의 개입이 필요하고, 또한 전문적인 관점에서의 작품 선택과 독서과정이 필수적인 것이다. 정신병과 신경증에 따라 문학치료가 어떤 방식으로 개입할 것인가를 구분하고, 단계적 절차와 효과에 대한 검증도 수반되어야 한다.

그동안 문학치료는 교시적인 기능과 관련하여, 그것은 주로 문학작품이 담고 있는 내용에 주목하여 왔다. 치유는 문학적 표현이나 지시에 의해서가 아니라 그 표현이 담고 있는 경험 내용에 의해서 즉 과거에 경험한 자신의 슬픔이나 분노를 생생하게 재경험하고, 그것이 교정될 때 일어나는 것이라는 의견이 지배적이었다. 그러나 자명한 사실이기는 하지만 문학 작품의 내용과 형식은 별개 영역이 아니라 통합적으로 수용된다. 특히 소설에서 무엇을 말하느냐와 어떻게 말하느냐는 이분법적으로 분리되는 것이 아니라 일원론적으로 체험되는 것이다. 문학을 통한 치유는 독자가 작품을 주체적으로 독서하는 과정에서 가능해지며, 그것은 작품의 독특한 서술기법과 소통 과정에서 구체화된다. 즉 독서 과정에서 독자가 작품의 의미를 생성하고 이를 통해 자신의 상처나 심리적인 갈등을 객관화하고 나아가 심리적인 변화가 일어날 때 치유가 일어나는 것이다.

요컨대 문학치료는 문학 텍스트를 매체로 활용하여 심리적 정신적 질병을 치유하기 위한 심리 치료의 방법이다. 독자는 문학 텍스트에서 감명을 받게 되고 심리적으로 감정적으로 어떤 동기를 유발하는데, 문학치료는 이러한 특성을 적극적으로 활용하는 것이다. 그런데 논자에 따라서는 문학치료와 통합적 문학치료를 구분하기도 한다. 문학치료는 심리 역동적 측면을 고려한 예술치료의 한 방법이며, 통합적 문학치료는 개인적 집단적 삶의 양상들을 하나의 텍스트로 보는 관점이다. 통합적 문학치료는 문학의 주요 수단인 언어가 세계의 구조와 인간의 삶의 구조를 반영한다는 전제로부터 출발한다. 따라서 통합적 역동적 문학치료는 개인사 또는 집단적 역사의 네러티브를 하나의 삶의 텍스트로 간주하고 그것을 현실로 가져와 치료하는 것을 목표로 한다.[5]

문학치료와 통합적 문학치료를 구분하든 안하든 문학치료에서 가장 중요한 것은 독자(내담자)가 문학 텍스트를 어떻게 수용하고 체험하느냐 하는 문제이다. 즉 문학 텍스트와 독자와의 소통 과정이 중요한 것이다. 이런 점에서 독자반응비평은 시사하는 바가 크다. 이를 좀 더 상세히 살펴보기로 한다.

2) 문학치료의 방법론과 독자반응비평

전술한 바와 같이 문학치료에서 주목할 것은 문학 작품에 대한 구체적인 체험이다. 작품과 독자(내담자)가 상호 소통을 통하여 작품의 의미를 내면화하고, 이를 통해 자신이 안고 있는 심리적, 정신적인 문제를 치유하는 과정이 중시되어야 하는 것이다. 여기서 내면화는 독자(내

---

5) 변학수 · 채연숙 · 김춘경, 「문학치료와 현대인의 정신병리」, 『뷔히너와 현대문학』 26권, 2006, 257~259쪽

담자)가 문학 작품을 읽고 반응하는 과정 즉 텍스트의 수용 과정을 의미한다. 이러한 수용 과정 즉 치유 과정이 효율적으로 수행되기 위해서는 치료자, 내담자, 그리고 문학텍스트 등 기본적인 조건들이 구조화되어야 한다.

이 중 문학치료에서 중요한 것은 텍스트를 수용하는 과정에 대한 문제이다. 자명한 사실이기는 하지만, 텍스트의 수용은 치료자가 의도적으로 유도하는 것이 아니라, 독자(내담자)의 주체적인 독서과정이 중심이 되어야 한다. 문학치료의 핵심은 독자(내담자)의 문학 텍스트에 대한 이해와 감상에서 출발해야 하며, 치료자는 텍스트를 선정하고 독자(내담자)의 심리치료가 효율적으로 진행되도록 환경을 조성해야 한다. 문학치료는 독자(내담자)가 치료자를 매개로 하여 문학 텍스트를 읽고 체험하는 과정에서 이루어진다. 문학 텍스트를 읽는 것은 문학 텍스트와 독자(내담자) 사이의 소통 과정을 의미하는데, 문학 치료 현장에서는 치료자의 역할이 개입된다는 점에서 일반 독서과정과 다르다. 일반 독서에서 독자와 문학텍스트의 교섭 작용이 직접적이라면 문학 치료에 있어서는 간접적인 과정을 거치게 된다. 문학 치료는 제1 독자인 치료자와 제2독자인 내담자의 소통 과정을 전제로 하는 독서 양태이기 때문이다. 문학치료에서 치료자는 독서과정이 바람직하게 이루어지도록 계획 실천하는 역할을 담당할 뿐, 실제로 텍스트를 체험하고 심리적인 문제를 해결하는 것은 내담자이어야 한다.

이러한 문학치료가 효과적으로 전개되기 위해서 독자중심 이론에 주목할 필요가 있다. 왜냐하면 독자중심 이론에서는 텍스트의 의미는 절대로 저절로 형성되는 것이 아니라, 독자가 의미의 산출을 위해 텍스트의 재료에 작용을 가해야 하는 점, 즉 독자의 역할을 강조하기 때문이다. 이 이론은 훗설, 로만 잉가르덴, 가다머 등의 현상학에 영향을 받고 있으며, 야우스와 볼프강 이저 등에 이르러 체계화되었다. 야우스는 '문학작품은 홀로 서서 어느 시대 어느 독자에게도 똑같은 얼굴을 내미는 객체가 아니다'라고 하면서 독자의 독자적인 해석을 중시한 바 있으며, 움베르토 에코도『독자의 역할』에서 열린 텍스트와 닫힌 텍스트를 구분하고, 닫힌 텍스트가 독자의 반응을 정해 놓은 반면, 열린 텍스트는 작품의 의미를 생성하는데 독자의 협력을 요구한다고 주장한 바 있다. 또한 이 이론을 발전시키는데 주도적인 역할을 담당한 볼프강 이저는 문학 텍스트에는 독자만이 채울 수 있는 '빈자리'가 항상 있다고 주장하고 있다.[6] 이는 문학 작품의 의미는 작가가 완성하는 것이 아니라 독자가 독서 과정을 통해 생성하고 형성된다는 것을 강조한 것이다.

문학 텍스트가 구체적으로 독자와 만남의 터전을 마련하는 데에는 화자, 등장인물, 내포독자, 플롯 등이 작용한다. 그런데 이러한 것들은 그 자체가 의미를 갖는 것이 아니라, 독서 과정에서 독자와의 상호 교섭 작용을 통해 새로운 의미를 나타낸다. 여기서는 주로 화자의 서술 양식에 주목하여 독서 과정에서 이루어지는 독자와의 소통에 주목하여 보기로 한다. 독자반응 이론은 문학 텍스트와 독자 사이의 상호 교섭 작용에 관심을 기울인다. 볼프강 이저는 문학 텍스트의 의미는 작가에 의하여 주어지는 것이 아니라 독자의 독서 과정을 통하여 이루어진다는 점을 역설한다. 문학 텍스트는 그 의미가 고정된 것이 아니라 마치 스펙트럼처럼 다양한 해독이 가능하다는 것이다. 그리고 독서 과정

---

6) 라만 셀던 · 피터 위도우슨 · 피터 부루커, 정정호외 역,『현대문학이론 개관』, 한신문화사, 2000, 63쪽

을 문학 텍스트의 영향적 요소와 독자의 수용적 요소의 상호작용으로 설명한다. 문학 텍스트의 영향적 요소는 독서 과정에서 독자의 반응을 유발하고 진전시켜주는 잠재력과 관련성이 있으며, 수용적 요소는 텍스트의 이러한 잠재력을 활성화시키는 독자의 선택과 관계가 있다. 또한 이저는 독자를 내포독자(implied reader)와 실제독자(actual reader)로 나눈다. 전자는 텍스트 스스로가 만들어 내는 독자로서 일정한 방식으로 읽도록 미리 정해주는 반응 유도 구조의 망이 되는 독자이며, 후자는 독서 과정에서 어떤 심상들을 얻게 되지만, 그 심상들은 불가피하게 독자의 기존 경험의 총합에 의해 채색되기 마련인 독자이다.[7] 문학 치료는 이 실제 독자에 의해 실현된다.

또한 독자 중심 이론은 문학 텍스트(text)와 문학 작품(work)을 구별한다. 문학 텍스트는 작가가 창작해 놓은 제시물인 창작품을 의미하고, 문학 작품은 이것을 독자가 읽고 새롭게 경험한 것을 의미한다. 여기서 문학 작품은 수용의 과정과 그 결과라는 역동적인 개념을 포함하는 것이다. 즉 문학 작품은 작가의 예술적인 면과 독자의 수용적인 면이 결합된 형태이다. 작가의 예술적인 구조가 독자의 의식 속에 심미적인 구조로 다시 태어난 것을 문학 작품이라고 할 때, 한편의 문학 텍스트는 여러 독자에 의해 다양하고 상이한 문학 작품으로 태어날 수 있으며, 더 나아가서는 같은 독자에 의해서도 시간과 공간의 차이에 의해 다른 문학 작품으로 생성, 체험될 수도 있다.

독서는 문학 텍스트의 잠재적인 구조를 독자가 선택하여 다시 구조화시켜 나가는 과정을 의미하는데, 이것은 긴장과 갈등의 연속으로 이

---

7) 라만 셀던, 앞의 책, 70쪽.

루어진다. 텍스트가 제공하는 정보를 통해 일관된 의미를 형성하여 나가려고 노력하는 과정에서 독자는 수동적으로 정보를 수용하는 것이 아니라, 앞에서 수용한 정보를 수정하고 상충되는 것은 버리고 제외시킨 정보를 다시 수용하는 등 여러 가지 교섭 작용을 적극적으로 경험한다. 또한 텍스트에 드러나 있지 않은 빈자리를 채워나가는 작업도 병행하게 된다. 말하자면 독서 과정은 수용과 수정, 포기와 보완, 부정과 연결, 분류와 종합 등 긴장과 갈등의 연속으로 이루어진다. 이러한 과정에 깊게 개입하는 것이 독자의 친숙한 사회적 · 문화적 코드나 취향 그리고 의식 등 선행 경험 체계이다.[8] 독자는 텍스트에서 드러나는 여러 관점 사이의 모순을 해결함으로써 혹은 여러 가지 방식으로 관점 사이의 '틈새'를 메움으로써, 텍스트를 의식 속으로 끌어 들여 자기 자신의 '경험'이 되게 한다. 말하자면 텍스트가 독자의 의미 구체화 작업의 조건을 정해주기는 하지만 그 과정에서도 독자 자신의 경험의 곳간은 일정한 영향을 미친다. 또한 독자의 기존 의식은 독서 행위가 일어나는 중에 텍스트가 제시하는 상이한 관점들을 받아들이고 처리하기 위해 일정한 내적 조절을 겪을 수밖에 없다. 요컨대 독서는 우리에게 아직 형성되지 않은 것을 형성시킬 기회를 준다.[9]

독서 과정에서 독자는 텍스트에 적극적으로 개입하여 텍스트가 제시하는 여러 가지 요소를 주체적으로 해석하고 이를 통해 자신의 문제를 객관화하고 심리적이고 정신적인 문제를 스스로 해결할 수 있는 계기를 마련한다. 문학치료에서 목표로 제시하는 문학 작품의 창조적인

---

8) 정현숙, 『한국현대문학의 문체와 언어』, 푸른사상, 2005, 154~155쪽.
9) 라만 셀던, 앞의 책, 72쪽.

체험이란 다름 아닌 이러한 독서 체험을 의미하는 것이다. 이러한 과정을 공지영의 『우리들의 행복한 시간』을 통해 시도해보고자 한다.

3. 용서와 치유의 서술 방식 ―『우리들의 행복한 시간』

공지영은 문학성과 대중성이라는 두 가지 면에서 어느 정도 성공한 작가 중에 하나이다. 「동트는 새벽」(1988)을 『창작과비평』에 발표하면서 창작 활동을 시작한 공지영은 최근 작품 『즐거운 나의 집』에 이르기까지 20년 동안 지속적으로 활발한 작품 활동을 전개하고 있으며, 『더 이상 아름다운 방황은 없다』 『그리고 그들의 아름다운 시작』 『무소의 뿔처럼 혼자서 가라』 『봉순이 언니』 등 대중적으로 인기가 높은 작품들이 많다. 공지영 소설이 주목받는 이유 중에 하나는 페미니즘, 민주화 운동, 빈부문제, 가족 갈등 등 우리 사회가 안고 있는 중요한 문제들에 대하여 각별한 관심을 보이고 있기 때문이다.

『우리들의 행복한 시간』도 살인과 사형제도라는 사회적인 문제를 주제로 삼고 있으며, 발표 즉시 베스트셀러의 반열에 올랐다. 이 소설을 원작으로 한 송해성 감독의 영화 〈우리들의 행복한 시간〉은 인기 배우 강동원과 이나영이 주연을 맡아 열연하였으며, 300만 관객을 동원하는 등 대중적인 호응 또한 높았다. 또한 '우행시'라는 유행어를 만들어내고, 사형제도 폐지론에 대한 사회적인 동기를 마련하기도 하였다.[10] 이

---

10) 공지영은 『우리들의 행복한 시간』을 통해 사형제 폐지에 대한 인식을 확산시킨 공로를 인정받아 최근 국제앰네스티 한국위원회가 주는 언론상 특별부문 수상자로 선정되기도 했다.

러한 대중적인 공감은 단순히 주제의식에 있는 것이 아니라, 소설이 지닌 독특한 서술양식에서 비롯되고 나아가서 심리치료적인 요소를 담고 있다는 것이 이 논의의 출발점이다.

1) 소통의 서술 층위

소설은 서술자가 이야기하는 방식을 통해 작가의 세계관이나 인식을 독자에게 전달하는 문학 장르이다. 소설에서 서술자의 서술방식은 작품의 형식과 의미를 결정짓는 중요한 요소이다. 소설의 세계는 어떤 특정한 위치에 선 서술자에 의해서 이야기가 전달되는데, 그것은 동일한 사건이라도 서술자의 태도와 시각에 의해 소설의 세계는 전혀 다르게 제시될 수 있기 때문이다.[11] 문학치료의 중요한 목적이 인간의 깊은 내면을 이해하고 이를 통해 자신의 상처를 치유하는 것이라고 할 때, 이는 선험적으로 설명되어지는 것이 아니라 텍스트 속의 서술자와 독자와의 역동적인 수신 과정과 공감을 통해 귀납적으로 체득되는 것이다. 무엇보다 문학치료에서 중요한 것은 작가가 주제를 전달하기 위해 의도한 서술양식을 독서과정에서 어떻게 체득하느냐 하는 것이다.

루카치에 의하면 소설은 '신에 의해 버림받은 세계'의 서사시이다. 이전까지 신과 천상을 향해 있던 문학은 신에게 버림받고 인간의 세계로 하강한 것이다. 『우리들의 행복한 시간』은 신과 부모로부터 버림받은 두 인물이 스스로의 깊은 상처를 드러내면서 용서하고 소통함으로써 심리적이고 정신적인 문제를 치유하는 과정을 이야기하고 있다. 무

---

11) 정현숙, 앞의 책, 140쪽.

엇보다 이 소설은 문학 치료에 매우 적절한 소설이라고 판단되는데, 그것은 강한 주제의식과 아울러 그것을 표출하는 독특한 문체미학을 체험하면서 이를 통해 심리적이고 정신적인 문제를 치유할 수 있는 기회를 제공받을 수 있기 때문이다. 요컨대 이 소설은 특이한 서술 기법이 주제의식과 효과적인 상관관계를 이룸으로써 독자들로 하여금 깊은 감동을 얻도록 한다. 따라서 이 작품은 메시지를 전달하는 독특한 서술양식에 주목할 필요가 있다.

우선 이 소설은 하나의 서술이 아니라 여러 개의 서술 층위가 중첩되면서 사건을 전개시켜나간다. 사형수 정윤수의 이야기인 블루노트와 문유정의 이야기 그리고 각 절 앞에 프롤로그 형식으로 제시되는 명언이 그것이다. 소설은 세 층위 중 두 개의 서술 층위, 즉 윤수와 유정의 이야기가 교차하면서 핵심적인 서사를 이끌어간다. 명언은 두 서술 층위와 밀접한 관련성을 지니면서 각 절에서 제시되는 사건에 대하여 문제를 제기하고 주제 의식을 심화시키는데 효과적으로 기능한다. 그것은 토마스 머튼, 밥 딜런, 도스토예프스키, 헤로도투스 등 종교, 문학, 역사, 음악 분야에서 심금을 울리는 문구들을 인용하고, 이를 통해 다양한 시각과 심층적인 인식을 담아낸다. 예컨대 "조용히 기다려라. 그리고 희망 없이 기다려라. 왜냐하면 희망은 그릇된 것에 대한 희망일 것이기 때문이다. 사랑 없이 기다려라. 왜냐하면 사랑도 그릇된 사랑에 대한 사랑일 것이기 때문이다."[12]라는 T. S. 엘리어트의 「네 개의 사중주」를 인용하고, 이어서 블루노트 08과 유정의 이야기 8이 이어지는데, 이 세 개의 서술은 모두 참담한 절망감으로 연결되어 있다. 블루노트는 윤수가

---

12) 공지영, 『우리들의 행복한 시간』, 푸른숲, 2007, 105쪽

폭행을 견디지 못하고 동생을 데리고 고아원을 빠져나와 쓰레기통에서 먹을 것을 찾아 헤매는 비참한 현실을 이야기하고, 유정의 이야기는 사촌오빠에게 성폭행 당한 사실을 은폐시키려고만 하는 엄마에 대한 분노와 여러 차례 자살을 시도하는 유정의 참혹한 현실을 기술하고 있다.

이처럼 이 소설은 단선적인 서술이 아니라 서로 다른 세 개의 서술 층위를 결합시킴으로써 독자들은 단일한 목소리가 아니라 여러 겹의 다성적인 목소리를 듣게 된다. 또한 이 목소리들은 때로는 상충하고, 때로는 상보적인 관계를 유지하기 때문에 독자들은 수동적인 독서가 아니라 적극적인 독서를 지속하게 된다. 특히 사형수 윤수와 젊은 교수 유정이라는 이질적인 두 인물이 서로 다른 이야기를 들려줌으로써 독자들은 서로 다른 층위의 서술을 통해 전달되는 정보들을 통합하는 긴장된 독서를 체험하고, 이 과정에서 이미 수신된 정보를 부정, 수정, 보완하면서 사건의 의미를 깊이 있게 이해하고, 두 인물의 내면과 소통하게 된다.

이러한 긴장된 독서는 작품의 첫머리부터 시작된다. 소설은 '우리들의 행복한 시간'이라는 지극히 낭만적인 제목에 이어서 이와는 전혀 이질적인 프롤로그를 들려준다. '우리들의 행복한 시간'에 이어져 나오는 목소리는 '사형 당하던 서른 세 살의 사형수 예수'의 유언이다. 소설은 자신을 사형으로 몰고 간 이들에게 예수가 남긴 마지막 말씀인 "아버지 저 사람들을 용서하여 주십시오. 왜냐하면 저들은 자신들이 무슨 일을 하는지 모르고 있기 때문입니다"라는 「루가복음」 23장 14절을 인용하고 있다. '우리들의 행복한 시간'과 사형수 예수의 유언은 이질적인 언술이며, 이 소설은 이러한 서로 다른 목소리들이 상충하면서 독자들에게 긴장을 요구하고 적극적이고 주체적인 의미 생성을 요청한다. 즉 소설의 초두에서부터 독자는 행복과 사형, 그리고 용서라는 서로 다른 키워드의 연계성을 고민하는 것이다.

전술한 바와 같이 소설은 크게 두 개의 서술 층위가 교차하면서 중요한 사건을 이끌어간다. 하나는 살인범 정윤수의 이야기이고 다른 하나는 여교수 문유정의 이야기이다. 즉 이 소설은 윤수와 유정이라는 서로 다른 두 인물의 서로 다른 이야기가 병렬적으로 중첩되면서 전개된다.

> ① 이제 이야기를 시작하려고 합니다. 살인에 대한 이야기입니다. 고함과 비평과 채찍과 혼돈 그리고 저주를 일상의 양식으로 삼아, 파멸하는 것 외에는 아무 것도 할 수 없었던 한 가족의 이야기이기도 합니다. 그리고 자신이 비참할 리가 없다고 믿었던 한 비참한 인간의 이야기. 바로 저 자신의 이야기입니다. 그날 두 여자와 한아이가 죽었습니다.[13]

> ② 오후가 돼서 시작된 가는 눈발이 비로 변해가고 있었다. 채도가 낮은 푸르스름한 빛이 거리를 휘감고 있었고 습기를 밴 하늘이 무겁게 땅과 하늘의 경계를 흐리고 있었다. 시간은 다섯 시가 넘어가고 있었다. 나는 코트를 걸쳐 입고 집을 나섰다.[14]

①은 블루노트의 시작이고, ②는 유정 이야기의 시작이다. 살인에 대한 이야기를 시작하려는 ①에 이어서 아무런 설명 없이, 곧바로 늦은 오후 외출하는 유정의 행동 ②가 이어진다. 이와 같이 소설은 블루노트와 유정 이야기라는 서로 독립된 두 개의 플롯으로 전개된다. 윤수

---

13) 공지영, 앞의 책, 7쪽.
14) 공지영, 앞의 책, 8쪽.

와 유정, 두 화자는 서로에 대해서 전혀 무지한 상태에서 각기 자신의 이야기를 들려준다. 서로에 대하여 사전 정보가 없다는 점에서 두 화자나 독자는 같은 선상에 놓여 있다. 요컨대 이 소설은 서로 다른 층위가 결합되어 있으며, 독자는 서로 다른 화자가 들려주는 서로 다른 정보를 수신하면서 두 인물을 동시에 만난다.

또한 서로 다른 층위의 서술은 이 소설에서 이야기하고자 하는 단절된 내면을 구체적으로 표상하고 소통 부재의 사회를 극대화라는 효과를 나타낸다. 이질적인 서술 층위를 병치하는 것은 자연스러운 의사소통 과정을 의도적으로 방해하고, 독자의 긴장된 텍스트 독해를 유도한다. 유기적인 연속성과 개연성이 없는 서술층위를 중첩시킴으로써 독자는 불안정한 의사소통 과정에 놓이고, 긴장된 독서를 체험하는 것이다. 예컨대 유정이 왜 그렇게 공격적이며 인간 혐오증에 빠져 있는지를 모르는 상태에서 독자는 다시 윤수의 불행한 성장과정을 듣는다. 즉 윤수와 유정에 대하여 충분히 설명하지 않은 채, 서로 다른 두 인물에 대한 상이한 이야기만 서술한다.

그런데 이 소설은 윤수와 유정이 서로를 이해하는 것 보다 오히려 먼저 독자들이 윤수를 이해하게 된다. 그것은 윤수는 자신의 불행한 성장과정으로부터 이야기를 시작하고, 유정은 현재 상황으로부터 이야기를 시작하기 때문이다. 독자들은 윤수의 불우한 유년기를 처음부터 듣게 되지만, 유정은 윤수의 불행한 과거를 모르는 상태에서 그를 만난다. 윤수는 아버지의 폭력과 어머니의 가출, 동생의 죽음과 동료의 배신 등 그가 얼마나 가혹한 현실 속에서 살아왔는가 하는 것을 차분하게 들려준다. 반면 처음에 유정은 윤수의 상처를 전혀 모르는 상태에서 단순히 고모의 강력한 요청에 의해서 형식적으로 그를 만날 뿐이다. 유정에게 윤수는 파렴치한 강간 살인범에 지나지 않는다. 유정이 윤수의 진실 즉 그의 불행한 과거와 그는 겉으로 알려진 것과는 달리 흉악무도한 범죄자가 아니며 오히려 누명을 쓰고 사형수가 되었다는 사실, 사건이 발생한 날도 윤수는 사랑하는 연인을 살리기 위해서 단순히 돈을 구하러 간 것뿐이며, 강간 살인범은 윤수가 아니라 다른 공범이라는 사실 등을 알게 되기까지는 시간이 걸린다. 윤수의 참모습을 제대로 알지 못한 채 오해하고 있는 유정을 보면서 독자는 한 인간의 내면을 제대로 아는 것이 얼마나 어려운가 하는 것을 새삼 절감한다. 마찬가지로 윤수가 유정을 이해하는 데에도 시간이 걸린다. 유복한 가정환경과 현직 교수 등 겉으로 보이는 모습과는 달리 유정은 세 차례나 자살을 시도할 정도로 황폐한 내면을 지녔으며, 그것은 사촌 오빠에게 성폭행 당한 과거뿐만이 아니라 그것을 애써 숨기려만 하는 어머니의 위선적인 자기 위안 때문이라는 사실을 윤수가 알게 되는 것은 그 둘이 서로의 상처를 드러낸 이후이다.

서로 다른 이야기를 들려주는 서술 양식은 독자로 하여금 두 화자가 제공하는 정보를 단순히 수신하는 것에 머물지 않고 두 인물을 점차 깊이 있게 만나는 독서 체험을 가능하게 한다. 즉 겉으로 드러난 사실과 속에 감춰진 진실이 들려주는 이야기를 통해 인간을 진실로 이해하는 과정을 체험하고, 두 인물이 서로의 상처를 치유하는 과정을 재경험하게 되는 것이다. 타인에 대한 진정한 이해는 판단하거나 평가하지 않고 있는 그대로를 인정하고 받아들이는 것인데, 이 두 인물의 소통 과정은 인간이 자신의 진실한 내면을 드러내고, 또한 서로 온전히 이해하는 과정을 그대로 보여준다.

또한 주목할 것은 이 소설이 1인칭 서술 양식을 통해 소통과 공감을 강화하는 독특한 서술양식으로 전개하고 있다는 점이다. 앞에서 지적한 바와 같이 이 소설은 윤수와 유정의 이야기가 결합되어 있는데, 화자들은 둘 다 1인칭으로 자신의 내면을 고백하고 있다. 일반적으로 1인칭 서술 양식은 화자와 독자와의 거리가 밀접하고, 화자인 '나'의 체험과 내면을 이야기하기 때문에 사회적 사건을 객관화하기보다는 주관화하는 경향이 짙다. 이 소설은 윤수와 유정이 각각 자신의 경험과 감정을 이야기하는 1인칭 시점으로 서술되기 때문에 독자는 화자인 윤수와 유정의 시각이라는 제한된 틀 속에서만 정보를 전달받는다. 또한 독자는 윤수와 유정의 이야기를 직접 듣는 것처럼 느끼며, 이는 내적 상처를 치유하는데 매우 효과적으로 작용한다. 독자 자신이 윤수와 유정의 내밀한 내면과 직접 대면하면서 그들과 친밀하게 소통하는 서술 방식이기 때문이다. 이 소설의 독자가 상처받은 두 영혼의 내면에 귀를 기울이면서 공감하는 것은 이러한 1인칭 서술 양식이 지닌 특성에서 비롯된다.

이러한 독서 과정 즉 서로 다른 목소리가 들려주는 서로 다른 체험과 감정을 직접 전달 받은 독자들은 윤수와 유정의 내면과 좀 더 깊게 소통하면서 이들의 상처 치유 과정을 재경험하는 기회를 제공받는다. 뿐만 아니라 독자가 이 두 인물의 황폐한 내면을 제대로 이해하기 까지는 시간이 걸리는데, 그것은 한 인간을 온전히 이해하는 과정의 어려움과 일치한다. 이것을 통해 독자는 인간은 대체로 누구나 내면에 상처를 지니고 살아가며, 중요한 것은 상처를 정직하게 인정하고 이해받는 과정이며, 그것은 쉽지 않지만 결코 불가능한 것이 아니라는 점을 인식한다. 이러한 독서과정을 통해 독자는 자신의 작은 상처를 치유할 수 있는 힘을 얻고, 궁극적으로 작가가 이야기하고자 하는 사형제도에 대한 비판적 시각에도 동의하게 된다. 그것은 자신의 상처에 연연하기에는 합법적인 사회적 살인에 희생당한 윤수의 죽음이 너무나 가슴 아프기 때문이다.

2) 심리치유 층위

『우리들의 행복한 시간』은 주인공 유정이 사형수 윤수를 만나면서 서로의 상처를 치유하는 과정을 주요 내용으로 삼고 있다. 유정과 윤수의 심리적인 외상 문제가 중심이 되고 그것과 관련된 과거의 정황과 상처들이 복잡한 과정을 거쳐 해소되는 심리 치료적인 소설이다. 심리 치료는 유정과 윤수가 서로의 내면에 귀를 기울이면서 시작되는데, 그 과정은 크게 두 단계를 거쳐 이행된다. 첫 번째 단계는 유정과 윤수가 서로 신뢰하고 마음을 열고 대화할 수 있는 라포(rapport)를 형성하는 과정이며, 두 번째 단계는 자신들의 상처를 고백하고 서로를 이해하는 과정이다. 라포는 내담자가 치료자를 믿고 자신의 내면을 여는 것으로 상담에 있어서 필수적인 전제 조건이다.

윤수의 상담자는 유정의 고모인 모니카 수녀이지만, 유정이 모니카 수녀를 대신해서 윤수를 만나기 시작하면서 이들의 치유는 본격적으로 시작된다. 그런데 한 가지 주목할 것은 이 소설은 치료자와 내담자가 고정되어 있는 것이 아니라 유동적이라는 점이다. 유정과 윤수는 각각 치료자이기도 하고 내담자이기도 하기 때문이다. 표면적으로는 유정이 치료자이고 윤수가 내담자이지만, 실상은 유정이 윤수를 통해 자신의 상처를 먼저 치유받기 시작한다. 이 소설의 핵심은 윤수와 유정이 어떻게 상처를 치유 받느냐 하는 과정을 보여준다.

유정은 고모 모니카 수녀를 따라 교도소 상담에 갔다가 윤수를 만난 이후, 쉽지 않은 과정을 거쳐서 서로 자신들의 상처를 털어놓을 수 있을 만큼 상호 신뢰를 형성한다. 윤수는 유정이 겉으로 보이는 것처럼 행복하지만은 않다는 사실을 알고서 유정의 이야기에 귀를 기울인다. 소설에서는 유정이 먼저 마음을 열기 시작하는데, 이 때 도움을 요청한 유정은 내담자이며 유정의 상처를 치유해주기 위해 주의 깊게 경청하는 윤수는 상담치료자이다. 상담치료자로서 윤수는 내담자 스스로 자신의 깊은 상처를 정직하게 직시하고 털어놓을 수 있도록 경청한다. 경청은 심리치료의 기본조건이다. 앞에서 보았듯이 독자 역시 이 경청에 동참한다.

전술한 바와 같이 유정과 윤수는 전혀 다른 가정환경에서 자랐으며, 현재 상황도 상당히 다르다. 유정이 부유하고 사회적으로 성공한 가정에서 부족한 것 없이 성장한 반면, 윤수는 아버지의 폭력에 시달리면서 가출한 어머니 대신 어린 동생을 보살펴야 하는 불우한 환경에서 자랐다. 또한 현재 유정은 파리 유학파 미술 전공 교수이며, 윤수는 흉악 살인범으로 수감 중인 사형수이다. 어린 시절 부모로부터 버림받고 사회적 냉대 속에서 자란 범죄자와 안락한 가정 속에서 세속적으로 성공한 유정은 공감대를 형성할 수 없는 전혀 이질적인 존재들이다. 유정과 윤수는 표면적으로는 소통할 수 있는 여지가 없는 것처럼 보인다. 그럼에도 불구하고 그 둘이 소통할 수 있었던 것은 그들이 몇 가지 공통점을 지녔기 때문이다.

우선 그 둘은 가혹한 폭력의 피해자들이라는 점이다. 윤수의 불행은 아버지의 무자비한 폭력에서 비롯되며, 유정 역시 사촌 오빠의 파렴치한 성폭력 때문에 영혼과 육체가 무참하게 파괴된 인물이다.

"아부지 은수가 아파요. 열이 펄펄 끓어요" 아버지는 대답 대신 스테인 그릇에 소주를 따라 마시고는 충혈된 눈으로 나를 바라보았습니다. 지금 생각해보면 그 때 그의 나이 서른 몇 살… 생이 시작되던 순간부터 이미 공포와 전율없이 그를 바라보지 못한 나는 그러나 그 지옥 속에서 악마와도 같은 꾀를 배운지 오래였습니다. …(중략)… 아버지의 주먹이 나를 내리칠 때마다 내 눈에서 불꽃이 확확 타오르는 것 같았습니다. 그리고 나는 정신을 잃었습니다. 깨어보니 이웃집 아주머니가 나와 은수에게 된장 국물을 먹이고 있었습니다.[15]

이처럼 윤수는 어린 시절부터 아버지의 폭력에 대한 '공포와 전율' 속에서 성장한다. 폭력에 시달리던 어머니는 두 아들을 남겨두고 집을 나가고, 동생 은수는 눈이 멀고, 아들에게 농약을 먹이려던 아버지는 결국 자신이 마시고 죽고 만다. 아버지가 돌아가신 후 윤수와 은수는 고아원에 맡겨지는데, 그곳에서도 폭력은 끝나지 않는다. 윤수는 '무사처럼 싸워야 했고, 비무장지대의 보초병처럼 하루도 편안히 잠들지 못했다', 그는 매일같이 '눈이 먼 동생을 괴롭힌 자들을 찾아내어 응징을 가하고 나서는, 고아원 사감에게 코피가 나도록 두들겨 맞아야만 했다.' 윤수에게 폭력은 일상인 것이다. 유정 역시 가증할 폭력의 희생자이다. 열다섯 살에 큰아버지 댁에 심부름 갔다가 사촌 오빠한테 성폭행을 당한 것이다. 윤수의 아버지나 유정의 사촌 오빠는 타인의 인생을 송두리째 파괴하는 사악한 가해자들이다.

또한 무엇보다도 윤수와 유정은 어머니로부터도 버림받은 가련한 영혼들이라는 점이다. 어린 윤수와 유정에게 어머니는 이토록 가혹한

---

15) 공지영, 앞의 책, 36~37쪽.

폭력으로부터 피신할 수 있는 유일한 보호막이다. 그런데 이들의 어머니는 그 소임을 다하지 않을 뿐만 아니라 오히려 이들에게 상처를 더해 주는 또 다른 가해자들이다. 윤수의 어머니는 남편의 폭력을 견디지 못하고 어린 아들들을 버리고 집을 나간 후, 아버지를 잃고 자신을 찾아온 두 아들을 돌려보낸다. 윤수는 어머니로부터 두 번씩이나 버림받는 것이다. 유정의 어머니는 딸이 성폭력을 당한 사실을 알고서는 상처를 돌보기는커녕 서둘러 입을 막기에 급급하고, 오히려 '네가 어떻게 행동했기에 그런 일을 당했냐'고 몰아세운다.

어머니는 인간 존재의 근원이다. 어머니로부터 버림받는다는 것은 생존할 수 있는 힘을 잃는 것이다. 유일한 보호막을 잃은 사람들이 세상을 버려나가는 방식은 지극히 부정이고 파괴적일 수밖에 없다. 윤수와 유정은 자존감이 낮고 타인에 대한 심한 적개심을 지닌 성격 이상자들이다. 유정은 '난 쓰레기다! 난 실패했다. 나는 도저히 구제불능이다'라고 자인하면서 모든 사람에게 공격적이며. 자살을 세 번씩이나 시도한다. 윤수 역시 적개심과 분노가 넘치며 빨리 죽여 달라고 악을 쓴다. 이들의 이러한 심리적인 이상 증세들은 모성 결핍으로부터 생성된 외상의 결과이다. 인간은 어머니에게 의존적인 관계로 태어나는데 그 의존성이 자연스럽지 못해 심리적 상처를 입은 경우 적개심이 생긴다. 이 적개심이 화해에 의해 조정되지 않으면 무의식적 억압으로 이해되어 병적 증상을 형성한다. 그러므로 증상은 잊어버린 기억의 활성화인 셈이다.[16]

윤수와 유정의 자기 파괴적이고 공격적인 성격은 모성 결핍에 대한

---

16) 변학수, 『프로이트 프리즘. 문학 그리고 영화』, 책세상, 2004, 58쪽.

일종의 심리적인 자기방어이며, '트라우마'이다. 주지하는 바와 같이 '트라우마' 즉 외상성 신경증(外傷性神經症)은 정신적 외상을 뜻하는 정신의학 용어로 과거의 충격이 현재까지 미치는 것을 말한다. 즉 부모로부터 정신적 · 육체적인 학대를 받아 가면서 자라 온 결과 어떤 형태로든 '심적 외상 후 스트레스 장애'(트라우마)를 안고 있는 어른을 지칭하는 것이다. 유정은 서른 살이지만 아직까지 십오 년 전의 상처를 그대로 안고 있으며, 윤수 역시 이십 칠년 전의 외상으로부터 결코 벗어나지 못하고 있다.

정신분석에서는 정신 현상 자체가 무의식이며 의식적 과정은 전반적인 정신생활의 한 부분이다.[17] 일반적으로 감정과 생각은 처음엔 결합된 형태로 있지만 억압이 일어나면 서로 분리되어 생각이 의식으로부터 밀려나게 된다. 이것이 바로 정신적인 문제를 지닌 환자들이 원인도 모른 채 불안에 떨거나 우울증에 빠지거나 죄의식으로 가득 찬 이유이다. 생각을 망각하고도 감정이 그대로 잔존하는 이런 경우는 히스테리 환자들에게 공통적으로 나타난다. 물론 이와 반대의 경우도 있다. 이는 의식이 생각을 허용하지만, 즉 유년기에 일어난 어떤 특정한 사건에 대한 기억을 떠올리지만 아무런 감정을 불러내지 못하는 경우이다.[18] 윤수와 유정은 위의 두 가지 심리를 다 지니고 있다. 유정은 히스테리가 심하고 심한 우울증을 앓고 있다. '미안해, 고마워, 사랑해 같은 말들을 그냥 건성으로 하는 거 말고 진정 그 말이 필요할 때, 그 말이

---

17) 나동광, 「「자전거」에 대한 심리치료적 연구」, 『한국문학이론과 비평』 36집, 2007, 324쪽.
18) 브루스 핑크, 맹정현 역, 『라캉과 정신의학』, 민음사, 2003, 198~199쪽.

아니면 안 되는 바로 그 때에 해 본 적이 없'[19]'을 정도로 감정이 메말라 있으며, 윤수 역시 그러한 인물이다. 이들의 부정적인 행동들은 이러한 유년기의 무의식이 견고하게 자리 잡은 결과이다.

자신을 부정적으로 보는 것은 부정적인 자기상에 달려 있으며, 이러한 것들은 부정적 인식 내지는 부정적 생각을 유발한다. 문학치료의 목표는 자기 자신에게 긍정적인 것들을 인지하는 것을 말하며, 이러한 과정들은 언어와 연결된다.[20] 즉 치료는 외상의 결과 나타나는 부정적인 행동과 인식들을 재편하는 것을 말하며, 문학치료는 그것이 독서과정을 통해 실현되도록 돕는 것이다.

이 소설은 윤수와 유정이 자신을 어떻게 용서하며, 이를 통해 타인으로부터 용서받고 자신의 자존감을 회복하느냐 하는 과정을 잘 보여주는데, 특히 종교적인 치유를 부각시키고 있다. 모니카 수녀는 윤수와 유정이 내적 치유를 시작하는 계기를 마련할 뿐만 아니라, 이들이 완전히 인간 본연의 모습을 회복할 수 있도록 인내하고 헌신한다. 모니카 수녀는 그리스도의 무조건적인 사랑과 용서를 몸소 실천하는 인물이며, 윤수와 유정은 이 수녀를 통해 '갈 때까지 간' 인생에서 새롭게 다시 태어난다. 또한 소설 곳곳에는 '흰 석고로 된 성모상' '파리의 대림절' '램브란트의 〈돌아온 탕자〉' '세례성사' 등 가톨릭 종교의 특성들을 배치하고 있다. 비록 사형수이며 자살미수자라 하더라도 인간 그 자체로 소중한 존재라는 이 소설의 주제의식 역시 종교적인 사랑을 근거로 한다.

---

19) 공지영, 앞의 책, 31쪽.
20) 변학수, 「문학치료와 문학적 경험」, 『독일어문학』 10집, 276~277집.

이 소설의 이러한 용서와 사랑은 심리 치료에 매우 효과적이다. 자신에게 상처를 준 죄인을 용서하기는 쉽지 않지만, 용서는 타인을 위해서라기보다는 자신의 평화를 위해서라는 모니카 수녀의 진심어린 설득은 용서를 해야만 하는 충분한 이유를 제공한다. 또한 문학치료가 독서 체험을 통해서 자기 부정과 병리학적인 반응들을 해소하고, 정신적이고 인지적인 증상들을 긍정적으로 변화시키는 작업이라고 할 때, 독자는 이 소설이 담고 있는 이러한 사랑과 용서에서 직접적인 감동을 체험하게 된다.

4. 결론

지금까지 이 글은 문학치료의 구체적인 방법론으로 독자 반응 비평의 유용성을 살펴보고, 공지영의 『우리들의 행복한 시간』을 통해 구체적인 원용 가능성을 짚어보았다. 논의 결과를 정리하면 다음과 같다.

문학치료는 문학 텍스트를 매체로 활용하여 심리적 정신적 질병을 치유하기 위한 심리 치료의 한 방법이다. 문학치료의 중요한 목적이 인간의 내면을 이해하고, 이를 통해 자신의 상처를 치유하는 것이라고 할 때, 이는 선험적으로 설명되어지는 것이 아니라 텍스트 속의 화자와 독자와의 역동적인 수신 과정과 공감을 통해 귀납적으로 체득되는 것이다. 그러므로 텍스트 속의 서술자와 독자와의 수신과정에 주목하는 독자반응비평은 문학치료에 매우 유용한 방법론인 것이다.

공지영의 『우리들의 행복한 시간』은 문학치료에 매우 적절한 소설이다. 그것은 이 소설이 강한 주제의식과 아울러 그것을 표출하는 독특한 문체미학을 체험하면서, 이를 통해 심리적이고 정신적인 문제를 치유할 수 있는 기회를 제공하기 때문이다. 이 작품은 사형수 윤수와 교수인 유정의 우정을 통해 내면의 깊은 상처를 치유하고 용서하는 과정을 이야기하는데, 그것이 서로 다른 층위의 이질적인 이야기들이 병렬적으로 중첩되고, 또한 자신의 깊은 내면을 고백하는 일인칭 서술양식으로 전개된다. 이러한 서술양식은 독자로 하여금 긴장된 독서 과정을 요청하고, 또한 이들의 고백을 직접 듣는 것처럼 느끼게 함으로써, 치유와 용서의 과정에 함께 참여하게 한다.

문학교육의 현장,
문학관과 문화 콘텐츠

1. 서론

미디어의 발달은 전반적인 사회 구조를 이전 시대와는 사뭇 다른 형태로 바꿔 놓고 있다. 문학도 예외가 아니다. 이른바 영상 세대들은 종이책보다는 인터넷 소설, 하이퍼텍스트 문학 등에 더 많은 흥미를 느끼며, 작가들도 인터넷을 이용하여 창작물들을 쏟아내고 있다. 다양한 형태의 디지털 문학들은 전통적인 문학 장르의 개념을 해체하면서 많은 논란을 불러일으키고 있다. 이러한 변화를 문학의 위기로 인식하고 이에 대해서 우려하는 소리가 높기도 하지만,[1] 이는 사실상 시대의 변화를 제대로 읽어내지 못하는 것이다. 문학은 위기가 아니라 그 영역을 확장하고 있다는 것이 더 정확한 판단일 것이다. 문학은 소멸되는 것이 아니라 새로운 미디어에 의해 다양한 문화공간에서 새로운 방식으로

---

1) 김형중 외, 「뉴미디어 시대 문학의 새로운 지형을 말한다」, 『문학동네』 가을호, 2004.

그 기능과 영역을 전환하고 있기 때문이다. 요컨대 이제 문학은 인쇄물의 형태로만 존재하는 것이 아니라, 테마파크, 게임, 영화, 드라마, 광고, 애니메이션, 캐릭터 등 다양한 매체들로 재창조된다. 조셉 캠벨의 영웅 신화가 〈스타워즈〉 〈로보캅〉의 창작 배경이 되었으며, 〈반지의 제왕〉 시리즈가 북유럽 신화에서 창조적 영감을 얻었으며, 미야자키 하야오의 〈바람계곡의 나우시카〉가 그리스 신화 속의 인물을 그리고 있다는 것은 잘 알려진 사실이다.[2]

문화 콘텐츠에 대한 관심은 이러한 변화와 맞물려 있다. 문화의 시대라 일컬어지는 21세기에 있어서 문화산업은 국가 경쟁력을 높이는 중요한 요인 중에 하나로 부각된다. 문화 콘텐츠는 경제적인 가치와 아울러 국가 브랜드를 향상시키는 데에 절대적인 영향을 미치기 때문이다. 이른바 한류열풍은 이를 잘 반영하고 있다. 주지하는 바와 같이 〈겨울연가〉 〈가을동화〉 등 드라마 한 편이 가져온 영향력은 단지 경제적인 이익 창출에만 그치는 것이 아니라 한국에 대한 관심으로 확장되면서 시너지 효과를 증폭시키고 있다. 이는 문화 콘텐츠의 위력을 구체적으로 보여주는 사례이다. 즉 이제 문화는 일상을 지배하고 산업의 중심에 놓이게 된 것이다. 문화산업사회로 재편되면서 세계 각국은 문화산업의 부가가치를 높이기 위해 다양한 아이디어와 정책들을 실행하고 있다. 우리나라도 정부 차원의 기구를 설립하고 다양한 지원책을 내놓고 있다. 2001년 한국문화콘텐츠진흥원을 설립하였으며, 각 대학에서는 연구소와 문화 콘텐츠 관련 학과를 신설하거나 교과목을 개설하는 등 많은 변화를 시도하고 있다.

---

2) 김만수, 『문화콘텐츠유형론』, 글누림, 2006. 36쪽.

2000년대 들어 급증하고 있는 문학관 설립은 이러한 문화 정책을 잘 반영하고 있다. 현재 우리나라에는 50여 개의 문학관이 운영되고 있으며, 그 중 40여 개가 2000년 이후에 건립되었다.[3] 이러한 문학관의 양적 증가는 문학과 작가에 대한 사회적인 관심의 결과라는 점에서 고무적이라 볼 수 있다. 그러나 500여개의 문학관을 운영하고 있는 일본이나 한 작가의 문학관이 다섯 개나 되는 러시아에 비하면 우리나라 문학관은 아직 출발 단계에 있다고 하겠다.

외국의 문학관은 오래전부터 미술관, 박물관 등과 함께 중요한 문화 산업의 하나로 주목받아 왔다. 러시아의 푸쉬킨, 톨스토이, 도스토예프스키 박물관은 세계적으로 유명하며, 「빨간 머리 앤」의 본고장인 캐나다의 P. E. I.(Prince Edward Island)는 캐나다의 13개주에서 가장 작은 주이지만, 매년 50만 명 이상의 관광객이 다녀간다고 한다. 「말괄량이 삐삐」로 유명한 아스트리드 린드그렌을 기념하는 아스트리드 린드그렌 월드 역시 스웨덴뿐만 아니라 전 세계적인 명소가 되고 있다. 우리나라의 미당시문학관, 김유정문학촌 등에도 수 만 명의 방문객이 다녀가고, 최근에 개관한 황순원문학촌 소나기 마을은 테마파크로 조성되어 이전 문학관과는 다른 모습을 보이고 있다. 그런데 아직까지 상당수의 우리나라 문학관은 전시와 행사 위주에 머물러 그 기능을 충분히 발휘하지 못하고 있는 실정이다. 문학관은 작가와 소통하고 문학을 다양한 형태로 체험하는 특별한 공간이며, 문학 교육의 확장 공간으로서 중

---

3) 박화성문학기념관(1991), 추리문학관(1992), 한무숙문학관(1993), 조병화문학관(1993), 한국현대문학관(1997), 만해기념관(1998), 토지문화관(1999) 이외에 대부분의 문학관이 2000년 이후에 건립되었다. 한국문학관협회 홈페이지(http://www.munhakwan.com) 참조.

요한 의미를 지닌다.

이 글에서는 문학관이 문학교육의 확장 공간이라는 본질적 기능에 충실하기 위한 방법론을 모색하고자 하는 데 목적이 있다. 이를 위해 우선 문학관의 운영 현황과 기능을 살펴보고, 구체적인 운영 방향을 탐색해보기로 한다.

2. 문학관의 현황과 기능

문학관 협회에 따르면 현재 우리나라 문학관은 50여개가 설립, 운영되고 있다. 도서관, 박물관, 문화예술관 등에서 운영하는 문학관과 소규모 테마 문학관까지 합치면 이보다 더 많은 문학관이 있지만, 이 글에서는 50여개 대규모 문학관만 대상으로 삼고자 한다. 1991년 박화성 문학 기념관이 개관된 이후 약 9년 동안 50여 개에 설립되었으며, 앞으로 더 늘어날 것으로 전망하고 있다. 이렇게 문학관이 급증하는 이유는 문화 산업과 문화 콘텐츠에 대한 우리 사회의 관심이 높아지면서, 각 지자체들이 지역 출신 작가의 생가를 복원하고 관광자원화하는 사업을 경쟁적으로 추진하고 있기 때문이다.

현재 운영되고 있는 문학관은 크게 두 가지 유형으로 나누어 볼 수 있다. 하나는 특정 작가를 기념하기 위한 문학관이다. 구상문학관, 김유정문학촌, 난고김삿갓문학관, 노산문학관, 만해기념관, 미당시문학관, 박화성 문학기념관, 백담사 만해마을, 이육사문학관, 이주홍문학관, 이효석문학관, 조병화문학관, 조태일시문학기념관, 지용문학관, 채만식문학관, 청마문학관, 최명희문학관, 황순원문학촌 등이 이에 속한다. 또 다른 하나는 특정 장르나 지역, 문학 자료를 중심으로 하는 문학관이다. 경남문학관, 문학의 집.서울, 세계여성문학관, 아리랑문학관, 영인문학관, 추리문학관, 토지문화관, 한국가사문학관, 한국문인인장박물관, 한국현대문학관 등이 이에 속한다. 전자는 작가 기념관의 성격이 짙고, 후자는 문학 자료관의 기능이 강하다.

이러한 문학관들은 첫째, 문학 자료의 보관과 전시, 둘째, 문학체험 학습 공간, 셋째, 지역문화예술의 진지라는 세 가지 기능을 수행하고 있다.[4] 자료의 수집과 연구, 소장과 전시는 문학관의 존립 의의이며 가장 기초적인 기능이다. 특정 작가의 유품과 각종 자료는 그 자체가 문화유산으로서 중요한 가치가 있으며, 문학관을 찾는 방문객들이 작가와 작품을 보다 심도 있게 이해하는데 직접적인 도움을 주기 때문이다. 또한 대부분의 문학관들은 다양한 프로그램을 기획 운영하고 있다. 각종 기념행사, 문학 강연, 낭송회, 문학 캠프 등이 그것이다. 그리고 이러한 활동을 통해 각 지역의 문학관은 지역문화의 구심체 역할을 담당하고 있다. 정도의 차이는 있지만 대부분의 문학관들은 이러한 기능을 담당하고 있다.

그러나 이러한 운영 방식에는 몇 가지 아쉬운 점이 있다. 우선 문학 자료의 보관과 전시 는 문학관의 가장 기초적인 역할인데, 상당수의 문학이 이 기능에 머무르는 경우가 많다는 점이다. 영인문학관, 한국현대문학관 등 자료 수집과 보관을 중심으로 하는 문학관은 그 기능만으로도 충분한 가치가 있다. 이들 문학관은 누군가가 모으지 않으면 유실될

---

4) 전상국, 「강원도 소재 문학관의 운영 실태와 전망」, 강원사회연구회 편, 『강원문화의 이해』, 한울아카데미, 2005, 168~170쪽.

우리 시대의 문학 자료들을 모아 후세에 전하는 것을 목표로 설립되었으며 그 기능에 충실하고 있다. 영인문학관의 자료 보유수는 약 25,000여점이며, 이 자료들 중 대표적인 자료는 문인의 초상화 약 120점, 육필원고 800여점, 문인 서화 및 도자기 자료 150여점, 문인과 화가의 선면화 180여점, 문인의 편지와 엽서 200여점, 문학 작품에 들어갔던 삽화의 원화 300점, 문인의 문방용구 및 애장품이 300여점, 문학사상이나 현대문학을 비롯한 문학잡지가 창간호부터 현재까지 보관되어 있다. 특히 5~60년대의 사상계나 문학 예술 등 희귀본 잡지의 원본이 있으며, 70년대부터의 문학 관련 스크랩과 문인 사진, 또한 저자 사인북이 대부분 초판본으로 갖추어져 있다. 한국현대문학관은 소설·수필·시 등 작고 문인 문학도서 초판본 2천여 권, 문인 육필원고 1천여 점, 사진자료 1천 5백여 점, 영상자료 4백여 점, 기타 문학잡지와 한국현대문학지도 등 시각화된 자료들을 전시하고 있다.[5]

그런데 특정 작가의 문학관이 자료 보관과 전시에만 한정한다면, 그것도 단순히 자료를 나열해 놓는 것에 머무른다면 문학관의 본래의 기능을 제대로 수행한다고 볼 수 없다. 상당수의 문학관은 작가의 문학 활동과 연보를 벽에 붙여 놓고, 그 아래나 중앙에 자료를 전시하는 전통적인 방법을 고수하고 있다. 백담사 만해마을에 있는 만해박물관은 만해의 일대기를 연대순으로 벽면에 붙여 놓고 중앙에 책 몇 권 전시되어 있을 뿐이어서 박물관이라는 명칭이 무색할 정도다. 연보와 자료 전시는 필수적인 사항이지만 천편일률적인 디스플레이는 지양될 필요가

---

5) 한국문학관협회(www.munhakwan.com), 영인문학관(www.youngin.org), 현대문학관(www.kmlm.or.kr) 홈페이지 참조.

있다. 문학관의 전시는 자료의 내용을 전달하는 데에만 목적이 있는 것이 아니라, 자료를 통해 작가와 작품 그리고 시대를 총체적으로 이해할 수 있어야 한다. 자료는 텍스트 차원에서 소통을 위한 매우 중요한 매개체이기 때문이다. 따라서 연보와 작품집, 잡지 등만 전시하는 것이 아니라 작가와 작품의 시대적 사회적인 배경을 이해할 수 있는 다양한 자료들을 연계시켜 놓거나 영상물들을 함께 상영한다면, 평면적이고 고정된 전시에서 벗어나 생동감 있고 입체적인 효과를 기대할 수 있을 것이다.

러시아의 푸쉬킨 박물관은 푸쉬킨의 작품 제목을 따서 각 방을 이름 짓고 작가의 도서, 친필뿐 아니라 작품에 등장하는 당시의 다양한 소품을 전시하여 작가에 대한 이해와 함께 작가가 그렸던 작품 속의 사회현실에 대한 이해까지도 넓히도록 해놓고 있으며, 안나 아흐마또바 박물관에서도 스탈린 치하라는 러시아의 격변기에 시를 창작한 시인의 창작 배경을 고려하여 시인의 작품과 함께 당시의 역사적 사건을 담은 영상물을 함께 상영함으로써 전시의 생동감과 입체감을 느끼게 하도록 세심하게 노력하고 있다. 또한 작가와 관련된 신문, 잡지 기사, 혹은 친필자료의 일부분을 벽면에 벽지처럼 입힘으로써 입체감을 느끼게 하고, 푸쉬킨 박물관의 경우, 벽면만을 활용하지 않고 원기둥 모양의 유리장을 설치하여, 문방사우나 친필 등 다양한 종류와 크기의 자료들을 입체적으로 전시하고 있다. 또한 서재, 응접실 등 각 방마다 그 공간에 대한 사진과 설명이 자세하게 적힌 안내 책자가 한쪽에 놓여 있다고 한다.[6]

---

6) 서영란, 「한 작가의 문학관이 6개나 되는 나라, 러시아」, 한국문학관협회 홈페이지(www.munhakwan.com) 참조.

최근 개관한 황순원문학촌도 기존 문학관의 전통적인 방식과는 달리 참신한 전시 방법을 기획하고 있다. 문학관 중앙부분은 소설 「소나기」에서 소년과 소녀가 소나기를 피했던 수숫단 모양을 형상화하여 원뿔형 모양으로 되어 있고, 천정이 투명한 유리로 되어 있어서 햇빛이 들어오면 은색 벽이 아름다운 빛을 낸다. 중앙 홀 가운데에는 황순원의 육필 원고를 새긴 투명한 판이 매달려 있고, 그 주변으로는 반원형으로 된 황순원 선생님의 연대기가 있다. 그리고 2층 전시실에는 유품 전시, 작품 체험, 애니메이션 영상실, 문학카페 등 모두 4개의 전시실이 있어서 다양하게 황순원의 작품과 인간미를 느낄 수 있게 설계되어 있다.[7]

특정 작가의 문학관은 대부분 생가를 보존 또는 복원하거나 주요 작품의 배경이 되는 장소에 설립한다. 작가의 생가는 그 자체만으로 중요한 가치가 있기 때문에 생가를 보존 또는 복원하는 것이 가장 이상적일 것이다. 하지만 생가가 그대로 보존되어 있는 작가가 많지 않아서 대부분의 문학관은 유사 장소에 복원하는 방식을 선택하는데, 이 때 종종 문학관의 본질과 어긋나는 문제가 발생한다. 예컨대 2006년 개관한 동리목월문학관은 생가에서 동 떨어진 토함산 자락 산기슭에 자리하고 있어서 문학관의 제 기능을 다하지 못하고 있다는 비판이 일고 있다.[8] 반면 김유정문학촌은 실레마을에 건립하였으며, 전시실 옆에 있는 초가집은 1930년대 생활상을 엿볼 수 있는 생활용품들을 구비하고 있다. 또한 이효석문학관은 전시실 일부에 작가 창작실을 재현해 놓고, 15분 정

---

7) 황순원문학촌 소나기 마을 홈페이지(www.sonagivillage.kr) 참조.
8) 이 문학관은 김동리와 박목월을 기념하기 위해 경주시가 43억 원을 들여 건립하고 매년 1억원 이상 위탁금을 지급하고 있지만, 위치 선정에 문제가 있어서 도심으로 옮겨야 한다는 여론이 제시되고 있다.

도의 영상물도 상영한다. 창작실은 서구적이고 이국적인 취향의 이효석의 일상과 정신세계를 잘 반영하고 있으며, 이는 이효석의 작품세계를 이해하는데 도움을 준다. 다만 영상물은 주로 봉평을 중심으로 전개되고 또한 1930년대가 아니라 최근의 봉평장을 담고 있어서 작품 이해와 거리가 있는 아쉬움이 있다. 또한 황순원문학촌 소나기 마을은 양평에 건립하였는데, 황순원과 양평은 아무런 관련성이 없다. 다만 「소나기」 중 '어른들의 말이 내일 소녀 네가 양평읍으로 이사간다는 것이었다' 라는 구절에 근거하여 양평을 소나기의 배경으로 삼고 있는 것이다.

문학관은 특정 작가의 삶이나 작품의 배경을 구체적으로 느낄 수 있는 공간으로 재현되어야 한다. 외형뿐만 아니라 내부 구조도 작가나 작품과 관련된 다양한 자료들을 효율적으로 전시하고 이를 통해 문학적 상상력을 생성할 수 있도록 디자인되어야 한다. 문학관은 단순한 건축물이 아니며, 문학 자료 역시 단순한 물건이 아니라 아우라로서 중요한 의미를 지니기 때문이다.

둘째로 주목할 것은 최근 들어 문학관들은 문학체험 학습 공간으로서의 기능을 강화하고 있다는 점이다. 그동안 대부분의 문학관에서는 낭송회, 백일장, 창작교실, 학술세미나, 초청 강연회 등 일반적인 프로그램을 운영해왔으나, 근래에는 독창적인 체험 프로그램을 많이 개발하고 있다. 김유정문학촌은 다양한 체험프로그램을 실시하고 있다는 점에 주목된다. 김유정 문학기행 열차, 소설 속 캐릭터 찾기, 실레마을 닭싸움 등은 인상적이라는 평가를 받고 있다. 기차 안에서 체험하는 호드기 불기, 마임공연 등은 향수를 불러일으키면서 작가와 작품을 생동감 있게 느낄 수 있으며, 봉필 영감, 점순이 찾기 등은 일반인들과 소통하면서 소설 속 인물을 현실에서 구체적으로 이해할 수 있는 흥미로운 프로그램이다. 또한 풍물장터에서는 마을 부녀회에서 운영하는 음식점을 이용할 수 있고, 딱지치기, 어린이 진품명품 벼룩시장, 추억의 소품 전시 등 작은 행사들이 함께 열린다.[9] 또한 이효석문학관과 미당시문학관은 메밀꽃과 국화꽃 들판을 통해 방문객들에게 정서적 감동을 주고 있다. 만해 마을은 문인의 집, 만해문학박물관, 만해학교, 심우장, 님의 침묵 광장, 만해사, 님의 침묵 산책로 등을 갖춘 복합문화공간이다. 그런데 이 시설들은 만해축전과 예술제, 강연회 등 연중행사 때에만 활용할 뿐, 일반 방문객들이 체험할 수 있는 프로그램이 거의 없다는 아쉬움이 있다. 즉 문학관은 이벤트성 일회 프로그램이 아니라 평상시 방문객들이 작가와 작품을 깊이 이해하고, 체험할 수 있는 열린 공간이어야 한다. 몇 가지 이벤트 프로그램에만 그친다면 문제가 아닐 수 없다.

특히 황순원문학촌 소나기 마을은 문학 체험 공간으로서 상당히 창의적인 기획이 돋보이는 문학관이다. 소나기 마을은 기존 문학관과는 달리 소설의 의미를 되새기며 체험할 수 있도록 꾸며진 테마파크이다. 소나기 광장에는 매일 두 시간마다 한 번씩 소나기가 오도록 되어 있어서 소년 소녀가 한 것처럼 원두막이나 수숫단으로 피할 수 있고, 소년과 소녀가 자주 만나던 시냇물과 징검다리도 놓여 있으며, 소년과 소녀가 따던 도라지꽃과 마타리 꽃 등 야생화 꽃밭도 있다. 애니메이션「그날」은 소설이 끝나는 장면(소년이 소녀가 죽었다는 말을 부모로부터 듣는 장면)부터 시작하는 일종의 소설 다시쓰기의 한 양태이고, 전시실 작품 속으로는 황순원의 장편과 단편 대표작을 영상물, 모형, 음성, 애

---

9) 김유정문학촌은 김유정 추모제, 김유정 문학제, 청소년문학축제 봄봄, 전국문예 작품공모, 김유정문학캠프, 소설의 고향을 찾아가는 문학기행, 사이버 백일장 등 다양한 프로그램을 운영하고 있다. 홈페이지(www.kimyoujeong.org) 참조.

니메이션 등을 통해 입체적으로 즐길 수 있도록 만들어져 있다. 무엇보다 개인적으로 와서 문학관을 둘러보아도 자동감지시스템이 있는 모니터가 해설사처럼 자세하게 설명해준다. 마타리꽃 사랑방(문학까페)에는 황순원 작품을 종이책뿐만 아니라, 전자책(e-book)으로도 볼 수 있고, 듣는 책(audio book)으로 들을 수도 있다. 소설을 읽고 나서 직접 소설을 쓰는 곳도 있고, 잘 읽었나 알아보는 낱말 퀴즈도 있다. 또 소나기 그림 맞추기 같은 게임도 있으며, 너무 어려서 소나기 다시 쓰기를 할 수 없는 어린이에게는 커다란 원고지 판에 글자를 붙이면서 원고지 쓰는 법 배우는 코너도 있다.[10]

이 문학관은 스웨덴의 아스트리드 린드그렌 월드처럼 놀이와 교육이 결합된 문학관이라고 볼 수 있다. 린드그렌 월드는 오페라 극장, 기념관, 숙소, 기념품가게, 식당 등을 구비한 복합문화 테마공원이다. 삐삐의 집, 우체국, 경찰서, 농장, 서점, 기념품 상점, 레스토랑, 기념사진 촬영 장소 등 앙증스러운 목조 주택과 아늑한 분위기로 동화 속의 마을과 집을 그대로 재현해 놓고, 매일 정기적으로 연극과 뮤지컬 등을 공연한다. 「내 이름은 삐삐 롱스타킹」「라스무스와 방랑자」「사자왕 형제의 모험」등 동화 속 마을과 집에서는 '삐삐' '카알 손' '라스무스' 등 주인공들도 만날 수 있고, 아이들이 동화 속 등장인물처럼 행동할 수도 있는 체험공간이다. 또한 린드그렌 가든과 생태 체험 산책로는 온가족이 함께 한가로운 여가를 즐길 수 있는 공간이다. 아스트리드 가든은

---

10) 황순원문학촌 소나기 마을은 약 1만 4천평 부지에 연면적 8백평의 3층 건물이다. 2006년 착공하여 2009년 6월 13일에 개관하였다. 이 문학촌은 국비 50억, 도비 25억, 군비 49억 등 총 124억의 건축비가 소요되었다. 홈페이지(www.sonagivillage.kr) 참조.

작가와 연관된 자료를 전시하고 있는 예쁜 정원이고 자작나무와 사철나무 사이 시냇가를 따라 조성되어 있는 생태체험 산책로에는 스웨덴에서 서식하는 여러 종류의 식물과 농가에서 사육하는 다양한 동물을 방목하고 있고, 공원 북쪽에는 카페와 레스토랑 등이 있고 캠핑장도 마련되어 있다. 흥미로운 놀이와 다양한 체험을 통해 문학을 내면화할 수 있는 공간인 것이다.[11] 소나기 마을도 린드그랜 월드 못지않게 다양한 체험 프로그램과 영상 매체를 활용하고, 주변 환경을 잘 가꾸어 놓고 있어서 새로운 문학관으로 기대되고 있다.

셋째, 각 지방 소재 문학관은 지역문화예술의 진지라는 기능을 상당히 강조하고 있다. 경남문학관은 경남출신 문인들의 문학 활동 지원을 중요한 목적으로 삼고 있으며, 이주홍문학관도 부산지역 문화예술의 중추 역할을 담당하고 있다. 이 뿐만 아니라 대부분 지방에 있는 문학관들은 지역 문화예술의 구심체가 되고자 노력하고 있다. 이는 지자체들이 지역문화 유산과 관광자원의 활성화라는 취지 아래 문학관을 건립한 것과 무관하지 않을 것이다. 특정 지역의 문학관이 그 지역문화예술의 중심 역할을 한다는 것은 자명한 사실이다. 그런데 그러한 기능을 지나치게 강조할 때 문학관은 지역적 한계에 머무를 뿐만 아니라, 개방적인 운영 방식에 걸림돌이 될 가능성이 있다.

현재 우리나라 문학관은 전문 인력 부족, 예산 부족 등 몇 가지 해결해야 할 문제를 안고 있다. 문학관은 주로 유적지 개발 사업, 관광 사업의 일환으로 조성되고, 따라서 지자체가 운영 주체인 경우가 많다.[12] 문

---

11) www.naver.com 카페 참조
12) 구상문학관, 아리랑문학관, 이효석문학관, 조태일시문학기념관, 채만식문학관등은 대표가 해당 군수, 시장이며, 미당시문학관, 박화성문학기념관, 청마문학관,

학전문가보다는 학예사나 행정 공무원이 파견되어 있는 운영을 맡고 있는 문학관도 적지 않다.[13] 문학관은 학예사가 맡을 수 있는 업무가 아니며 행정 공무원이 근무할 수 있는 곳은 더더욱 아니다. 문학관이 제대로 운영되기 위해서는 설립은 지자체가 하더라도 운영 주체는 전문기획자에게 위탁해야 할 것이다. 전문기획자는 문학적인 소양을 지니고, 프로그램을 개발, 운영하는 능력까지 겸비해야 하는데, 사실상 전문적인 마인드를 갖춘 전문기획자가 많지 않다는 것이 더 중요한 문제로 부각되고 있다.

무엇보다 문학관은 행정 주도가 아니라 설립 단계부터 문학관계자와 지역주민들이 주체적으로 참여하는 방식으로 추진되어야 한다. 이는 건립 기금과 직결되는 문제이기도 하다. 문학관의 건축비를 행정기관에서 도맡아 지원하는 우리나라와는 달리 외국은 민간이 자발적으로 주도하는 경우가 많다. 『빙점』의 작가 미우라 아야코 기념 문학관은 작가를 사랑하는 1만 5천명의 독자들이 총 2억원을 모아 지었으며,[14] 린드그랜 월드도 시민들의 성금과 당국의 일부 지원금으로 건립되었다. 제인 오스틴 기념관은 독자적인 자선단체인 제인 오스틴 기념재단에 의해 운영되는데, 자금은 책과 상품 판매 수익금, 입장료, 후원금, 지원

한국가사문학관등은 지자체 장이 대표로 되어 있고 관장은 전문인이다.

13) 채만식문학관, 서정주문학관, 박화성문학기념관, 난고문학관, 청마문학관, 구상문학관, 아리랑문학관, 정지용문학관, 조태일문학관, 이육사문학관, 이효석문학관 등에는 공무원이 파견되어 있다. 정경운, 「한국문화콘텐츠 활성화 방안연구—국내 문학관 프로그램 운영방식을 중심으로」, 『현대문학이론연구』 25권, 2005, 31쪽.

14) 이 기념관은 작가가 죽기 1년 전 1998년 6월에 완공, 개관식을 했다. 작가는 개관식에 참석했지만 파킨슨병으로 목소리를 잃어 아무 말도 할 수 없었다.

금 등으로 충당하고 있다.[15]

행정기관이 문학관 건립을 주도하는 현재 상황은 순기능도 있지만 역기능도 예상된다. 문학관이 전시행정의 도구로 전락할 우려가 높다는 점이다. 건물은 근사하게 지어 놓고, 속은 텅텅 빈 문학관들이 속출할 수 있으며, 운영비 지원을 중단하는 경우, 애물단지로 전락하는 문학관도 발생할 수 있다. 이는 작가를 기리는 것이 아니라 오히려 욕되게 하고, 문학을 한갓 관광 자원의 수단으로만 인식하는 처사이므로 시급하게 해결되어야 할 문제이다. 또한 지자체의 관심 여부에 따라 문학사적 위상과 무관하게 특정 작가에 대한 미화나 우상화가 초래될 위험성도 있다. 서울 출신 작가들이나 월북 작가들의 문학관이 건립하지 못하는 것도 이와 무관하지 않다. 염상섭, 이상, 박태원, 이태준 등 문학사적으로 충분한 가치가 있는 작가들의 문학관은 거론조차 되지 못하고 있는 실정이다. 이는 우리나라 문학관 전체의 운영 방향이나 작가들의 위상에 대한 균형적인 시각이라는 측면에서 논의되어야 할 문제이다.

지금까지 살펴본 바와 같이 우리나라 문학관은 아직 그 기능을 충분히 발휘하지 못하고 있다. 문학관 운영에 대한 마인드가 정립되어 있지 않고, 전문 기획자 많지 않다는 것이 가장 심각한 문제이다. 요컨대 문학관은 문학교육의 확장 공간으로서 중요한 의미를 지니고 있지만, 사회적인 합의와 인식이 아직은 부족하다고 볼 수 있다.

---

15) 한국문학관협회 홈페이지(www.munhakwan.com) 참조.

3. 문학공간의 확장과 문화 콘텐츠의 서사 전략

그동안 문학관은 두 가지 기능 즉 하나는 문학유산의 보존과 전승이요, 다른 하나는 그 지역 문학 활동의 모체 역할이라는 측면[16]이 강조되어 왔다. 그런데 이러한 기초적인 기능보다는 문화산업과 문학교육의 확장 기능에 주목할 필요가 있다. 그것은 이 시대에 문학관은 단순히 작가를 기념하는 공간이 아니라 끊임없이 새로운 의미를 생성하고 창출하는 문학장으로서의 역할을 담당하여야 하기 때문이다.

1) 문화산업과 문화 콘텐츠로서의 문학관

산업면에서 볼 때 문화는 산업의 새로운 광맥으로 여겨진다. 문화산업은 무궁무진한 생산의 보고라고 할 수 있다. 문제는 누가 더 빨리 문화의 광맥을 찾아 고품질화 하느냐 하는 것이다.[17] 문화산업은 제작자의 전문성과 창조성이 제품의 질과 가격을 결정하는 창조산업으로 중간제의 투입에 비해 창출되는 부가가치가 매우 높은 산업이다. 특히 문화산업은 창의력 및 기획력이 경쟁력을 좌우하는 지식 집약적인 산업으로 첨단기술과 문화가 융합되는 미래형 산업형태로 발전할 가능성이 크다.[18] 각 지자체에서 그 지역을 대표할 수 있는 문화예술의 구심점

---

16) 정우영, 「누가 문학관을 살리는가」, 한국문학관협회 홈페이지(www.munhakwan. com) 참조.
17) 김천영, 『문화콘텐츠 기획을 위한 인문학의 활용방안연구』, 한국교육개발원, 2002, 6~7쪽.
18) 김만수, 『문화콘텐츠유형론』, 글누림, 2006, 11쪽.

찾고 이를 상품화하기에 부심하는 것도 문화산업 시대를 반영하는 것이다.

또한 여행의 질적 경험이 증가하면서 최근 문화관광객(cultural tourists)이 증가하고 있다. 이들은 교육과 생활수준의 상승에 따라 정신적 풍요와 문화적인 욕구를 중시하는 가치관을 지닌 계층이다. 이들 문화 관광객이 가진 문화욕구는 다양성에 기반을 두고 있으며, 독특한 지역 문화에 대한 관심을 보이면서 단순한 관람보다는 직접적인 체험을 도모하는 특성도 가지고 있다. 이들에게 문학관은 박물관 미술관과 함께 중요한 코스 중에 하나로 부각되고 있다. 문학관은 문화유산과 문화적 요소들을 체험하면서 고부가가치를 창출할 수 있는 소중한 문화상품으로서의 가치를 지니고 있기 때문이다.

전술한 바와 같이 이미 세계 각국은 문학관과 문학박물관, 테마파크 등을 통해 관광객들의 문화 욕구를 충족시키면서 경제적인 이익도 창출하고 있다. 따라서 이제 문학관은 단순한 문화유산의 보관소가 아니라 문화 콘텐츠로 인식되어야 한다. 콘텐츠란 "말이나 문장 또는 여러 종류의 예술 작품과 같이 매체를 통해서 표현되어지는 내용" "문자, 영상, 소리 등의 정보를 제작하고 가공해서 소비자에게 전달하는 정보 상품"[19]을 의미한다. 문학관의 다양한 콘텐츠는 대중문화에 적합하게 재창조되어야 하고, 콘텐츠의 원천은 문학 작품에 대한 다양하고 폭넓은

---

19) 콘텐츠는 디지털 기술에서 구현되는 내용물이므로 디지털콘텐츠라는 표현은 단순히 디지털을 강조한 자연스로운 표현이라고 할 수 있다. 그런데 우리나라에서는 이러한 디지털내용물을 흔히 문화콘텐츠라고 불러왔다. 문화콘텐츠는 본래 생소한 표현이지만 21세기 문화의 시대를 맞이하여 문화의 중요성과 활용이 증대되면서 자연스게 문화콘텐츠라는 합성어가 일반화되었다. 인문콘텐츠학회, 『문화콘텐츠입문』, 북코리아, 2006, 12쪽.

이해에 바탕을 두어야 한다. 즉 문학의 상상력과 예술성은 문화 콘텐츠의 그것으로 재창출되어야 한다. 이러한 문화 콘텐츠는 예술인 동시에 상품으로서의 속성을 지닌다. 문학작품을 문화 콘텐츠 상품으로 생산할 때 문학적인 소양이 요구되는 것은 이 때문이다.

또한 문화 콘텐츠 역시 문학작품과 마찬가지로 감동을 주어야 하기 때문에 절대적으로 요청되는 것이 이야기꾼으로서의 능력이다. 문화 콘텐츠산업의 핵심은 시나리오와 아이디어를 생산하고 각색하는 창작력과 연출력 그리고 이들을 상품화하는 기획력을 갖춘 높은 수준의 프로그램 제작 인력에 달려 있다. 문화 콘텐츠가 외형적으로는 이미지와 영상으로 전달하지만 그것이 단순한 이미지와 영상이 아닌 이야기를 지닌 이미지와 영상이라는 점에서 이야기는 문화 콘텐츠의 생명력의 원천이라고 할 수 있다. 문화 콘텐츠에서 시나리오 내지는 스토리텔링의 중요성이 강조되는 것은 이러한 맥락이다.[20]

마찬가지로 문학관이 문화 콘텐츠로서 활성화되기 위해서는 전시와 프로그램에 있어서 스토리텔링이 필요하다. 단순한 자료 전시와 행사가 아니라 특정 작가와 작품세계를 깊이 이해하고 새롭게 해석하는 능력과 구조화된 스토리텔링이 요청되는 것이다. 이를 위해서 가장 기본적인 것은 생가나 작품의 배경을 보존, 재현하는 것일 테고, 이를 바탕으로 문학적인 상상력과 내러티브 전략을 세워야 한다. 여기서 내러티브란 문학관의 공간과 시간 그리고 이야기라는 일련의 진행 상황을 단순한 문자언어가 아니라 영상과 음향, 시각 등 다양한 매체들을 이용하는 표현 방식의 집합을 의미한다. 요컨대 문학관은 전달하고자 하는

---

20) 인문콘텐츠학회, 앞의 책, 21쪽.

이야기를 구조화하고 이를 전달하기 위해 모든 매체와 기호들을 활용해야 하는 것이다.

예컨대 안네 프랑크의 집 방문객들이 바로 이 곳에서 무슨 일이 일어났는지를 각자 상상할 수 있도록 해주는 박물관이다. 이 문학관은 The story on the spot(현장 이야기), The canal-side of the house(운하에 근접한 안네 프랑크의 집), Next door to the historic building(역사적인 건물 옆 집), The new building(새로운 건물)로 구성되어 있으며, 각 공간들은 구조화된 내러티브 전략을 재현하고 있다. 우선 비밀의 집의 방들은 공들여 보존한 덕분에 당시의 모습을 그대로 유지하고 있다. 사람들이 체포된 후 바로 가구들을 빼내었기 때문에 그 방들은 비어 있다. 숨어 지내던 8명의 사람들이 갖고 있던 구조기록과 물건들이 현재 비밀의 방에 전시되어 있다. 또한 협력자들이 일했던 장소이자 오토 프랑크의 사무실이었던 집의 앞쪽은 은신 시기의 스타일과 분위기로 바꾸어졌다. 덕분에 방문객들은 이곳에서 무슨 일이 일어났는지 각자 느껴볼 수 있다. 은신하던 시기의 이야기는 안네의 일기에 인용한 글을 통해 전해진다. 전시되고 있는 실제 물건들, 기록, 사진들은 은신 시기나 캠프로 추방당한 사람들의 이야기를 강력하게 뒷받침해준다. 또한 세 개의 단편영화는 역사적인 정황에서 개인의 이야기를 제기한다. 오토 프랑크의 옛 사무실 옆의 프린센그라트 265번지에서 옛 운하 근처 집은 개조되었다. 이 집에서 안네의 일기와 그 소중함에 대한 내용을 찾아 볼 수 있다. 안네 프랑크의 최초의 원본 일기는 영구적으로 전시된다. 뿐만 아니라 박물관의 새로운 건물 시설은 현재 전시, CD-ROM 프리젠테이션을 위한 공간과 (학교) 단체 맞이하기 위한 환영시설, 박물관 서점, 박물관 카페를 제공하고

있다.[21]

전술한 바와 같이 황순원문학촌 소나기 마을은 소설 「소나기」를 체험할 수 있는 스토리텔링을 바탕으로 구조화된 테마파크이다. 영상과 음향, IT와 다양한 시각적 이미지뿐만 아니라 자연 환경까지도 활용함으로써 문학적인 상상력을 극대화하고, 내러티브 전략을 효율적으로 전달하고 있다. 다만 현대적인 장치와 인공적인 공간 속에서 순수하고 자연스러운 「소나기」의 정서를 얼마나 느낄 수 있을까 하는 의문이 든다.

2) 체험과 소통공간으로서의 문학관

그동안 우리나라 문학 정책은 창작과 독서 행위에 대해서만 관심을 두어 왔으며, 그마저도 공급자적 관점을 벗지 못하였다. 생산(창작)이든 소비(독서)든 '닫힌 곳'에서 '나 홀로' 한다는 특성을 지닌 문학에 하드웨어는 필요하지 않았지만, 이제 문학도 열린 바깥으로 나가 대중들과 함께 즐길 수 있는 대상이 되었으며, 그 열린 바깥에는 문학관이 있다.[22]

무엇보다 문학은 문화의 한 양상이다. 문학을 문화현상의 하나로 보는 관점에서는 문학을 역동적 실천태로 상정한다. 작가, 작품, 독자 등의 요소로 이루어지는 문학 현상을 정태적인 것으로 파악하는 것이 아니라, 이러한 요소들이 역동적인 구도를 형성하면서 상호주체적인 실

---

21) 「해외문학관 기행—네덜란드, 안네프랑크 박물관」, 한국문학관협회 홈페이지 (www.munhakwan.com) 참조.
22) 박상언, 「'책 밖'의 문학을 위하여」, 『경기일보』, 2007. 10. 23, 19면.

천을 하는 양상으로 파악한다.[23] 그 역동성은 언어활동 즉 언어를 통해 의미를 만들어 내고 그것을 알아듣는 언어행위의 본질 가운데 하나인 대화적 속성이다. 현대사회의 커뮤니케이션은 일방적인 것이 아니라 상호소통을 중시한다. 온라인게임, 디지털애니메이션, 캐릭터, 인터넷 콘텐츠 등 새롭게 부각되고 있는 문화 콘텐츠들뿐만 아니라, 영화 드라마 등도 대중들의 즉각적이고 직접적인 반응과 평가에 의해 그 성패가 좌우되는 상황으로 바뀌고 있다. 이는 디지털화되고 인터넷이 발달한 미디어 환경에서 대중이 직접적으로 창작자에게 의견을 개진하고 창작물에 대한 구체적인 평가를 내릴 수 있는 매체와 논의의 장이 무한히 확대되어 있기 때문이다.[24]

문학관 역시 이러한 문화의 한 양상이며, 따라서 역동적인 커뮤니케이션이 필수적이다. 작가와 독자의 소통구조는 작가의 일방통행이 아니라 독자의 적극적인 수용과 상호소통이 활발할 때 가능하다. 문학관은 그 자체가 일종의 텍스트라고 할 수 있다. 작가가 작품(텍스트)을 통해 독자에게 메시지를 전달하듯이, 문학관은 기획자가 다양한 프로그램을 통해 관람객에게 메시지를 전달한다. 문학 작품에서 언어가 기호이듯이 문학관의 전시물과 프로그램들 역시 하나의 기호로 볼 수 있다. 요컨대 문학관은 언어적 교신의 특수한 형태라고 볼 수 있다.

문학이 텍스트 이외의 환경과 상호 영향을 주고받으면서 서로 삼투되는 경험의 공간은 문학교육에서 매우 중요한 의미를 지닌다. 문학관의 내러티브 전략이 개별적으로 구현되기 위해서는 다양한 경험적 활

---

23) 우한용, 『문학교육과 문화론』, 서울대학교 출판부, 1997, 5~7쪽.
24) 김만수, 앞의 책, 21쪽.

동이 실현되어야 한다. 즉 문학관의 다양한 체험 프로그램은 문학관이 문학교육의 확장 공간으로서의 영역과 역할에 대한 일정한 시사를 주고 있다. 특히 내년부터 실시되는 200년 개정 교육과정은 '창의적 체험활동'을 도입, 강화하고 있으며, 다음과 같은 관련 지침을 마련하고 있다.

> (15) 학교는 창의적 체험활동이 실질적 체험학습이 되도록 지역사회의 유관기관과 적극적으로 연계, 협력해서 프로그램을 운영해야 한다.
> (16) 교과와 창의적 체험활동의 효율적인 운영을 위하여 지역사회의 인적, 물적 자원을 계획적으로 활용한다.
> (22) 범교과 학습 주제는 관련되는 교과와 창의적 체험활동 등 교육활동 전반에 걸쳐 통합적으로 다루어지도록 하고 지역사회 및 가정과의 연계 지도에 힘쓴다.[25]

이러한 교육현장의 변화는 문학관이 교육의 확장공간으로서의 성격을 더욱 강화시켜야 한다는 시대적인 요청이다. 이제 문학관은 다양한 프로그램을 통한 체험과 소통의 교육공간으로 자리매김하여야 한다. 학교와 연계하여 학교 교육의 연장선상에서 창의적 체험 활동을 수행하는 공간으로 활용될 필요가 있다. 또한 그 체험과 소통은 에듀테인먼드(edutrainment)의 특정 영역으로서의 개발과 가능성이라는 주문에 적절히 응답하여야 한다. 에듀테인먼드(edutrainment)는 교육(education)

---

25) 이광우, 「창의적 체험활동 교육과정의 편성·운영」, 『청소년활동과 창의적 체험활동 연계·활성화를 위한 청소년기관 종사자 직무교육』, 2010, 5쪽.

과 오락(enterrainment)을 결합한 신조어로 지식과 정보를 습득하는 학습활동에 흥미를 유발하는 오락적 요소를 가미한 것이다.[26] 요컨대 문학적 상상력을 바탕으로 쉽고 재미있게 정보와 지식을 전달하고 문학적 감수성을 체험할 수 있는 다양한 프로그램의 기획과 효율적인 운영이 문학관이 해결해야할 과제인 것이다.

4. 결론

지금까지 이 글은 2000년대 들어 급증하는 문학관의 운영 현황과 기능을 살펴보고, 운영 방향에 대하여 논의하였다. 그동안 우리나라 문학관은 문학 유산의 보존과 전승, 문학체험의 공간, 지역 문화예술 활동의 구심체 역할이라는 기능에 충실하여 왔다. 그러나 현재 문학관들은 예산 부족과 전문 기획자의 부재라는 문제점을 안고 있다. 특히 지자체가 주도하는 문학관의 운영방식은 전시행정이라는 폐해를 낳는 경우도 있다.

이러한 상황에서 교육 환경과 사회의 변화는 문학관 운영의 구체적인 전망을 제시하고 있다. 즉 문학관은 문화 산업과 문화 콘텐츠, 체험과 소통을 위한 문학교육의 확장 공간으로서 그 기능을 활성화할 것을 주문받고 있다. 즉 이 시대에 문학관은 단순히 자료 전시가 아니라 끊임없이 새로운 의미를 생성하고 창출하는 문학장으로서의 역할을 담당할 필요가 있는 것이다.

---

26) 강현구, 『문화콘텐츠의 서사전략과 인문학적 상상력』, 글누림, 2008, 11쪽.

이 논의는 공공기관에서 건립한 문학관을 대상으로 삼고 민간 문학관은 배제하였기 때문에 우리나라 문학관 전반에 대한 논의가 되지 못하였다. 이는 다음 논고에서 보완하기로 한다.

대학 글쓰기 교육의 실제

— 한국과 미국 대학을 중심으로

1. 서론

최근 많은 대학에서 글쓰기 교육에 대한 중요성을 인식하고 교육 과정과 체제를 개편하고 있다. 대부분의 대학들은 '글쓰기' '사고와 표현' '작문' 등 글쓰기 강좌를 필수 과목으로 개설하고, 글쓰기 센터나 상담소, 의사소통센터 등 별도의 전담 기구를 운영하는 대학들도 늘고 있다.[1] 또한 글쓰기뿐만 아니라, '독서와 토론' '스피치와 토론' '글쓰기와 커뮤니케이션' 등 다양한 과목을 개설하면서 대학 글쓰기 교육이 쓰기, 읽기, 말하기 등 전반적인 의사소통 능력을 신장시키는 방향으로 심화, 확대되고 있는 추세이다.[2] 특히 각 대학에서 '공학교육 인증제도'를

---

1) 현재 미국대학에서는 글쓰기를 전담하는 기구가 거의 모든 대학에서 핵심적인 교육 기관의 하나로 자리 잡고 있지만, 우리나라 대학들은 2000년대에 들어서 이러한 기구들을 운영하기 시작하고 있다. 서울대학교의 '글쓰기 교실', 숙명여자대학교의 '의사소통개발센터' 등이 대표적이다.

2) 현재 각 대학들은 '사고와 표현' '글쓰기와 읽기' '국어와 작문' '인문학 글쓰기' '사회과학 글쓰기' '과학과 기술 글쓰기' '글쓰기 세미나' '우리말과 글쓰기' '발

도입하면서 이공계 글쓰기 교육은 새로운 방향을 모색하기 시작하였다. 한국공학교육인증원(ABEEK)은 공학교육 인증기준(KEC 2005) 속에 '효율적인 의사소통 능력'과 '협력연구의 능력' 등의 항목을 중요한 기준으로 제시하였으며,[3] 이에 따라 이공계 대학생들의 글쓰기 교육이 강화되고 있는 것이다. 예컨대 인문 · 사회 계열과 구별하여 공학 계열 글쓰기를 개설하거나, 기초와 심화 과정으로 이원화하여 운영하거나, 전공과 연계하는 학제적 성격도 강조하고 있다.[4]

그런데 이공계 글쓰기 교육은 여전히 여러 가지 난제를 안고 있다. 학생들의 글쓰기에 대한 인식 부족, 효율적인 교수법과 운영 방식, 교재의 문제 등이 그것이다. 우리나라 이공계 대학생들은 고등학교 때부터 이과 교육에 길들여있기 때문에 글쓰기에 대한 거부감과 두려움, 나아가서 필요성을 전혀 느끼지 못하는 경우가 많다. 또한 강의 현장에서는 체계적이고 효율적인 글쓰기의 운영 체계도 미흡한 상황이고, 무엇보다 교재와 효율적인 교수법 개발도 중요한 과제로 남아 있다. 최근 이공계 글쓰기에 관련한 활발한 논의는 이러한 현실을 잘 반영하고 있다.[5]

표와 토론' '분석과 비판' '문제해결과 의사소통' '발표와 의사소통' 등 다양한 교양 필수 과목을 개설하고 있다.

3) 박권수, 「이공계 과학 글쓰기 교육을 위한 강의 모형—연세대학교의 「과학 글쓰기」를 중심으로」, 『작문연구』 제2집, 2006, 37쪽.

4) 서울대학교, 연세대학교, 고려대학교, 성균관대학교, 서강대학교, 경희대학교, 강원대학교 등 여러 대학에서 영역별 글쓰기 교육을 실시하고 있으며, 서울대학교, 연세대학교 등은 기초와 심화 과정을 운영하고 있다.

5) 김상현, 「이공계 학생들을 위한 글쓰기 강좌의 운영: 서울대학교 과학과 기술 글쓰기 강좌운영 사례를 중심으로」 『철학과 현실』 통119호, 철학문화연구소, 2008; 박상태, 「이공계 대학생을 위한 글쓰기 교육 개선 방안에 대한 연구: 성균관대학교 율전 캠퍼스 사례를 중심으로」, 『작문연구』 제7집, 역락, 2008; 송정란, 「이공계 글쓰기의 교과과정연구」, 『한국문예창작』 통13집, 한국문예창작학회,

이 글은 우리나라와 미국 대학의 이공계 글쓰기 교육을 비교 분석해 보고자 하는 데에 그 목적이 있다. 미국 대학들은 일찍부터 글쓰기 교육을 교육 방침 중에 하나로 채택해 오고 있기 때문에 글쓰기에 대한 교육철학과 방법론이 확립되어 있으며, 조직적이고 체계화된 교육 시스템도 마련되어 있다. 특히 공대에서도 다양하고 효율적인 글쓰기 교육 프로그램이 정착되어 있다.[6] 비록 소수이기는 하지만 우리나라 몇몇 대학에서도 글쓰기 교육을 강화하고 다양한 방법을 모색하고 있으며, 그 성과가 구체적으로 드러나기 시작하고 있다. 이 글에서는 University of Illinois at Urbana-Champaign과 연세대학교 공대를 대상으로 글쓰기 교육의 운영방식과 교재를 중점적으로 비교해보고자 한다. 이 두 대학을 연구 대상으로 삼은 이유는 이 대학들이 체계적인 이공계 글쓰기 강좌를 운영하고 있기 때문이다. 일리노이 공과대학은 미국의 대표적인 공대이며, 연세대는 2003년부터 2년 동안 학술진흥재단의 지원을 받아 '이공계 과학 글쓰기 교육의 강의 모형 및 교재 개발을 위한 연구'를 진행하였으며, 2006년도 이후 연구 결과를 강의 운영에 반영하고 있다.[7]

지금까지 미국 대학의 글쓰기 교육에 대한 여러 편의 논고들이 발표되었다.[8] 그런데 이 연구들은 대부분 교육과정에 관심을 두고 있으며,

---

2008; 김민정, 「이공계생을 위한 글쓰기 교육의 방법론과 운영에 대한 연구」, 『한국문학이론과 비평』 제34집, 한국문학이론과 비평학회, 2007; 오윤선, 「이공계 대학생을 대상으로 한 글쓰기 교수법의 방향」, 『어문연구』 제34집 4호, 한국어문교육연구회, 2006.

6) 김민정, 앞의 글, 225~226쪽.
7) 박권수, 앞의 글 참조.
8) 김성숙, 「미국의 대학 글쓰기 교육과정과 평가」, 『작문연구』 제6집, 역락, 2008;

운영방식과 교재를 주요 논점으로 삼은 논의는 거의 없다. 하지만 교재와 운영 방식은 별개가 아니라 함께 논의해야 할 문제이다. 교재는 교육 목표와 방향을 체계화하고 구체화시킨 교수-학습 자료이며,[9] 운영 방식은 교육 목표를 실현하고 구체화하는 방법이기 때문이다. 이 글의 분석 대상 교재는 Keys For Writers(Ann Raimes, Boston: Houghton Mifflin, 2004,4th Edition,)와 『대학 글쓰기』(정희모 외, 삼인, 2009), 『과학 글쓰기』(신형기 외, 사이언스북스, 2007)이다.

2. University of Illinois 와 연세대학교 공대 글쓰기 운영 방식 비교

일리노이대학교 공대 학생들은 글쓰기 강좌를 필수적으로 2과목 이상 이수하도록 되어 있다. 하나는 기초 글쓰기이고 다른 하나는 심화 글쓰기에 해당한다. 글쓰기 강좌의 수강생 정원은 20명 내외이다. 기초 글쓰기는 외국인 입학생의 비율이 높은 미국 대학교의 특성 상, RHET(Rhetoric)과 ESL(English as a Second Language)을 운영하고 있다. RHET는 주로 영어를 모국어로 사용하는 학생들이 수강하고, ESL writing은 외국 유학생들을 대상으로 한다. 두 강좌의 내용은 큰 차이가

김신정, 「대학 글쓰기 교육에서 글쓰기 센터(Writing Center)의 역할―미국 대학의 운영 사례를 중심으로」, 2007; 김민정, 앞의 글; 정희모, 「대학 글쓰기 교육과 사고력 학습에 관한 연구」, 『현대문학의 연구』 제25집, 2005.

9) 곽경술, 「대학 글쓰기 교재의 비교 분석」, 『한국언어문학』 제68집, 한국언어문학회, 2009, 112쪽.

없으며, 입학 당시 신입생들이 제출하는 TOEFL 점수와 별도의 테스트를 통해 수준에 맞게 글쓰기 강좌를 정하도록 한다.[10]

기초 글쓰기와 심화 글쓰기의 강의 목표가 서로 다르다. 즉 기초 글쓰기는 학술적 글쓰기와 커뮤니케이션에 대한 기본적인 자질을 갖추도록 훈련시키고, 심화 글쓰기는 이를 바탕으로 보다 전문적인 글쓰기와 의사소통능력을 향상시키도록 강의를 운영하고 있다. 기초 글쓰기는 주로 토론, 글쓰기, 발표를 중심으로 진행되는데, 이 과정에서 학생들은 서로 다른 생각을 교환하고 공유하고 심화시키고, 이를 바탕으로 사고를 논리화하고 효과적으로 표현하는 방법들을 익힌다. 학생들은 거의 매주 과제물을 제출하고, 과제물은 반드시 피드백을 해준다. 짧은 글에서부터 소논문에 이르기까지 모든 글은 초고제출 −피드백− 수정본 제출을 반복한다. 특히 기말 학술 에세이는 이 과정을 서너 차례 반복하고 완성된 최종본을 제출하도록 한다. 피드백은 주제에 적합한 자료 제공에서부터 논점의 적절성, 자료의 정확성, 각주 형식 등 학술적 글쓰기에서 지켜야 할 모든 부분들을 조언하고 있다. 한 편의 글을 여러 차례 수정과 보완을 거듭하는 가운데 글의 완성도를 높여가도록 훈련시키는 것이다. 또한 평가는 교수뿐만이 아니라 수업을 함께 듣는 학생들이 글을 돌려보고 서로 생각을 나누는 과정을 통해서도 이루어진다. 요컨대 기초 글쓰기 강좌는 다양한 글쓰기 양식과 발표를 통해 논리적, 비판적, 창의적인 사고력과 표현능력을 향상시키고 이를 바탕으

---

10) TOEFL 점수가 일정 수준을 넘어선 학생들은 RHET 수업을 들을 수 있고, 일정 수준에 도달하지 못한 학생들은 writing 시험 성적에 따라 RHET 수업이나 ESL 수업 중 하나를 선택하도록 한다. ESL은 1단계부터 3단계까지 나누어 학생의 언어 수준에 맞게 강의를 진행한다.

로 학술적 글쓰기와 커뮤니케이션의 능력을 갖출 수 있도록 훈련시키고 있는 것이다.[11]

학생들은 1학년 때 기초 글쓰기를 이수하고, 졸업하기 전까지 심화 글쓰기에 해당하는 글쓰기 강좌를 한 과목 더 이수해야 한다. 심화 글쓰기는 다양한 전공 학문과 글쓰기 그리고 커뮤니케이션을 결합한 방식으로 진행되며, 이공계 분야 전공뿐만 아니라 여러 학문 영역에 걸쳐 폭넓게 다양한 교과목이 개설되어 있다. 공대에서는 학과별로 심화글쓰기에 해당하는 몇 개의 강좌를 지정해 놓고 있는데, 이 과목들은 주로 전공 이론과 의사소통 프로그램을 연계시키는 강의이다. 예컨대 실험을 바탕으로 보고서와 논문을 쓰고 발표하는 수업들이 이에 해당한다. 또한 공대 전공과 관련 없는 경영의사소통, 기술적 의사소통 그리고 인문사회 전공 과목 등 심화 작문과 커뮤니케이션을 위주로 하는 과목들도 심화 글쓰기 강좌이다. 전공연계과목이든 아니든 상대적으로 글쓰기와 의사소통 능력을 강화시키는 강좌들이 심화 글쓰기인 것이다. 기초 글쓰기를 이수한 모든 학생들은 자유롭게 어떤 과목이든 선택하면 된다.

이는 학생들의 관심을 공학 분야에만 국한시키지 않고 다른 영역에까지 확장시켜 다양한 능력을 겸비한 우수한 공학도를 양성하고자 하는 교육 목표, 또한 '글쓰기 교육은 모든 교과목을 통해 이루어져야 한다'는 미국 대학의 교육 방침을[12] 이 학교도 잘 반영하고 있기 때문이다. 즉 미국 대학에서 글쓰기는 글쓰기 과목에만 한정하지 않고 모든

---

11) http://illinois.edu/academics/academics.html 참조.
12) 김민정, 앞의 글, 225쪽.

강의의 기초로써 전반적인 의사소통기술 능력을 향상시키는 데에 목표를 두고 있는데, 이 대학도 예외가 아닌 것이다. 요컨대 일리노이 공대생들은 기초 글쓰기 강좌에서 학술 글쓰기에 필요한 모든 절차와 구체적인 방법들을 익히고, 이 능력을 전공뿐만 아니라 다른 학문 영역에서 심화시키도록 훈련받는다.

연세대학교 공대도 '글쓰기'와 '과학 글쓰기', 두 개의 글쓰기 강좌를 개설하고 있다. 그런데 '글쓰기'는 교양 필수이고 '과학 글쓰기'는 교양 선택이기 때문에 연대 공대생들은 반드시 두 과목을 다 이수하지 않아도 된다. 글쓰기의 운영 방식은 수강생 제한, 수준별 학습, 토론과 발표, 피드백 등을 강조하고 있다는 점에서 일리노이 공대와 크게 다르지 않다. 수강 정원은 25명 내외이고, 수준별로 일반반, 핵심반, 심화반을 운영한다.[13] 학술적 글쓰기를 지향하고 자료 활용법과 인용, 주제와 구성, 첨삭과 고쳐 쓰기 등 글쓰기 과정에 필요한 절차를 체계적으로 가르치며, 강의는 교수 강의, 조별 활동, 조별 발표, 글쓰기 연습과 실습, 상호첨삭, 강평 등 다양한 방식으로 진행한다. 수시 과제 이외에 두 번 이상의 긴 글(2,000자 내외)에 대한 첨삭과 한 번의 대면 첨삭을 원칙으로 하고, 이를 위해 튜터 제도를 도입하고 있다.[14] 다만 튜터가 부족하기 때문에 모든 과제에 대한 철저한 피드백이 사실상 어렵다는 것이 한계로 지적될 수 있다.

심화 글쓰기에 해당하는 '과학 글쓰기'는 일리노이 공대와 여러 면

---

13) 글쓰기 테스트를 통해 보통은 일반반, 실력이 부족한 학생들은 핵심반, 능력이 뛰어난 학생들은 심화반을 듣도록 한다.

14) 현재 두 과목 이상 담당한 교수에게 튜터가 배정되고, 한 학기에 네 번 정도 강의에 참여하고, 첨삭과 강평을 맡는다. http://yscec.yonsei.ac.kr/ 참조.

에서 다르다. '과학 글쓰기'는 '글쓰기'를 이수한 2학년 이상의 이공계 학생들의 교양 선택과목이며, 과학기술 전문가를 대상으로 의사소통을 원활히 수행할 수 있는 능력을 배양하는 데 강의 초점을 맞추고 있다. 강좌는 담당교수의 강의와 수강생들의 글쓰기, 개인과제의 수행과 발표, 협력 과제의 수행과 발표로 진행되며, 수강생들은 프레젠테이션 작성법, 정보 탐색과 발표, 제안서 드래프트 발표 및 토론, 쟁점토론과 결과 발표 등의 개인과 팀별 과제물을 수행한다.[15] 다양한 커뮤니케이션과 글쓰기를 결합하는 강의 방식은 일리노이 공대와 동일하지만 몇 가지 차이점이 있다.

우선 일리노이 공대 심화 글쓰기는 전술한 바와 같이 다양한 학문 영역에 걸쳐 여러 과목을 개설하고 있지만, 연대 공대는 과학기술 분야에 초점을 맞춘 '과학 글쓰기' 한 과목뿐이고, 이 강좌는 주로 이공계 학문을 전공한 교수가 맡고 있다. 또한 '과학 글쓰기'는 주로 제안서와 프레젠테이션, 학술논문쓰기는 등을 수행해야 하기 때문에 수강생들이 전공 분야에 대한 연구 역량이 갖추어졌을 때에 교육 효과를 기대할 수 있다.[16] 이러한 강의 운영 방식은 이공계 학생들이 자신의 전공 분야에 적용되는 글쓰기와 의사소통 방식들을 익히는 데에 효과적일 수 있다. 즉 전문성이라는 측면에서는 효율성을 기대할 수 있으나, 공학도의 소양을 지나치게 이공계 분야로 국한하고 학생들의 선택의 폭도 제한한

---

15) 박권수, 앞의 글 참조.
16) 이런 점 때문에 서울대학교에서는 '과학과 기술글쓰기'를 3~4학년 때 개설하고 있다. 김상현, 「이공계 학생들을 위한 글쓰기 강좌의 운영: 서울대학교 과학과 기술 글쓰기 강좌 운영 사례를 중심으로」 『철학과 현실』 통권 119호, 철학문화연구소, 2008. 참조

다는 문제가 있다. 특히 우리나라 공대생들은 고등학교 때부터 이공계 분야에 경도될 수밖에 없는데, '과학 글쓰기'는 이를 더욱 고착시킬 우려가 있다.[17] 또한 일리노이 공대생들은 기초글쓰기 강좌를 통해 글쓰기와 의사소통 능력을 동시에 학습하지만, 연세대학교 공대생들은 기초 글쓰기 강좌에서는 주로 글쓰기를 익히고, 심화 글쓰기인 '과학 글쓰기'에서는 전공학문 글쓰기와 의사소통기술을 익히고 있다. 그런데 '과학 글쓰기'가 교양 선택이기 때문에 이 강좌를 수강하지 않은 학생들은 결과적으로 '글쓰기' 한 과목만 이수하게 된다. 기초 '글쓰기'에서 학술적 글쓰기에 대한 기초적인 단계들을 익히기는 하지만 그것으로는 결코 충분하지 않다. 즉 현실적으로 한 학기 수강으로 전공 학문 글쓰기와 커뮤니케이션을 습득한다는 것은 불가능하며, 모든 전공 강좌의 강의와 과제 활동을 통해서 지속적으로 학습되어야 한다.[18] 기초 글쓰기를 심화, 활용시킬 수 있는 다각적이고 심층적인 글쓰기 과목 개설이 필수적으로 필요한 것이다.

3. University of Illinois 와 연세대학교 공대 글쓰기 교재 비교

이 글에서는 일리노이 공대 기초 글쓰기의 주교재인 *Keys For Writers*

---

17) 이러한 전문성 강조는 글쓰기에 부담감을 안고 있는 이공계 학생들에게 오히려 학습동기를 감소시킬 수 있다. 과학 글쓰기가 몇 차례 폐강되는 것은 이런 이유 때문일 것이다.

18) 박권수, 앞의 글, 50쪽.

(Ann Raimes)와 연세대학교 글쓰기 교재『대학 글쓰기』(정희모), 과학 글쓰기 교재『과학 글쓰기』(신형기 외)를 비교 논의하고자 한다. 먼저 *Keys For Writers*를 살펴보기로 한다. 이 교재의 세부 목차는 다음과 같다.[19]

작문과정/자료수집(Writing Process / Working with Sources)
1. 작문 과정(The Writing Process)
2. 조사하기/정보 분석(Doing Research / Evaluating Sources)
3. MLA 참조 방식(MLA Documentation)
4. APA CBE/CSE,Chicago, CGOS참조방식(APACBE/CSEChicago, and CGOS Documentation)
5. 문서 디자인/작업장(Document Design/Workplace)

문장단계(Sentence-Level Issues)
6. 문체/문체를 구성하는 5부분의 C(Style/5 C's of Style)
7. 일반적 문장 오류(Common Sentence Problems)
8. 구두법, 구조, 철자법(Punctuation, Mechanics, Spelling)
9. 영어를 제 2의 언어로 사용하는 외국인들을 위해(For Multilingual/ ESL Writers)
10. 소사전/색인(Glossaries and Index)

이 교재는 크게 Writing Process/Working with Sources와 Sentence-Level Issues로 나누어져 있다. 전반부 Writing Process/Working with Sources는 글쓰기의 절차, 학술논문 쓰기, 실용문에 필요한 기법 등을

---

19) 이 교재는 ELS 3단계 중 최고 단계 수업 교재이다.

상세히 기술한다. 1. 작문과정(Writing Process)은 A. 글의 시작과 초점 맞추기(Getting Started and Finding a Focus), B. 단락과 에세이 쓰기(Developing Paragraphs and Essays), C. 교정(Revising, Editing, and Formatting), D. 주장하는 글쓰기(Writing an Argument), E. 학과내의 글쓰기(Writing in All Your Courses)로 세분화하여 글을 쓰기로 결정한 시점부터 완성할 때까지 수행해야 하는 모든 과정들을 기술하고 있다. 우선 'The Writing Process'에서는 글을 쓸 때 계획의 중요성을 강조한다. 주제 확정, brainstorming, 개요작성, 초고작성, 검토와 수정, 글의 분석, 초고 확장, 자료 찾기와 보충, 글의 완성에 이르는 모든 단계에서 시간 계획을 세울 것을 제안한다. 막연하게 언제까지 글을 완성할 것이라고 생각하지 말고, 각 단계를 몇 일, 몇 시까지 끝내겠다는 구체적인 계획 아래 글을 써야 한다는 것이다. 또한 일단 초고를 최대한 빨리 완성하고 내용을 수정하는 것이 효율적인데, 내용을 첨가할 때 마다 모든 기록을 남겨 놓아야 한다[20]고 조언하고 있다.

A. '글의 시작과 초점 맞추기'는 글쓰기 시작 단계와 초점 맞추기에 대해 설명한다. 글의 목적, 주제와 소재, 독자 등을 깊게 생각하고 글의 초점을 명확하게 한 후 개요를 짜는 것이 필요한데, 개요 작성 전에 다시 한 번 글의 소재, 글을 쓰는 의도, 개략적인 주제, 글의 초점과 세부 논점을 파악해야 한다고 강조하고 있다. 뚜렷한 주제문을 작성하는 것이 개요의 시작이며, 이후 본문 개요는 이 주제문을 지지해주는 세부 논점들을 논리적으로 구성해야 하며, 너무 진부하거나 모호한 내용은 지양해야 한다는 점을 주시시키고 있다. 또한 글을 쓸 때는 언제나 완

---

20) Ann Raimes, 앞의 책, 17~21쪽.

벽한 서론을 먼저 쓰고 본론으로 넘어가야 된다거나, 개요를 완벽하게 구성하고 글을 시작하려는 강박관념으로 자유로워질 필요가 있다고 조언한다. 글이 막히면 일단 다음 단계로 넘어가서 계속 글을 진행시키는 것이 좋으며, 글이 막히는 것은 주제에 대한 지식과 정보 부족일 가능성이 있으니, 글을 쓰는 데에만 집중하지 말고 정보를 찾고 brainstorming하는데 시간을 더 투자한다면 막혔던 흐름을 풀 수 있을 것이라고 조언한다.[21] 이러한 충고는 '만일 학술 에세이에서 개요 없이 글을 쓰려고 한다면 그것은 마치 설계도 없이 고층 건물을 지으려는 것과 마찬가지이다'라고 단언하면서, 개요 작성과정의 유의할 사항들을 제시하는[22] 우리나라 대학 글쓰기 교재와는 사뭇 다르다는 점에서 주목할 필요가 있다.

B. '단락과 에세이 쓰기'는 개요 작성 후 내용을 알차게 생성하는 방법과 단락을 구성하는 방법, 특히 단락 쓰기에 대하여 강조한다. 단락에서 가장 중요한 것은 중심 단어와 논점인데, 새로운 관점을 소개하거나, 이미 소개되었던 관점이지만 더 자세하게 설명하거나, 새로운 예시를 들어 설명할 때 단락을 나누라고 가르치고 있다.[23] 또한 서론과 결론 쓰는 방식을 제시하는데, 서론은 독자가 글에 대한 정보가 전혀 없을 수도 있기 때문에 배경 지식이나 기본적인 문제, 핵심 단어의 의미를 정확하게 정의하는 것이 좋으며, 진부한 내용이나 글의 주제를 미리 반복하여 서술하는 태도는 지양할 것을 요청하고 있다. 또한 결론은

---

21) Ann Raimes, 앞의 책, 18~19쪽.
22) 손동현 외, 『학술적 글쓰기』, 성균관대학교 출판부, 2007, 96~98쪽.
23) Ann Raimes, 앞의 책, 22~23쪽.

본론의 내용을 간략하게 요약하고, 독자로 하여금 글쓴이의 의도를 다시 한 번 상기할 수 있는 문장을 배치하는 것이 좋다고 권장한다. 자신 없는 태도로 글을 마무리하거나, 같은 말을 끊임없이 반복한다거나, 새로운 내용을 첨가한다거나, 본문의 내용과 상반된 주장을 펼친다거나, 너무 가볍게 결론을 마무리 짓는 태도는 최대한 막아야 한다고 기술하고 있다.[24] 또한 C. '교정'에서는 초고 작성 후, 이를 교정하는데 유용한 tip(조언)들도 기술하고 있다. 지인이나 교수에게 피드백을 받으라는 당부에서부터 오타나 문법 오류를 고치는데 유용한 인터넷 사이트와 컴퓨터 프로그램을 소개하는 등의 매우 현실적이고 실용적인 방법들을 알려주고 있다.

D. '주장하는 글쓰기'는 'The Writing Process'에서 가장 비중 있게 설명하는 부분이다. 우선 주장하는 글을 쓸 때는 주제를 한 문장으로 압축시킬 것을 요구하는데, 이에 필요한 단계, 즉 소재를 정하고, 근거와 정보를 찾고, 이를 논리적으로 구성하는 과정을 자세하게 설명한다. 글쓰기에 필요한 자료 수집과 소재의 구체화, 실제로 주제문을 구성하는 과정을 설명하면서, 아울러 글의 성격을 정확하게 파악하는 것이 무엇보다 중요하다고 강조한다. 그것은 글의 성격에 따라 주제문 작성이 달라져야 하기 때문이다. 주제문을 결정한 뒤에는 이를 검토해야 하는데, 너무 진부하거나 특이해서 독자의 관심을 얻지 못한다거나 의미가 불분명한 단어를 사용하는 것을 피하고 가능하면 다수의 지지를 얻을 수 있고 명확한 의견을 개진하는 것이 좋다고 제시하고 있다. 마지막으로 주제문에 대하여 논점이 무엇인가, 이를 지지할 증거는 있는가, 근

---

24) Ann Raimes, 앞의 책, 31~32쪽.

거는 어디서 찾을 것인가, 의견을 반대할 수 있는 입장은 무엇인가 등의 몇 가지 질문을 던지고 이를 명확히 확인할 수 있다면 성공적인 주제문이 구성되었다고 봐도 무방하다고 기술하고 있다.[25] 이어서 글의 종류에 따라서 주의해야 할 것, 필요한 것들을 요약하고 있다. 예를 들어, 문학에 관련된 글을 쓸 때와 실험 보고서를 쓸 때 글의 형식이 다를 수밖에 없는데 각각의 상황에 맞는 접근법을 조언하고 있다. 실험 보고서는 개인적인 사견을 최대한 배제하고 객관적인 사실을 바탕으로 형식에 맞춰서 간결한 문장으로 써야 하며, 실험에 대한 의견이나 제언은 글의 말미에 추가할 것을 권장하고 있다.[26] 2. '조사하기/정보 분석'에서는 학술적인 글쓰기에 관련한 절차와 방법을 설명한다. 세부항목은 A. 연구과제의 시작(Beginning a Research Project), B. 정보 검색(Finding Sources), C. 정보평가(Evaluating Sources), D. 표절을 피하는 방법(Avoiding Plagiarism), E. 논문쓰기(Writing the Research Paper)이다. 우선 연구과제에서 중요한 것은 문제제기 즉 주제에 대한 질문이며, 이에 대한 정확하고 풍부한 자료 조사이다. 조사도 계획을 세워서 진행할 것을 요청하고 있다. 웹 사이트 중심으로 조사를 할 것인지, 도서관에 갈 것인지, 어떤 방법을 우선할 것인지, 언제 시작할 것인지 등이 계획에 포함되어야 한다. 논문 구상과 계획이 마무리되면 실제로 정보를 수집해야 하는데, 그 방법에 대해서도 자세하게 설명한다. 주제에 따라서 어떤 검색어를 치면 유용한지, 해당 주제에 대한 논문이나 기사가 많은 웹 사이트가 어디인지는 물론이고 실제로 책을 소개하기도 한다. 나아

25) Ann Raimes, 앞의 책, 45~53쪽.
26) Ann Raimes, 앞의 책, 68~74쪽.

가서 한 번 조사한 자료를 100% 신뢰해서는 안 되며, 정보를 확인하고 평가하는 과정이 필요하다는 사실을 숙지시키면서, 이를 위해 필요한 평가 방법도 제시하고 있다.

무엇보다 학술 글쓰기에서 가장 강조하는 것은 글쓰기의 윤리에 대해서이다. 미국은 표절에 엄격한 나라이다. 이 교재는 표절 행위가 무엇인지, 표절이 아닌 인용은 어떻게 하는지를 상세히 가르치고 있다. 표절이 아닌 인용을 위해서는 자료를 읽을 때 정보의 내용에 자신의 의견을 함께 기록할 것을 권장하면서 원 정보를 바탕으로 자신의 언어로 다시 표현하는 방법에 대해서도 알려주고 있다. 원 정보의 문단이나 서술 구조를 그대로 차용하거나, 문장에서 일부 단어만 다른 단어로 바꾸는 것 등은 절대로 하지 말아야 한다고 경고하고, 자세한 인용법을 소개하는데 책의 많은 부분을 할애하고 있다.[27] 5. '문서 디자인/작업장' 은 실용적인 면이 가장 잘 드러난 부분이다. 워드 프로그램의 기본적인 사용법에서부터 표를 구성하는 법, 그래프나 이미지를 삽입하는 법, 글머리표나 문단번호의 이용법 등 컴퓨터를 이용하여 글을 쓰는데 유용한 기술들을 소개하고, 이어서 e-mail이나 브로슈어, 회보, 이력서, 공문서에 알맞은 작문 방법이나 스타일등을 제안하고 프레젠테이션에 필요한 tip(조언)까지 하고 있다.[28]

---

27) 미국에는 MLA, APA, Chicago Documentation 등 다양한 주석이 사용되고 있으며, 참조 방식에 따라 구성이 다르기 때문에 이에 대한 완벽한 숙지가 필요하다. 그러므로 3. 'MLA 참조 방식'과 4. 'APA, CBE/CSE, Chicago, CGOS 참조 방식'은 주석에 대하여 상세히 설명하면서 이를 준수할 것을 당부하고 있다.

28) 이 부분의 상세한 항목은 A. (Design Tools, Design Features) B. (Visuals) C. (Online Communication) D. 웹 사이트 디자인(Web Site Design) E. 온라인 작문(Academic Writing Online) F. 전단, 브로슈어, 회보(Flyers, Brochures, and Newsletters) G. 이력서, 공문서, 메모, 파워포인트(Resumes, Business Letters, Memos, Power Point)

후반부 'Sentence-Level Issues'는 설득력 있고 정확한 문장 쓰는 방법, 문장의 질을 높이는데 필요한 다양한 tip(조언)들을 제시하고 있다. 특히 6. '문체/문체를 구성하는 5부분의 C'는 문체 수정의 구체적인 5단계를 설명한다.[29] 단계마다 풍부한 예시와 첨삭 과정을 제시하고 있어서 학생 스스로 자기 글의 문제점을 파악할 수 있게 도와주고 있다. 7. '일반적 문장 오류'에서는 빈번히 일어나는 문법 오류를 바로 잡는 방법을 정리하고, 8. '구두법, 구조, 철자법'에서는 쉼표와 따옴표, 이탤릭체와 괄호, 밑줄, 흔히 하기 쉬운 철자 오류 등 문장 구성에 필요한 모든 것을 안내하고 있다. 또한 외국인 유학생이 많은 미국 대학의 특성 상 '영어를 제 2의 언어로 사용하는 외국인들을 위해'와 '소사전/색인'을 덧붙여 글쓰기에 필요한 모든 유용한 방법과 단어 사용법에 대하여 도움을 주고 있다.

연세대학교 '글쓰기'의 주교재는 『대학 글쓰기』(정희모 외, 삼인, 2009)이며, 세부 목차는 다음과 같다.

제1부. 좋은 글의 요건
　01. 좋은 글이란 어떤 것인가
　02. 글 한 번 써보기
제2부. 글쓰기 과정의 이해
　03. 구상하기 : 화제, 독자, 목적/화제 설정하기/독자 설정과 글의

이다.

29) 문장 내에 반복되는 단어나 쓸모없는 부분을 잘라내는 단계(Cut), 자동사와 타동사를 구분하여 사용하는 단계(Check for Action), 문장과 문장의 연결 관계를 재설정하는 단계(Connect), 자신의 글을 읽는 독자를 믿고 불필요한 사족을 줄여나가는 단계(Commit), 마지막으로 자신만의 어휘를 선택하는 단계(Choose Your Words)등이 그것이다

목적

『대학 글쓰기』는 크게 세 부분으로 나누어져 있다. 우선 1부에서는
좋은 글의 요건을 제시하고, 2부는 글쓰기의 과정을, 3부는 학술적 글
쓰기의 방법을 각각 설명한다. 교재 1부 '좋은 글이란 어떤 것인가'는
좋은 글의 요건과 좋은 글을 쓰기 위한 준비와 절차를 제시하고, 이어
서 대학생활에 대한 글 한 편을 써본 후, '글쓰기 습관 진단하기'와 '자
기 글 점검하기'를 통해 자신의 글에 대한 객관적인 자기 평가를 하도
록 구성되어 있다.[30] 이는 '글쓰기'의 강의 목표를 설정하는 동시에 학

---

30) 정희모 외, 『대학 글쓰기』, 도서출판 삼인, 2009, 35~36쪽.

생 스스로 자신의 문제점을 진단하고 학습동기를 유발하는 효과가 있다. 즉 자신의 글에 대한 문제점을 스스로 파악하고 글쓰기에 대한 동기를 유발한 다음, 글쓰기의 단계적 과정을 통해 그것을 해결할 수 있는 구체적인 방법을 제시하는 것이다.

2부 '글쓰기 과정의 이해'는 구상하기 → 주제 찾기와 내용 생성 → 글의 구성 → 초고 쓰기 → 고쳐 쓰기에 이르는 전 과정을 단계적으로 상세히 기술한다. 구상하기에서는 주제설정, 독자, 글의 목적이 주요 요소임을 강조하고, 주제 찾기와 내용생성에서는 개인과 조별 브레인스토밍을 통해 화제를 구체화하는 과정, 주제 생성에 필요한 질문하고 답하기의 방법을 제시하고 있다. 글의 구성 부분은 논리적 흐름을 강조하고, 초고쓰기는 단락 구성, 서두와 결말 쓰는 방법을 기술하고, 고쳐 쓰기는 1차 수정부터 최종수정에 이르는 과정을 예문을 통해 보여주고, 첨삭개요표와 강평요령까지 제시하고 있다. 3부 '학술적 글쓰기의 방법'은 논점 분석하기, 논증하기, 학술자료의 활용, 학술적 글쓰기의 실제, 글쓰기의 윤리 등 학술적 글쓰기의 방법을 구체적으로 기술하고 있다. 논점 찾기와 논증하기, 학술자료 활용하는 방법, 보고서와 논문쓰기, 인용과 표절에 이르기까지 학술적인 글쓰기에 대한 절차와 정보를 제공하고, 마지막 부분에서는 글쓰기의 윤리를 강조하면서 몇 가지 표절의 사례를 제시하고 있다.

이 교재는 각 부분마다 풍부한 예문과 구체적인 자료를 제공하고, 적절한 연습 문제를 제시함으로써 학생들에게 실질적인 도움을 주고 있다. 특히 한 예문을 독자에 따라 바꿔써보거나, 고쳐 쓰기 과정을 순차적으로 제시하고 첨삭요령을 도표화하고, 명백한 표절과 부정확한 인용을 분명하게 설명하는 것은 매우 유용한 부분들이다.

'과학 글쓰기'의 주 교재는 『과학 글쓰기』(신형기 외)이며, 세부 목차는 다음과 같다.[31]

1장 왜 과학 글쓰기인가?
2장 협력 활동과 글쓰기
3장 과학 글쓰기의 전략
4장 정보 탐색
5장 과학 글쓰기와 윤리
6장 과학 글쓰기의 문장 표현
7장 표와 그래프 활용
8장 보고서
9장 논문
10장 제안서
11장 프레젠테이션
보론—과학 기술과 의사소통의 역사

이처럼 이 교재는 주로 과학 분야 글쓰기의 전략과 방법론을 기술하고 있다. 5장 과학 글쓰기와 윤리, 8장 보고서, 9장 논문은 『과학 글쓰기』와 중복되지만 예시와 내용을 주로 이공계 학문에 초점을 맞추고 있으며, 3장 과학 글쓰기 전략, 4장 정보탐색, 6장 과학 글쓰기의 문장 표현, 7장 표와 그래프 활용, 10장 제안서, 11장 프레젠테이션 등은 『대학 글쓰기』와 차별화되어 있는 부분이다. 특히 4장 정보탐색에서는 검색프로그램을 이용하는 방법, 인터넷 사이트를 이용해 학술지와 학위 논문을 보는 방법, 문헌편람 검색하는 방법과 전자학술지 사이트를 소

---

31) 박권수, 앞의 글, 40~42쪽 참조.

개하고 있는데, 주로 해외 인터넷 사이트 등을 제공하고 있다.[32] 6장 과학 글쓰기의 문장 표현은 보편적으로 글쓰기에 자신이 없는 이공계 학생들을 위해 기본적인 문장 작법을 별도로 제공하고 있으며, 7,10,11장의 시각적인 자료 활용법, 제안서 작성법, 프레젠테이션 등 실용적인 글쓰기 양식도 이공계 학생들을 위한 유용한 내용들이다. 이러한 교재 내용은 전문적인 과학기술자로서 다양한 글의 양식과 방법을 익히고, 커뮤니케이션 능력을 배양한다는 과학 글쓰기의 교육 목표를 잘 반영하고 있다.

두 학교의 글쓰기 교재는 결과 중심이 아니라 과정 중심 글쓰기 교재이며, 기초 글쓰기 교재는 전반부에서 글쓰기의 단계와 절차를 기술하고, 후반부에서 전문적인 학술적 글쓰기를 기술한다는 점에서 크게 다르지 않다. 또한 각 단계마다 다양하고 적절한 예시문과 자료를 제시하고, 글쓰기의 윤리를 강조하는 점 등에서도 차이가 없다.[33] 또한 두 학교 교재가 모두 자료 조사와 평가를 강조하고 있는데, 이는 글쓰기가 단순히 자신의 생각을 기술하는 것이 아니라 전문적인 지식을 바탕으로 이를 논리적 객관적으로 기술하는 사고의 과정임을 강조하는 것이다. 그런데 일리노이 공대 글쓰기 교재는 글쓰기의 구체적인 계획 강조, 유용한 인터넷 사이트 제공, 문서 디자인 방법까지 제공하고 있다는 점에서 더 실용적인 안내서라고 볼 수 있다. 또한 글쓰기의 단계를

---

32) 신형기 외, 『과학 글쓰기』 사이언스북스, 2007, 63~83쪽 참조.
33) 『대학글쓰기』는 실제로 각 장마다 여러 권의 외국 글쓰기 교재들을 참고문헌으로 제시하고 있다. 독자에 대한 분석과 글쓰기의 정직성에 대해서는 Charles Lipson, *Doing Honest Work in College*, The University of Chicago Press, 2004의 일부분을 참조하고 요약했음을 밝히고 있다.

더 세분화하고 각 단계마다 실질적인 문제들에 대한 다양한 방법들을 충실하게 기술하고, 프레젠테이션과 실용적인 글쓰기 양식까지 포괄하고 있다. 즉 *Keys For Writers*는 『대학글쓰기』와 『과학 글쓰기』의 내용을 대부분 포함하고 있다고 볼 수 있다.

또한 이러한 교재 구성은 글쓰기 교육의 운영방식과도 관련성을 지닌다. 전술한 바와 같이 일리노이 공대 학생들은 기초 글쓰기 강좌에서 이 교재를 중심으로 학술적 글쓰기와 커뮤니케이션에 관련한 전반적인 교육을 이수하고, 다양한 심화 글쓰기 강좌에서 이를 활용함으로써 보다 전문화된 의사소통능력을 배양할 수 있게 된다. 반면 연대 공대 학생들은 『대학 글쓰기』 교재를 중심으로 학술적 글쓰기를 익히고, 『과학 글쓰기』 교재를 중심으로 과학기술자로서의 능력을 갖추도록 교육받는데, 후자는 교양 선택이기 때문에 이를 이수하지 않는 경우 의사소통능력을 훈련받을 충분한 기회를 제공받지 못한다. 능숙한 글쓰기와 의사소통능력이 점차 필수적으로 요청되는 현실에서 기초 글쓰기 한 강좌를 통해 충분한 자질을 갖춘다는 것은 사실상 어렵다.

4. 결론

지금까지 이 글은 글쓰기 교육이 소기의 목적을 달성하기 위해서는 효율적인 운영방식과 교재 개발이라는 두 가지 문제가 선결되어야 한다는 전제 아래, 일리노이 대학교와 연세대학교의 이공계 글쓰기 교육의 운영방식과 교재를 비교해보았다. 그 결과 몇 가지 공통점과 차이점이 드러났다.

우선 두 대학은 모두 기초 글쓰기와 심화 글쓰기 두 개의 강좌를 개설하고 있다. 기초 글쓰기의 운영방식에는 큰 차이가 없지만 강의 내용은 조금 다르다. 일리노이 대학의 기초 글쓰기는 글쓰기뿐만 아니라 토론과 토의, 프레젠테이션 등을 통해 전반적인 의사소통능력을 익히지만, 연세대학교는 주로 글쓰기 능력을 신장시키는 데에 강의 목표가 놓여 있다. 심화 글쓰기는 운영 방식과 내용 등이 서로 다르다. 연세대학교는 기초 글쓰기를 이수한 2학년 이상 공대생들에게 심화 글쓰기에 해당하는 '과학 글쓰기'를 교양 선택 과목으로 개설하고 있다. 이 강좌는 주로 과학 기술 분야의 글쓰기 전략과 의사소통 능력을 집중적으로 가르치지만 선택하는 학생들이 많지 않다. 반면 일리노이 공대생들은 졸업 전에 필수적으로 심화 글쓰기에 해당하는 과목을 이수해야 하는데, 그 강좌는 이공계 전공 영역에만 한정하지 않고 폭넓고 다양하다. 전공연계 과목이거나 아니거나 제한이 없으며, 상대적으로 글쓰기와 의사소통 방식을 강조하는 과목들이다. 즉 일리노이 공대생들은 기초 글쓰기 이수 후 다각적이고 심층적인 글쓰기 강좌를 선택할 수 있는 반면, 연세대학교 공대는 과학기술 전문 분야 글쓰기와 의사소통을 강조하는 '과학 글쓰기' 한 과목만 개설되어 있다.

두 학교의 기초 글쓰기 교재는 글쓰기 과정을 단계적으로 설명하고 학술적 글쓰기의 방법을 상세히 기술하고 있다는 공통점이 있다. 특히 자료 검색과 평가, 자료 읽기와 구상, 글의 내용 생성과 수정 보완 등을 긴밀한 관련성 아래 설명함으로써 비판적 사고와 문제 해결, 논리적 기술방식이라는 일련의 복합적인 글쓰기 과정을 체계적으로 기술하고 있다. 『대학 글쓰기』는 앞부분에 좋은 글의 요건과 자기진단 과정을 통해 강의 목표를 분명히 밝힌 다음, 글쓰기의 절차를 단계적으로 설명하고 적절한 예문과 풍부한 자료를 제공한다는 점에서 학생과 교수에게 매우 유용한 교재이다. *Keys For Writers*는 글을 쓰는 일련의 과정 속에서 요구되는 다양한 문제들에 대한 구체적인 조언을 상세히 제공하고, 글쓰기와 다양한 발표 양식에 관련한 실용적인 방법들을 매우 자세하게 기술하고 있다.

이 장에서는 우리나라와 미국 대학 글쓰기 교육을 비교하기는 하였지만 논점은 미국 대학에 더 많은 비중을 두었다. 그것은 이러한 논의가 궁극적으로 우리나라 이공계 글쓰기 교육의 방향을 모색하기 위한 것이기 때문이다. 구체적인 논의는 다음의 논고로 미루기로 하지만, 미국 대학의 글쓰기 교육은 글쓰기와 의사소통을 통합적으로 운영하고 있으며, 한 두 학기 강의로 끝나는 것이 아니라 모든 강좌를 통해 지속적으로 이루어지고 있다는 사실은 각별히 주목할 필요가 있다.

제3부
———
현대소설의 지평

이효석의 기교와 서정성

1. 서론

이효석은 '사상적 첨단을 걷고, 늘 새것을 맞아들이기에 휴식을 몰랐던'[1] 작가라는 최재서의 평가는 정확했던 것으로 보인다. 그는 경성제대에서 영어영문학을 전공하고 「존 밀링턴 싱그의 극연구」라는 졸업논문을 썼으며, 동반작가로 창작활동을 시작하였다. 1933년 구인회 창립에 참여하였고, 신체제의 국민문학을 도외시하지 않았으며, 일본어 작품도 여러 편 발표하였다. 또한 그는 시, 소설, 수필, 희곡, 시나리오, 평론, 번역 등 가능한 모든 문학 장르의 작품을 남겼다. 새롭게 완성한 『이효석 전집』(창미사, 2003)에 따르면 이효석의 작품은 시 14편, 소설 77편(단편 71편, 중편 2편, 장편 4편), 수필 88편, 희곡 1편, 시나리오 3편, 평론 15편, 번역 2편 등 200편에 이른다.[2] 이 중 소설만 보더라도 『도시

---

1) 최재서, 「그의 용모와 같은 일생—효석을 추모하며」, 『이효석전집』 8, 창미사, 2003, 68쪽
2) 이효석은 1925년 『매일신보』에 콩트 「여인」을 발표하면서부터 창작활동을 시작

와 유령』『산』『모밀꽃 필 무렵』『은은한 빛』『벽공무한』 등을 일목요연하게 설명하기 쉽지 않다. 그의 작품에는 도시와 자연, 향토와 이국취향, 경향성과 심미성, 그리고 한글소설과 일본어 소설에 이르기까지 다양하고 이질적인 성향들이 공존하고 있다. 동반작가, 자연주의, 심미주의, 에로티시즘, 엑조티시즘, 친일문학 등으로 그의 문학을 제대로 규정할 수 없을 정도로 진폭이 넓고 복합적인 스펙트럼을 형성하고 있다.

이러한 점에 주목하여 최근 이효석 문학은 다양한 각도에서 새롭게 조명되고 있다. 그동안 주요 주제였던 자연과 성, 미학성과 서정성 등이 생태적 담론,[3] 모더니티[4], 미의식[5], 회화성[6] 등의 관점에서 논의되는가 하면, 일제 말기 작품에 대해서도 깊이 있는 분석이 진행되고 있다.[7] 이러한 논의들을 통하여 이효석 문학의 상당 부분이 이해되고 새롭게 평가되고 있지만, 이효석 문학의 핵심을 해명하는 데에는 여전히 아쉬운 면이 있다. 그것은 작가가 지향한 고유한 지점에 대한 확인을 소홀히 하거나 충분히 숙고하지 않은 데에서 비롯되는 것으로 보인다.

하였지만, 공시적인 첫 작품은 1928년 「도시와 유령」이다. 1942년 별세하기까지 본격적인 창작 기간은 14년이다.

3) 차봉준, 「1930년대 소설과 생태적 담론─자연을 통한 구원의 가능성을 중심으로」, 『문학과 환경』 13권 1호, 문학과 환경학회, 2014, 209~230쪽.

4) 한수영, 「정치적 인간과 성적 인간─이효석 소설에 나타난 '성(性)'의 재해석」. 『외국문학연구』 46권, 한국외국어대학교 외국문학연구소, 2012, 53~82쪽.

5) 정여울, 「이효석 텍스트의 공간적 표상과 미의식 연구」, 서울대학교 대학원 박사 학위 논문, 2012.

6) 김미영, 「이효석 작 『모밀꽃 필 무렵』의 서정소설적 특성에 관한 연구」, 『어문학』 111호, 한국어문학회, 2011, 257~287쪽.

7) 김양선, 「세계성, 민족성, 지방성─일제 말기 로컬 상상력의 층위」, 『한국근대문학연구』 25권, 한국근대문학회, 2012, 7~34쪽; 김재용, 「일제말 이효석 문학과 우회적 저항」, 『한국근대문학연구』 24권, 한국근대문학연구회, 2011, 297~318쪽.

문학작품을 논의하는 데에 있어서 살펴보아야 할 것 중 하나는 작가가 추구한 창작의식을 짚어보는 일이다. 이효석은 일찍이 '갑이 갑의 입장에서 쓰는 문학을 을이 을의 입장에서 논란할 바 못됨은 을이 을의 입장에서 쓰는 문학을 갑이 갑의 입장에서 논란할 바 못됨과 일반이다'라고 설파한 바 있다.[8] 이 항변에는 이른바 국민문학을 인정하는 듯한 내용을 포함하고 있어서 다른 관점의 해석이 필요하지만, 작가의 지향과 다른 잣대로 작품을 비판하는 태도에 대하여 강하게 거부하고 있다는 것만은 분명하다. 그러므로 이효석의 문학을 논의하기 위해서는 무엇보다 먼저 그가 추구한 문학적 지향이 무엇이었나 하는 점을 확인하는 작업이 우선되어야 할 것이다.

이 글은 이러한 원론적인 문제의식으로부터 출발한다. 따라서 글의 논점은 크게 두 가지이다. 하나는 이효석의 평론을 중심으로 그가 지향한 소설론을 검토해보는 것이고, 다른 하나는 그것이 구체적인 작품에 어떻게 수용되어 있는가 하는 점을 살펴보는 것이다. 평론은 소설과 달리 근본적으로 가치판단을 드러내는 장르라는 점에서 그의 지향을 좀더 분명하게 읽을 수 있다. 그는 15편의 평론을 남기고 있는데, 창작기간을 감안하면 적지 않은 편수이다. 결론을 미리 말하자면 이효석이 평론에서 시종일관 강조하는 것은 기교와 표현의 문제이다. 지금까지 소수의 논자들이 이효석의 평론에 관심을 기울여 왔지만 그들은 주로 국민문학과 리얼리즘이라는 특정 관점에 주목하거나, 예술론의 관점에서 문학관을 정리하였다.[9] 이러한 논의들은 부분적인 면에 집중함으로써

---

8) 이효석, 「문학 진폭 옹호의 변」(『조광』, 1940. 1.), 『이효석 전집』 6권, 252쪽.
9) 이상옥, 『이효석의 삶과 문학』, 집문당, 2004; 엄경희, 「이효석 평론에 나타난 문학 정체성」, 『한국문학이론과 비평』 38집, 한국문학이론과 비평학회, 2008,

이효석이 지향한 창작관의 본질을 놓치거나 구체적인 작품 분석이 소략한 경향이 있다. 따라서 이 글에서는 이효석이 추구한 소설론의 본질은 무엇인지 그리고 그것이 구체적인 작품에 어떻게 반영되어 있는지를 면밀히 살펴봄으로써 기왕의 논의에서 미흡한 부분들을 보완하고자 한다. 다만 국민문학론과 관련한 논의는 좀 더 세세한 검토와 작품 분석이 필요하기 때문에 별도의 논고에서 다루고자 한다.

2. 리얼리즘과 '시적 경지'의 소설론

1) 리얼리즘과 기교의 문제

이효석이 대학을 졸업하면서 쓴 「존 밀링턴 싱그의 극 연구」(『대중공론』, 1930. 3.)는 그의 문학적 지향이 어떤 토대에서 출발하고 있는지를 잘 드러내주고 있다. 서론에서 그는 싱그를 극작가로서 세계적 공인과 명성을 획득한 유일한 사람으로 평가하고, 그 근거로 '인간생활에 깊이 동감된 그의 상상' '아름다운 형식과 균제된 구조' '교묘한 수법과 기술' 등을 들고 있다.

> 싱그는 '리얼리스트'이다. 그러나 그의 '리얼리즘'은 결코 건조무미한 것이 아니라 상상적 요소를 다분히 함유한 것이오, 로세티의 소위 '인간적 기교의 혼 없는 자기 반영'은 아니다. 그는 인간생활과 우주를 깊이 관취하고 현실을 흙 향기 높은 시적 사조로 표현하였다. 애란

395~416쪽; 윤대석, 『식민지 국민문학론』, 역락, 2006.

농민과 농부의 내적 쟁투를 경탄할 만한 어사로 그려냈다. …(중략)…
싱그는 단순한 '리얼리스트'이상의 천분을 보였다. 많은 비평가가 지
적해 낸 것같이 싱그의 가장 큰 공적의 하나는 그가 생활과 시를 조화
시키고 양자를 극장 속에 공존시킨 것이다. …(중략)… 자연주의와 서
정주의가 모호도 저어치 아니하고 이렇게 완전히 혼합 조화된 것은
싱그의 희곡을 내놓고는 찾을 곳이 없을 것이다.[10]

이처럼 이효석은 싱그가 단순한 리얼리스트가 아니라는 점을 강조
하고 있다. 싱그가 농민들의 투쟁을 경탄할 만한 언어로 표현해내고 있
다는 점에 주목하면서 그의 작품은 생활과 시, 리얼리즘과 시적 표현,
자연주의와 서정주의를 잘 결합함으로써 문학적인 성과를 거두고 있
다는 점을 역설하고 있다. 여기에는 이효석의 문학적인 지향 즉 현실을
반영하되 그것을 시적으로 표현하는 기교, 즉 리얼리즘과 심미주의의
조화라는 그의 문학적 출발점이 잘 담겨 있다. 이런 관점에서 그는 '리
얼리즘이 진실한 문학의 최후의 목적지라고 생각할 수 없다'는 논지를
표명한다. 그런데 리얼리즘에 대한 이효석의 시각이 다소 혼란스럽다
는 점에 주목할 필요가 있다. 「낭만과 리얼, 중간의 길」은 그의 혼재된
견해가 잘 드러난 글이다.

그렇다고 리얼리즘이 진실한 문학의 최후의 목적지라고도 생각할
수 없다. 리얼리즘에 대해서도 같은 정도의 회의를 품고 있다. 궁극
의 리얼리즘은 벌써 문학을 상실하기 때문이다. …(중략)… 그러면 결
국 최소한도의 낭만인 동시에 최대한도의 리얼의 파악―거기에 문학
의 문학다운 소이가 있지 않을까 즉 훌륭한 표현인 동시에 진실(전체

---

10) 이효석, 「존 밀링턴 싱그의 극 연구」, 『이효석 전집』, 6권, 206~207쪽.

적 급及 부분적)에 육박하는—그곳에 문학의 참된 길이 있지 않을까
…(중략)… 첫 대문과 끝 대문—물론 리얼리즘이다. 그 이상의 리얼리
즘- 나는 그것을 즐겨하지 않는다. 나의 성性에 비위에 맞지 않는 까
닭에. 요컨대 리얼리즘의 길은 쉽고도 어렵다. 어렵고도 쉽다. 다만
궁극의 리얼리즘의 길을 의식적으로 의도하지 않을 뿐이다. 그것은
물론 성벽에 맞지 않을 까닭이다… 앞으로는 물론 낭만 리얼의 중간
의 길과 아울러 순수한 리얼리즘의 길을 더욱 캐보려 하나…[11]

이 글에는 리얼리즘에 대한 부정과 회의감이 짙게 드러남과 동시에
한편으로 그런 자신의 입장을 중언부언 얼버무리는 듯한 태도 또한 역
력하게 드러난다.[12] 글 앞부분에서 궁극의 리얼리즘은 문학의 상실이라
고 단정 짓고 나서, 다시 최소한도의 낭만인 동시에 최대한도의 리얼
파악이 문학다운 소이라고 하는가 하면 자신은 리얼리즘의 길을 의식
적으로 의도하지 않는데 그 이유는 성벽에 맞지 않기 때문이라고 해명
하고, 글 말미에서 또다시 순수한 리얼리즘의 길을 더욱 캐보려 한다는
등 모순된 논지를 펴고 있다. 그런데 같은 해 발표한 「근독단평」에서는
오히려 리얼리즘에 대한 호감을 다음과 같이 드러내고 있다.

묘사에 한 자의 낭비도 부족도 없는 것입니다. 수법이 리얼리즘의
극치를 걷고 있습니다. …(중략)… 일부러 문학적 자세를 지어 문학적
구성으로 사실을 굽히지 아니하고 현실에 처하여 있는 그대로를 문학
적 과장 없이 담담이 그려간 곳에 호감을 가지려 합니다. 내 자신 요

---

11) 이효석, 「낭만과 리얼, 중간의 길」, 『이효석 전집』 6권, 220~221쪽.
12) 엄경희, 앞의 글, 400~401쪽.

사이야 겨우 문학의 리얼리즘을 알게 된 모양 같습니다.[13]

　인용문은 동경 잡지 문예란을 읽고 소감을 간단히 적은 글인데, 이
효석은 이전과는 달리 리얼리즘에 대해 긍정적인 시각을 보이고 있다.
그는 일본 작품을 읽고 단편 소설의 수법, 낭비도 부족함도 없는 묘사,
과장 없이 담담히 그려낸 현실 등 소설기법에 자극을 받고 리얼리즘에
대해 새롭게 알게 되었다고 말하고 있다. 이처럼 그가 리얼리즘에 대해
일관성 없는 태도를 드러내는 것처럼 보이는 것은 리얼리즘의 이념성
과 창작 기법을 혼재하여 사용하고 있기 때문이다. 그는 리얼리즘의 관
념성과 이데올로기에 매몰된 문학을 경계하고 있는 것이지 현실을 사
실적으로 그려내고 전망하는 리얼리즘을 부정하는 것은 아니다. 그가
동반 작가로 출발하였다는 사실은 리얼리즘과의 친연성을 충분히 반증
한다. 또한 "싱싱한 현실을 그려서 써 아름다운 명일을 암시하려는 곳
에 위대한 문학이 탄생될 것이다"[14]라는 주장에서도 리얼리즘에 대한
그의 관심은 분명히 드러나 있다. 다음의 글은 이효석의 지향을 좀 더
명확하게 담아내고 있다.

　　문학의 지성 아니라 문학의 심미역審美役(문학의 지성은 곧 심미역
　　으로도 통하거니와)이야말로 환멸에서 인간을 구해내는 높은 방법인
　　것이다. 인간이 아무리 천하고 추잡해도 문학은 그것을 아름답게 보
　　여주는 마력을 가졌다. …(중략)… 자연주의 문학의 아무리 추잡한 한
　　구절일지라도 실인간의 그것보다는 아름답게 어리우고 읽힌다. 실감

---

13)　이효석, 「근독단평」, 『이효석 전집』 6권, 275쪽.
14)　이효석, 「과거 1년간의 문예」(『동광』 1931. 12.), 위의 책, 214쪽.

을 문자로 한바탕 바꾸어 내는 까닭일는지도 모른다.표현의 신비성이
다. …(중략)… 소설은 현실의 충동을 알맞게 바쳐서 곱과 찌끼는 이
를 버린다. 심미감과 쾌(快)의 감동을 떠나서 소설은 없다. 문학의 공은
크고 소설가의 임무는 장하다.[15]

인용문은 이효석이 세상을 뜨기 2년 전에 발표한「문학 진폭 옹호의
변」(『조광』, 1940. 1,)의 일부분이다. 이 글은 현실과 국민문학을 긍정
하는 내용을 담고 있어서 신체제 수용의 단초로 읽힐 수 있지만,[16] 여
기서 이효석이 정작 강조하고 있는 것은 기교 즉 '표현의 신비성'이다.
문학의 심미성은 환멸에서 인간을 구하는 마력이 있으며, '심미감과 쾌
(快)의 감동을 떠나서 소설은 없다'는 논지를 펴고 있다. 현실의 '곱과
찌끼'를 걸려내서 아름답게 표현하는 기교와 심미성이 무엇보다 중요
하다는 요지이다. 단순한 현실 반영이 아니라 개성과 독창성, 기교와
표현을 중시하는 것이 그의 소설론의 핵심임을 다시 한 번 강조하고
있다.

2) 표현과 '시적 경지'의 소설론

이효석이 평론을 통해 일관성 있게 언급한 내용은 표현과 기교의 중

---

15) 이효석, 「문학 진폭 옹호의 변」, 『이효석 전집』 6권, 251쪽.
16) 이 글 이후 이효석은 「국민의 마음 훈련과정을—신체제하의 여의 문학활동 방
침」(『삼천리』, 1941. 1.), 「문학과 국민성—한 개의 문학적 각서」(『매일신보』,
1942. 3. 3.~6.) 등에서 국민문학에 대한 자신의 소견을 밝힌다(이에 대한 상세한
논의는 엄경희, 앞 글, 403~412 참조) 국민문학은 본고의 논점에서 벗어나기 때
문에 이 글에서는 다루지 않고 별도의 논고에서 논의할 계획이다.

요성에 대한 강조이다.[17] 이에 대하여 「기교문제」에서 다음과 같이 말하고 있다.

'문학에 있어서 표현은 들어가는 그 첫 대문이자 마지막 대문인 까닭이다. —문학이전의 문제이면서도 동시에 끝까지 문학과 겨뤄서 결단을 내리는 것이 참으로 그 표현이다. 문학에 일정한 체모와 면목을 주는 것을 표현이니 표현이 성역에 달하지 못하였을 때 문학의 체모를 갖추지 못한 것이며 따라서 떳떳한 문학 행세를 할 수는 없는 것이다. …(중략)… Art est celare artem. 참된 재주는 감춤이다. 꾀를 감춤이 한 고패 윗 패이듯이 기교를 감춤이 도리어 참된 기교인 것이다. 말을 아끼지 말고 덜고 깎고 자랑하지 말고 뽐내지 말고—문학의 참된 기교의 길은 물론 어렵다. 서도의 극치는 수법의 조솔고졸組率古拙에 있다고 하니 곧 문학의 기교의 길과도 통한다.[18]

이 글에는 표현과 기교에 대한 이효석의 관심과 관점이 단적으로 드러난다. 그는 문학을 문학답게 하는 것은 표현이며, 표현은 기교의 문제이고, 기교는 감춤에 있다고 본다. 이상의 기교에 대하여 이의를 제기할 사람은 별로 없을 터인데, 이런 시각에서 '이상의 기교? 아직도 마

<hr />

17) 대표적인 글은 「「깨트려지는 홍등」 평을 읽고—작가로서 일언」 (『중외일보』 1930. 4. 23.~24.), 「과거 1년간의 문예」(『동광』, 1931. 12), 「낭만·리얼 중간의 길」(『조선일보』, 1934. 1. 13.), 「기교문제」(『동아일보』, 1937. 6. 5.), 「건강한 생명력의 추구」(『조선일보』, 1938. 3. 6.), 「현대적 단편소설의 상모—진실의 탐구와 시의 경지」(『조선일보』, 1938. 4. 7.~9.), 「서구정신과 동방정취—육체문학의 전통에 대하여」(『조선일보』, 1938. 7. 31.~8. 2.), 「단편소설」(『조광』, 1938. 8.), 「문학진폭 옹호의 변」(『조광』, 1940.1), 「문학과 국민성—한 개의 문학적 각서」(『매일신보』, 1942. 3. 3.~6.), 「『화분』을 쓰고—창작여담」(『인문평론』 1939. 12.) 등이 있다.

18) 이효석, 「기교문제」, 『이효석 전집』 6권, 223~224쪽.

지막의 것은 아니다'라고 단언한다. 사상을 담아내기에 이상의 기교가 아직도 설피다는 판단에서이다. 그는 문학의 기교는 '서도의 극치의 수법인 조솔고졸(組率古拙)의 길' 즉, 겉으로 드러나는 기법이 아니라 감추어져 있는 기교이어야 한다' 고 강조한다. 기교는 문장에 대한 자각으로부터 출발하는데, 당대 작가들에게 이 점이 부족하다고 지적한다. 그는 '작가들의 일반으로 부족한 것은 표현과 그 기술이다. 창작을 시작하기 전에 먼저 창작 이전의 문장도를 더 닦고 표현기술을 훨씬 더 습득하여 재출발을 꾀하기 바란다.'라고 하면서 '이지 과잉의 못된 버릇을 버리고 오직 쪼고 깎고 갈고 다시 쪼고 깎고 갈고 새겨가는 한 자 한 자'[19]에 충실할 것을 요청하고, 작가에게 있어서 소재보다 중요한 것은 표현 즉 구성기술과 문장도를 익히는 길임을 분명히 밝히고 있다. 그가 종국에 도달하고자 하는 지점은 소설이 '시적 경지'에 이르는 기교이다.

소설의 목표는 다만 진실의 전달에만 있는 것이 아니다. 진실의 표현을 수단으로 궁극에 있어서는 미의식을 환기시켜 시의 경지에 도달함이 소설의 최고의 표지요, 이상인 것이다. 최고 표지가 시의 경지인 점에 있어서 소설의 목표는 물론 시의 목표와 동일하다. 시는 직접적으로 '미'를 통해서 시에 도달함에 반하여 소설은 '진'을 통해서 시에 도달하려는 것일 뿐이다. 소설의 최고 목표를 일률로 진에만 두는 것은 참된 리얼리스트의 태도가 아니며 예술의 본질의 인식을 스스로 그르치는 것이다. 진실을 추구해서 그 뒤에 높은 시의 창조를 생각하는 곳에 작가의 제2단의 자각이 서야 할 것은 물론이다.[20]

19) 이효석, 「과거 1년간의 문예」, 『이효석 전집』 6권, 215쪽.
20) 이효석, 「현대적 단편소설의 상모―진실의 탐구와 시의 경지」, 『이효석 전집』 6권, 232~234쪽.

이처럼 이효석은 '소설의 궁극적인 목표는 시의 경지에 도달하는 것'이라고 주장한다, 소설이 진실만을 그려내는 것이 아니라 '미'의 경지에까지 이르러야 하며, 이를 위해서 소설 창작에 있어서 시의 창조를 생각하는 자각이 필요하다고 말한다. 인용문 앞부분에서는 소설의 허구성에 대해 설명하고 있는데, 이 글에서 그가 말하고자 하는 핵심은 소설은 단순히 허구적인 사건을 통해 인생의 진실을 드러내는 데에 그쳐서는 안 되고 미의식을 환기시키는 표현을 통해 시의 경지에 도달해야 한다는 것이다. 「창작여담」에서는 시적 경지에 대해 좀 더 구체적인 방향을 제시한다.

참으로 훌륭한 표현이라는 것은 짧고 비약적인 함축 있는 언어로 족한 것이며, 이것이 고금의 문장도의 변치 않는 비결이다. 작품이 장황한 것은 대개 묘사가 지루하고 설명이 길고 설화가 수다스럽고 사상과 주제를 반추 복습할 때이다 한 장 원고지에 담을 내용을 두 장으로 부연함은 작가의 악덕이다. 작가는 교단에 선교사같이 친절해서는 안 된다. 불친절할수록 우수한 작가이며, 한 가지 명제를 되씹고 하는 대신 암시만 하고 뛰어만 주는 것이 교사로서도 뛰어난 자질임은 물론이다. …(중략)… 대담한 정리와 배제가 필요한 것이다.[21]

그에게 있어서 '짧고 비약적이고 함축적인 언어' 표현은 시적 경지의 소설이 갖추어야할 기본이다. '귀하의 창작적 실천에 있어서 신조로 하시는 방법은 무엇입니까?' 라는 질문에 대하여 그는 설화체보다 묘사, 그것도 '새소리 같이 짧은 묘사가 자신의 신조라고 답변한 바 있

21) 이효석, 「화분을 쓰고—창작여담」, 『이효석 전집』 6권, 290~291쪽

다.[22] 좌담회에서도 자신은 늘 '표현의 단순화, 수법의 간결'을 고심하고 있으며, '암시적인 표현'이야말로 소설에서 고도의 수법이며,[23] 따라서 짧고 단적인 표현을 위해 필요 외에 형용사를 쓰지 않는 것이 옳다는 견해를 밝히고 있다.[24] 서술은 장황하거나 지루하지 않고 '짧고 비약적이고 함축적인 언어'로 표현해야 하며 서술자는 사건의 전말을 친절하게 알려주기보다는 '암시'만 해야 한다는 것이다. 이런 점에서 그는 성적인 묘사도 하나의 표현기법임을 밝히고 있다.

> 반드시 애욕을 위한 애욕을 그리려는 것이 아니었다. 인간의 본연적인 것, 건강한 생명의 동력과 신비성–이라고 할 것을 추구하고자 하는 그 한 표현으로 애욕의 주제가 뚜렷이 눈앞에 떠올랐던 것이다. …(중략)… 생명체의 건강을 바라보는 나머지의 한 역유로 불건강한 면을 취해 보았을 뿐이지 「병」의 제목만을 대사大寫하려고 한 것이 작가의 본의는 아니었다.[25]

---

22) "어쩐지 묘사가 설화체 보다 바르고 낫다고 생각하였으며 지금도 그 개념이 채 빠지지 않으나 문제는 표현에 있다고 생각한다.. 묘사는 새소리같이 짧으면서도 별같이 빛나고 대쪽같이 곧고 시내같이 맑아야 할 것이니, 이것은 열 번 말하여도 백번 적어도 오히려 부족한 작가의 금과옥조여야 한다" (『조광』, 1935. 7. 12, 『이효석 전집』 6권, 2003, 299쪽)

23) '나는 요새 표현의 단순화, 수법의 간결을 늘 생각하고 있는데 나무 잎사귀가 흔들리는 것을 3, 4혈 쓰는 것을 1혈에 간결히 써가지고 3, 4혈의 것을 족히 암시할 만한 표현이야말로 소설에 있어서의 고도의 수법이라고 생각합니다' 평양문인좌담회' 의 일부분. (『백광』, 1937. 1, 위의 책, 331쪽)

24) "묘사에 있어서는 긴 문장보다는 짧은 단적 표현이 좋은 듯하며 형용사 등은 필요 외에는 될 수 있으면 피함이 옳지요 '현대작가 창작 고심 합담회' 의 일부분. (『사해공론』, 1937. 1, 위의 책, 40쪽)

25) 이효석, 「건강한 생명력의 추구」, 위의 책, 225~227쪽.

이처럼 성에 대한 묘사는 애욕 자체가 아니라 인간의 본연, 건강한 생명의 동력과 신비감을 담아내려는 의도이기 때문에 에로티시즘이 내포한 함축적이고 암시적인 표현의 맥락을 기교의 차원에서 해석하는 독법이 필요함을 일러주고 있다.

요컨대 평론을 통해 이효석이 밝힌 소설론의 요체는 시적 경지에 이르는 소설을 창작하는 동시에 리얼리즘도 포기하지 않은 것이다. 기교와 현실 반영, 서정과 서사, 직관과 인과의 조화가 그가 추구한 문학적 지향의 핵심이다. 그는 대상에 대한 객관적 서술과 인과성이라는 서사의 틀 속에 대상에 대한 주관적 합일과 직관성이라는 서정성을 결합시키고자 하였다. 그의 소설이 현실의 문제를 명징하게 다루면서도 은유와 상징, 이미지 등 다양한 표상들을 통해 서사를 추동하고, 이를 통해 독특한 심미성을 확보하는 것은 그가 추구한 이러한 고유한 창작 태도에서 비롯된다. 소설에서 이념성을 배제하고 언어의 미학적 가치 중시한다는 점에서 그는 형식주의에 기울어져 있는 것처럼 보이지만 모더니즘과 리얼리즘이 중첩되는 지점에서 출발하고 그 여정에서 다양한 모색을 시도하였다고 보는 것이 더 정확할 것이다. 기법과 언어를 중시하고, 그것들을 통해 문학의 여러 요소를 새롭게 변화시키려는 노력은 박태원, 김기림, 정지용, 이상, 이태준 등 1930년대 모더니스트들의 공통된 창작태도였고, 이효석도 그들과 같은 선상에 서 있었다. 다만 이효석은 기교를 중시하되 생경한 실험의식을 추구하지 않았다는 점에서 이상, 박태원과 구별되고, 언어의 조탁과 세련된 문체에 중점을 두고 있지만 경향성을 짙은 사회의식을 내면화하고 있다는 점에서 이태준과도 구별된다.

3. 서정적 상상력과 주관성의 지평

1) 소설적 표현의 기법

이효석에게 있어서 문학의 방법은 무엇보다도 예술적 표현의 문제였다.[26] 현대소설사에서 다른 예를 찾을 수 없을 정도로 이효석의 소설은 다양한 상징과 은유를 함유하고 있다. 이는「오후의 해조(諧調)」「프렐류드」「오리온과 능금」「개살구」「장미 병들다」「해바라기」「은은한 빛」「라오코왼의 후예」「엉겅퀴의 장」「풀잎」「거리의 목가」등의 소설 제목에서도 잘 드러난다. 이효석의 첫 번째 소설「도시와 유령」은 이러한 이효석의 출발점을 확인할 수 있는 작품이다. 소설의 주요서사는 건축 현장의 일용 노동자이며 노숙자인 주인공이 동료와 함께 하룻밤 자기 위해 들어간 동묘에서 유령을 보고 놀라 도망친 뒤, 다음날 그 정체가 거지 모자라는 것을 확인하는 내용이다. 당시 경성의 도시화를 문제 삼고 있는 이 소설은 제목에서 암시하듯이 도시 속에 존재하는 유령의 정체를 통해 도시화의 허상을 밝히고 있다. 소설에서 유령은 도시화의 현상과 본질을 드러내는 은유이다. 소설은 도시화에 따른 계층의 양극화 즉 노숙자들을 양산하는 실상을 보여주고 있는데, 이를 '고무풍선같이 떠다니는 파라솔, 땀을 들여 주는 선풍기, 타는 목을 식혀주는 맥주 거품, 은접시에 담긴 아이스크림, 계집의 사려분 냄새로 넘쳐나는 거리' 등과 대조적으로 묘사하면서 문명화를 부정하는 이미지들로 변환시키고 있다. 소설 말미에서 현실에 대한 울분을 직설적으로 토로하

---

26) 이상옥, 앞의 책, 집문당, 2004. 302쪽.

는 등 미숙성이 드러나기도 하지만, 은유와 표상적 이미지 등 기교를 중시하려는 이효석의 지향은 충분히 읽어낼 수 있다.

「마작철학」은 「도시와 유령」에서 더 나아가 서울 도시화의 불균형과 대자본의 횡포를 함께 조망한다. 작은놈은 망해가고 큰 놈은 더욱 커지며 한 장사가 공을 이루매 만병 병졸의 뼈 말리는 격으로 수만의 피를 뽑아 몇 놈의 살을 찌개 하니 이것이 대체 무슨 이치인고[27]라는 정주사의 독백은 서울 도시화의 모순을 단적으로 보여준다. 소설에서는 '헐려가는 마작 쪽'을 통해 민족자본의 위기를 비유적으로 보여주고, 말미에서 정구태는 동해를 바라보며 식민경제구조에 대한 새로운 각성을 내보이는데, 이 때 바다는 모순적인 현실에서 벗어나고자 하는 갈망에 대한 표상으로 묘사되고 있다. 이효석 소설에서 바다는 암담한 현실에서 탈출하여 새로운 삶으로 나가고자 하는 희망과 자유를 상징하고 있다. 「노령근해」 「상륙」 「북국사신」 등 연작은 참담한 현실에서 벗어나기 위해 북국으로 향하는 인물의 여정을 담고 있다. 소설은 식민자본주의, 일본 경찰의 감시, 밀항 등 식민지현실을 비판적으로 반영하고 있는데 소설 전체를 추동하고 있는 것은 바다의 상징적 이미지이다. 「오리온과 능금」은 '연구회'의 회원인 '나'와 백화점 여점원 나오미와의 관계를 통해 이념에 앞서는 인간의 애욕을 그리고 있다. 연구회 모임에 함께 돌아오던 길에 나오미는 '나'에게 "신선한 능금이 먹고 싶다."고 말하면서 거리에서 새빨간 능금을 먹고, 어느 날 "안아 주세요! 저를 힘껏 안아 주세요!"라고 나를 유혹한다. 소설에서 새빨간 능금은 인간의 본능적인 욕망을 은유적으로 함축하고 있다. 「프렐류드」에서 마르크시스트 주화

---

27) 이효석, 「마작철학」, 『이효석 전집』 1권, 175쪽.

는 '백화점 안에 화려한 생활품과 식료품, 라디오와 레코드 등에 한 점 미련도 없이' 자살을 결심하였지만, 달빛과 함께 나타난 소녀와의 조우를 통해 주남죽의 동지로 노동운동을 재개한다. 정동 고개에서 쳐다 본 '달'을 계기로 다시 노동 운동의 은밀한 행동가로 활약하게 된다.

또한 이효석은 도시화, 식민지화가 초래하는 문제를 내면화하는 소설들에서 문명의 대극에 자연을 상정하는 경우가 종종 있다. 「개살구」에서는 철로공사 덕에 오대산 일대의 박달나무를 팔아 돈벼락을 맞은 형태와 그의 첩 서울댁이 누리는 라디오, 유성기 등의 문명생활은 결국 집안을 파멸에 이르게 하고, 「돈」에서는 기차가 식이가 일심동체로 여기던 돼지를 무참히 죽여 버리고, 「장미 병들다」에서 남죽은 비루해진 도회생활을 접고 '염소젖을 마음껏 마실 수 있는 고향으로 내려가고, 「산협」에서는 재도가 황소와 바꿔온 첩실 원주댁이 비누, 분가루, 권연 등 '문명의 찌기'를 가져오고 그로인해 조강지처의 불륜, 자살시도 등 평지풍파가 일어난다. 이효석 소설에서 문명은 비인간화, 반생명, 균열을 의미하는 기표이고, 자연은 치유와 생명, 일치를 의미하는 기표이다.

이처럼 이효석은 은유와 상징 등이 서사를 추동하는 특징이 있다. 경향성 짙은 소설도 예외가 아니다. 또한 이들 소설에서 눈여겨 볼 것은 주인공들이 대부분 주관적 개별성에 근거하고 서술자는 그들의 내면 풍경에 주목하고 있다는 점이다. 이효석 소설의 이른바 주의자들은 대부분 공동체의 일원이 아니라 주로 홀로 존재하는 고독한 인물들이다. 「노령근해」「상륙」「북국사신」의 주인공은 혼자 북국으로 향하고, 「프렐류드」의 주화는 혼자 행동하며, 「오리온과 능금」에서도 나와 다른 회원들과의 연대의식은 드러나지 않는다. 그리고 소설은 내면풍경의 성실한 표출에 서술의 초점이 놓여 있다. 이 소설들은 객관적 현실을 문제 삼으면서 그것을 개별화된 인물들의 주관화된 인식을 통해 형상화함으로써 객관적 총체성과 주관적 직관이 공존하는 특성을 드러낸다.

2) 서정성과 심미적 상상력

자연과의 일치에 주목하는 그의 작품에서 시적 경지를 추구하는 이효석의 지향은 좀 더 구체적으로 드러난다. 「산」의 중실은 졸지에 누명을 쓰고 새경도 받지 못한 채 쫓겨났지만, 인간 세상과 거리를 두고 산의 숨결과 향기에 파묻혀 오히려 행복하게 살아간다. 「들」의 학보는 서울에서 퇴학당하고 고향으로 내려와 자유로운 일상을 보내고 있다. 고향에서도 은밀한 독서와 검거 등 서울에서와 같은 일이 벌어지지만 평온한 생활을 이어간다. 그들의 평화롭고 자족적인 삶은 자연과의 일체감 속에서 얻어진다.

> 과실같이 싱싱한 기운과 향기, 나무 향기 흙 냄새 하늘 향기, 마을에서 찾아볼 수 없는 향기다… 그런 것은 한데 합쳐서 몸에 함빡 젖어들어 전신을 가지고 모르는 결에 그것을 느낄 뿐이다. 산과 몸이 빈틈없이 한데 얼린 것이다.[28]

그들은 자신을 '한 포기의 나무'라고 생각하고, '몸이 초록으로 물들 것 같은' 느낌을 받는다. 이들에게 자연은 객관적인 공간이 아니라 주

---

28) 이효석, 「산」, 『이효석 전집』, 2권, 10쪽.

관화된 공간이다. 그들은 외부와의 분열이 아니라 조화를 이끌어내려는 서정적 자아의 시선을 지니고 있다. 시적 서정성은 자아와 세계와의 관련성 아래에서 화합의 가능성을 모색하는 과정에서 드러나는데, 이들 서정적 자아는 자아와 세계와의 완전한 총체성을 회복할 수는 없지만 내면세계의 내밀한 화합을 경험하거나 내면세계로부터 비롯되는 삶의 진실을 포착하게 된다.[29] 이들은 자연과의 일체감을 통하여 다른 차원의 삶의 가치, 자연이 주는 풍요와 충만함을 발견한다. 따라서 이들에게 자연은 사랑의 신비를 일깨우는 공간이기도 하다. 학보가 옥분과 사랑을 나누는 것은 '버드나무 잎새로 달빛이 가늘게 새어들었던' 들판이고, 허생원이 성서방네 처녀와 인연을 맺은 것도 '달이 너무나 밝기' 때문이었다. 이들의 사랑은 욕망이 아니라 '자연의 조화'에 의한 것이고, '인간의 본연적인 것, 건강한 생명의 동력과 신비'이다.

이 소설의 인물들은 세계에 대한 주관화된 인식, 분열된 현실에서 화합과 조화로움을 이끌어내는 서정적 자아의 시선을 지니고 있으며, 소설 전체에 독특하고 참신한 직유와 비유, 상징 등 특유의 표현 기법이 두드러진다. 또한 무엇보다 다양한 소재와 물상, 식물과 동물들이 표상하는 이미지들이 서사를 추동하는 특징을 보인다. 다양한 식물과 동물, 소재와 물상들이 은유와 상징 그리고 시각, 청각, 미각, 촉각, 후각 등 다채로운 이미지를 생성하고, 이를 통해 서사를 추동한다. 「산」「들」의 소설 초두에 길게 이어지는 초목들에 대한 생생한 묘사, 자연 속에 어울려 노는 개, 「모밀 꽃 필 무렵」의 달빛에 비춘 메밀꽃 등은 '설화

---

29) 최은영, 「이효석 서정소설의 특질과 그 문체연구」, 『현대문학이론연구』 38권, 현대문학이론학회, 2009, 140~141쪽.

체보다 묘사'를 선호하는 작가의 신조를 잘 반영한 것이다. 이러한 묘사는 단순히 분위기를 드러내는 데에 그치지 않고 사건과 인물의 내면 세계와 긴밀히 연계됨으로써 소설 전체의 서사를 추동한다. 「들」에서는 소설 첫머리에 봄의 생기에 대한 묘사가 다채롭게 펼쳐지고, 이어서 한 몸이 된 개에 대한 묘사 뒤에 학보와 옥분과의 사랑이 이어지는데, 이는 압축의 기교를 잘 보여주는 대목이다. 요컨대 앞의 묘사가 뒤의 서사를 추동하고 개연성을 확보하는 것이다. 또한 색은 은유적으로 심리적 상태를 의미하는데,[30] 「산」과 「들」을 추동하는 것은 초록의 이미지이고, 초록은 협착한 세상 속에서도 미래를 낙관하는 인물들의 내면과 긴밀히 연계되어 있다. 「모밀 꽃 필 무렵」에서 소설 전체를 주도하는 것은 달빛 아래 "소금을 뿌린 듯" 하얗게 피어있는 메밀꽃이다. 메밀꽃은 허생원과 성서방네 처녀, 허생원과 동이, 과거와 현재를 이어주는 동시적 시간인 동시에 서사를 추동하는 핵심 매체이다. 서사적 세계가 계기성에 근거하고 서정적 세계는 동시성에 기초한다고 볼 때, 메밀꽃은 시간적 거리를 지우고 동시성으로 전환시키는 서정적 이미지이다. 이 서정적 이미지가 소설 전체를 추동하는 것이 이 소설의 심미적 상상력이다.

4. 결론

식민지 지배와 더불어 시작된 한국 근대문학은 어떤 의미로든 목적

---

30) 임혜원, 「한국어 빛 과 색의 은유적 확정」, 『담화와 인지』 제12권 3호, 담화인지
   학회, 2005, 110쪽.

문학의 성격을 완전히 배제할 수 없었다. 더구나 이효석이 본격적인 창작 활동을 시작한 1930년대 초까지 문단을 석권한 프로문학은 그러한 문학의 특성을 가장 분명하게 드러낸 문학 태도였다. 이효석은 창작활동 초기에 카프(KAPF)에 가입하지는 않았으나 사상적으로 동조하는 동반자작가의 길을 걷는다.

이효석은 줄곧 문학의 미적 가치, 즉 기교와 표현의 중요성을 강조하는 여러 편의 평론을 발표하였다. 아름답고 세련된 언어 표현은 문학의 기본이고 본질이다. 그가 이러한 문학의 원론적인 문제를 재확인하는 것은 소설 창작에서 이념 과잉을 경계하고 있음을 의미한다. 그가 지향한 소설론의 요체는 압축과 비약, 함축적이고 암시적인 표현을 통해 소설이 시적 경지에 이르는 것이다. 그는 리얼리즘에 대해 일관성 없는 태도를 드러내는 것처럼 보이지만, 그가 경계하는 것은 리얼리즘의 관념성이지 현실을 사실적으로 그려내고 전망하는 리얼리즘을 부정하지 않는다. 그의 소설이 현실을 반영하면서도 장황한 서술보다는 은유와 상징, 이미지 등 다양한 표상들을 통해 독특한 심미성을 확보하는 것은 그가 추구한 고유한 창작 태도에서 비롯된다. 「도시와 유령」 「마작철학」 등 초기소설은 은유와 표상을 통해 당시 도시화의 모순을 상징적으로 드러낸다. 「노령근해」 「상륙」 「북국사신」 「프렐류드」 「오리온과 능금」 등 경향성 짙은 소설도 이념성보다는 은유와 상징 등이 서사를 추동하고 주인공들이 대부분 주관적 개별성에 근거하고 있는 특징이 있다. 또한 「들」 「산」 「메밀꽃 필 무렵」 등은 그가 지향한 시적 경지의 특징이 잘 담겨 있다. 이 소설의 인물들은 세계에 대한 주관화된 인식을 통해 분열된 현실에서 화합과 조화로움을 이끌어내려는 서정적 자아의 시선을 지니고 있으며, 자연과 식물들이 표상하는 이미지들이 서사를 추동하는 특징을 보인다. 요컨대 도시화를 문제 삼는 소설들이 단순한 표상을 통해 시대의 모순을 상징적으로 드러낸다면 자연을 배경으로 한 소설들은 독특한 비유와 이미지, 서정성 등 이효석 특유의 표현 기법이 두드러지고, 이를 통해 그가 지향한 시적 경지의 소설에 도달한다.

고전 다시 쓰기의 의미

— 김유정 · 박태원의「홍길동전」을 중심으로

1. 서론

1930년대는 한국문학사에서 중요한 시기이다. 문학론과 창작방법론에 대한 탐색이 그 어느 때보다 진지하고 활발하게 전개되었고, 또한 다양한 작품들이 발표되었기 때문이다. 리얼리즘과 모더니즘, 장르론과 창작론 등에 관련한 주목할 만한 논쟁이 제기된 것도 이 시기이며, 문학사에서 비중 있는 작품들이 발표된 것도 이 때이다. 요컨대 1930년대는 한국현대문학이 정립되고 심화된 시기라고 볼 수 있다. 김유정과 박태원은 이에 크게 기여한 작가이다. 이들은 당대 농촌과 도시의 현실을 각각 독특한 시각과 문체로 그려냄으로써 한국현대소설의 지평을 넓혔다.

김유정과 박태원이 고전소설「홍길동전」을 재창작하였다는 점은 흥미롭다. 김유정의「홍길동전」은 1935년 10월『신아동』제2호에 실렸으며 최근 발굴되어 학계에 보고되었다. 박태원의『홍길동전』은 1947년 금융조합연합회에서 간행되었으며, 이미 몇몇 논자들에 의해 논의되어

온 바 있다.[1] 이 두 작품은 허균의 「홍길동전」을 원본으로 삼고 있으며, 김유정의 「홍길동전」은 단편 분량이고, 박태원의 『홍길동전』은 장편소설이다. 김유정의 작품은 아동잡지에 발표되었고, 박태원의 작품은 대중들의 문화의식을 고양시키기 위해 협동문고에서 기획한 작품 중 한 편으로 간행되었다.[2] 대상과 분량, 발표 시기 등에 차이는 있지만, 이 두 작품은 김유정과 박태원의 작가의식을 살펴보는 데에 의미 있는 일면을 제공한다. 이 글에서는 이러한 점을 살펴보기 위하여 김유정의 「홍길동전」과 박태원의 『홍길동전』을 중점적으로 비교, 분석하고자 한다.

이러한 작업은 크게 두 가지 의의가 있을 것으로 보인다. 하나는 김유정과 박태원의 문학 세계에 대한 논의를 확장시킬 수 있을 것이다. 여러 논자들이 지적하고 다양한 관점을 제기하고 있기는 하지만, 김유정과 박태원에 대한 논의는 여전히 대표적인 몇몇 작품에 한정되어 있고, 김유정 소설은 농촌소설 범주로, 박태원 작품은 모더니즘소설 또는 세태소설 범주로 한정짓는 경향이 있다. 물론 김유정은 당시 농촌 현실을 남다른 시각으로 담아냈고, 박태원 역시 실험성 짙은 모더니즘 소설과 도시세태의 다양한 국면을 그려냈으며, 이들 작품은 문학사에서 보기 드문 성과로 평가받고 있다. 그런데 김유정 소설 중에는 서울을 배경으로 거지, 학생, 여급, 기생, 행랑어멈, 전차운전수, 소설가지망생 등 다양한 계층들의 삶을 담아내는 작품도 여러 편 있으며,[3] 박태원은

---

1) 임무출, 「박태원의 「홍길동전」 연구」, 『영남어문학』 제18집, 1990; 이문규, 「허균·박태원·정비석의 「홍길동전」의 비교연구」, 『국어교육』 128집, 2009.

2) 「협동문고 간행의 변」, 박태원, 『홍길동전』, 협동문고, 1947, 177쪽.

3) 「심청」 「이런 음악회」 「봄밤」 「야경」 「옥토끼」 「생의 반려」 「정조」 「슬픈 이야기」 「땡볕」 「따라지」 등은 보신각 옆, 우미관 옆 골목, 광화문 근처, 청진동, 원남동, 연건동, 사직동, 신당리 등 서울 곳곳을 배경으로 삼고 있다. 조남현, 「김유정

역사소설뿐만 아니라 전기문학, 고전번역 등 고전 서사에 대한 관심이
남달랐다.[4] 두 작가의 「홍길동전」 다시 쓰기에 주목하는 이 논의는 작
가들의 폭넓고 다양한 작품 세계를 해명하는 데에 필요한 작업이 될 것
이다. 다른 하나는 고전소설이 현대소설로 변용되는 양상과 의미도 살
펴 볼 수 있을 것으로 기대된다. 특히 1930년대 후반기에 고전 텍스트
를 수용하는 소설 장르의 모색이 두드러졌는데,[5] 김유정과 박태원의
작품이 이와 어떤 상관성이 있는지, 아니면 작가 고유한 특성인지도 분
석 과정에서 규명될 것이다.

2. 김유정과 박태원

김유정은 1908년, 박태원은 1909년 서울에서 태어났고, 이 둘은 서
울의 중심지인 종로구에서 자랐다. 김유정의 출생지가 서울인지 춘천
인지 명확하지 않으나 서울인 것으로 추정하고 있다. 설령 유정이 춘천
에서 태어났다고 하더라도 어린 시절부터 서울에서 성장한 것만은 확
실하다.[6] 그의 집안은 춘천 실레마을에서 천석이 넘는 지주였는데, 가

소설과 동시대소설」, 김유정학회 편, 『김유정의 귀환』, 소명출판, 2012, 18쪽.

4) 박태원은 『삼국지』 『수호전』 『서유기』 등 중국 고전을 번역하고, 『이충무공장군』
『사명당송운대사』 『약산과 의열단』 『조선독립순국열사전』 등 전기문학을 발표하
였다.

5) 이와 관련한 상세한 논의는 장성규, 「1930년대 후반기 소설 장르 인식 연구」, 서
울대학교 대학원 박사학위 논문, 2012 참조.

6) 김영수는 김유정이 1908년 1월 11일 오전 11시 춘천군 신남면 증리(실레)에서 태
어났다고 기술하면서, 김유정 가족은 서울에 백 여 칸 되는 집을 가지고 춘천과
서울에 왕래하면서 살았다고 쓰고 있다. 김영수, 「김유정의 생애」, 김유정 기념

족들은 서울의 진골(종로구 운니동)에 백 여 칸 되는 살림집에서 살고 있었기 때문이다.[7] 구보 역시 다옥정(종로구 다동) 7번지에서 태어나 그 곳 수중박골에서 성장하였다. 진골과 수중박골, 멀지 않은 거리에서 이 둘은 어린 시절을 보냈다. 그 곳은 새로운 문화와 문물이 빠르게 수용되는 공간이었고, 유복한 가정환경 덕분에 유정과 구보는 음악과 운동, 독서와 영화 등을 즐기며 성장하였다.

유정은 1930년 연희전문학교를 제적당한 후 춘천 실례마을로 내려 갔다가 1933년 다시 서울로 올라와서 「산골나그네」와 「총각과 맹꽁이」를 발표하면서 본격적인 작가활동을 시작하였다.[8] 그는 신병이 약화되어 경기도 광주로 이주하고 사망한 1937년 이전까지 줄곧 서울에서 창작활동을 지속하였다. 구보 박태원 역시 1950년 월북하기 전까지 내내 서울에서 활동하였다. 요컨대 이 둘은 서울 한복판에서 자라고, 동시대에 작가활동을 시작하였다는 공통점이 있다. 다만 김유정은 불과 4년 동안 31여 편의 소설을 발표하고,[9] 1937년 봄 29세의 나이로 요절하였지만, 박태원은 월북 이후에도 작가활동을 지속하여 55여 년 동안 소설만 90여 편을 포함하여 310여 편에 이르는 작품을 발표하고, 1986년 여름 78세에 세상을 떴다.

유정과 구보가 본격적인 작가 활동을 시작한 것은 같은 해 1933년부

사업회 편, 『김유정 전집』, 1994, 309쪽.

7) 「김유정 연보」, 전신재 편, 『김유정문학의 전통성과 근대성』, 한림대학교 아시아 문화연구소, 1997, 363쪽.

8) 위의 글, 364~365쪽.

9) 김유정의 소설은 「솥」과 「정분」을 동일 작품으로 보고 소설 31편, 편지와 일기를 포함하여 수필 18편이다. 유인순, 「김유정과 아리랑」, 『비교문학』 20권 20호, 2012, 210쪽.

터이다. 박태원은 1926년 시 「누님」, 평론 「묵상록을 읽고」를 발표하면서 문단에 알려지기 시작하였지만 본격적인 창작 활동은 일본 유학에서 돌아와, 「피로」 「반년간」 「낙조」 등을 발표한 1933년부터이고, 김유정도 같은 해 「산골 나그네」 「총각과 맹꽁이」를 발표하면서 작가로 등단하였다.

내가 유정과 처음으로 안 것은 그가 그의 제2작 「총각과 맹꽁이」를 발표한 바로 그 뒤의 일이니까 소화 8년 가을이나 겨울이 아니었든가 한다. 하로 밤 그는 회남과 함께 다옥정으로 나를 찾아왔다. 그 때 그들은 미취를 띄고 있었으므로 그래 우리가 초면 인사를 할 때 그가 술 냄새날 것을 두려워하여 모다 든 손으로 입을 거의 가리고 말하던 것을 나는 지금도 기억하고 있다.

…(중략)…

우리는 한동안 곧잘 낙랑에서 차를 같이 마셨다. 그리고 세 시간씩 네 시간씩 잡담을 하였다. 그는 분명히 다섯 시간씩 여섯 시간씩이라도 그 곳에 있고 싶었음에도 불구하고 문득 내게 말한다.

"박형, 그만 나가실까요?"

그래서 나와서 광교에까지 이르면,

"그럼 인제 집으루 가겠습니다. 또 뵙죠"

그리고 그는 종로 쪽을 향하는 것이었으나 대부분의 경우에 그는 얼마를 망살거리다가 다시 한 바퀴를 휘돌아 낙랑을 찾는 것이었다.

고중에라도 그것을 알고 그를 책망하면 그는 호젓하게 웃고,

"허지만 박형은 너무 지루하시지 않어요?…"

유정은 술을 잘하였다. 그의 병에 술이 크게 해로울 것은 새삼스러이 말한 것도 못된다. 그러나 그 생활이 외롭고 또 슬펐든 유정은 기회 있으면 거의 술에 취하였다.[10]

---

10) 박태원, 「유정과 나」(『조광』, 1937. 5.), 류보선 편, 『구보가 아즉 박태원일 때』,

1933년 구보는 '구인회'에 가입하여 이상, 김기림, 이태준, 정지용 등과 더불어 활발한 활동을 전개하였으며, 유정은 1935년부터 후기 동인으로 동참하였다. 유정과 구보는 서로 작가적 재능을 인정하고 격려하는 문단의 동반자이면서 인간적인 언민을 주고받는 각별한 사이였다. 구보는 김유정이 '한 편의 작품을 낼 때마다 작가적 명성을 더하여가고 온 문단의 촉망을 한 몸에 받고 있던 작가'[11]임을 인정하였고, 유정 역시 '재질이 있고, 명망이 있고, 전도가 있고, 건강이 있는'[12] 구보를 부러워하였다. 1936년 유정은 폐결핵과 치질이 악화되고, 열렬한 구애도 거절당하고, 지극한 가난에 시달리며, 서울 정릉 골짜기 암자, 신당동 셋방살이하는 형수댁 등을 전전하면서도 구보를 염려하면서 다음과 같은 엽서를 보낸다.

　　날 사이 안녕하십니까
　　박형! 혹시 요즘 우울하지 않으십니까. 조선일보사 앞에서 뵈었을 때 형은 마치 딱한 생각을 하는 사람의 풍모였습니다. 물론 저의 어리석은 생각에 지나지 않을 게나 만에 일이라도 그럴 리가 없기를 바랍니다.
　　제가 생각건대 형은 그렇게 크게 우울하실 필요는 없을 듯싶습니다. 만일 저에게 형이 지니신 그것과 같이 재질이 있고 명망이 있고 전도가 있고 그리고 건강이 있다면 얼마나 행복일는지요. 5, 6월호에서 형의 창작을 못 봄은 너무나 섭섭한 일입니다. 「거리」「악마」 그 다음을 기다립니다.
　　　　　　　　　　　　　　　　　　　　유정 재배[13]

　　깊은샘, 2005, 200~201쪽.
11)　박태원, 앞의 글, 204쪽.
12)　박태원, 앞의 글, 203쪽.

유정이 세상을 뜨자, 구보는 '유정에게 나는 결코 좋은 벗이 아니었다. 벗이라 일컬으기조차 죄스러웁게 그에게 충실치 못하였다'[14]면서 그의 죽음을 애도하였다.

또한 「홍길동전」과 『율리시즈』, 전통과 스타일리스트 그리고 영화는 유정과 구보를 이해하는 공통분모이다. 유정은 조선 문단의 서적 중 감명 깊게 읽은 작품이 무엇인가를 묻는 설문에 「홍길동전」이라고 답하고, 외국문학 중 감명 깊게 읽은 작품은 제임스 조이스의 「율리시즈」라고 답변하였다.[15] 그런데 유정은 「병상의 생각」에서 신심리주의와 기교주의 문학을 부정하고, 『율리시즈』는 고작 졸라의 일 부속품에 더 지나지 않는다고 평가절하하고 있다.[16] 이는 작품의 의미는 인정하면서도 당대의 어설픈 심리주의 문학, 예술지상주의의 미명 아래 오로지 '치밀한 기록'에 문학적 가치를 두는 일단의 문학적 흐름을 비판한 것이다.[17] 주지하는 바와 같이 박태원은 의식의 흐름을 수용한 대표적인 작가이고, 「소설가 구보 씨의 일일」은 『율리시즈』와 비교되는 작품이다.

그런데 한 가지 흥미로운 것은 유정은 영화에서 얻는 것이 무엇이냐라는 질문에 '현실과 꿈의 연결'이라고 답변하고 있다.[18] 현실과 꿈이 별개가 아니라 연결되어 있다는 것은 의식과 무의식의 연계성에 대한

---

13) 박태원, 「고(故)유정 군과 엽서」(『백광』, 1937. 5.), 류보선, 앞의 책, 203쪽.

14) 박태원, 「유정과 나」, 위의 책, 201쪽.

15) 「설문좌담」, 김유정 기념사업회 편, 앞의 책, 265쪽.

16) 김유정, 「병상의 생각」, 전신재 편, 『원본 김유정 전집』, 한림대학출판부, 1987, 446-450쪽.

17) 박남철, 「김유정의 전기적 편린―『풍림』과 『조광』의 설문을 중심으로」, 『새국어교육』 75집, 2007, 583~584쪽.

18) 「설문좌담」, 김유정 기념사업회 편, 앞의 책, 267 쪽

인식을 의미하는 것이고, 이는 유정이 영화와 심리에 대해 깊이 이해하고 있었음을 드러내는 것이다. 구보만큼 영화와 깊은 관련성을 지닌 작가도 드물다. 그는 영화에 깊이 매료되어 있었고, 그의 소설에는 이중노출, 클로즈업 등 영화적 기법이 수용되어 있다. 이와 관련하여, 영화체험이 유정의 작품에는 청각-지각성으로 반영되고, 구보의 작품에는 시각-지각성으로 반영되어 있다면서 둘 다 모더니즘 경향의 작품임이 분명하다는[19] 논의는 주목할 만하다.

또한 유정의 '조선적'인 것에 대한 관심은 익히 알려져 있으며, 구보 역시 모더니스트이면서 동시에 전통에 대한 관심이 각별한 작가이다. 구보는 근대와 전통 사이에서 양가적인 의식을 드러내지만, 오히려 그의 시각은 근대적인 변화 속에서도 전근대적인 가치관이 건재한 다양한 국면에 놓여 있다. 고전과 역사에 대한 특별한 관심,『천변풍경』「낙조」「골목안」 등의 시선이 이를 잘 입증하고 있다. 무엇보다도 김유정과 박태원은 독특한 문체, 스타일리스트로서 문학사에서 평가받는 작가이다.

요컨대 동시대에 서울에서 성장하고 작가로서 활동한 김유정과 박태원은 각자 고유한 작품 세계를 구축하였지만,「홍길동전」, 전통, 영화, 스타일리스트 등에서는 공통점을 보인다.

---

19) 이에 대한 상세한 논의는 이호림,「김유정소설의 영화적 독법은 가능한가」,『친일문학은 없다』, 한강, 2006 참조.

3. 「홍길동전」 다시 쓰기의 양상과 의미

1) 고전 서사의 수용

1930년대 후반기 이후 문학 장은 이전과는 사뭇 다른 양상으로 전 개되었다. 서구적 근대문학에 대한 진지한 성찰과 전통에 대한 새로운 인식이 이 시기에 이르러 광범위하게 펼쳐졌기 때문이다. 임화, 김남 천, 최재서 등은 근대소설의 위기와 새로운 소설 장르의 모색에 관심을 기울였고, 이병기, 조윤제, 이희승 등은 『문장』지를 중심으로 고전 서사 장르 작품에 대한 번역과 연구를 활발하게 진행하였으며, 이는 김태준, 임화의 문학사 서술에 이르러 고전 서사 장르인 문(文)과 서구 서사 장 르인 novel간의 통합적 인식으로 나아갔다. 이러한 당대 문학 장의 논 의는 실제 창작에서 풍부하게 고전 서사를 수용하는 결과로 이어진다. 이태준, 채만식, 유진오, 박태원 등은 작품 속에 한시나 동양 고전 등 을 삽입하거나, 고전적 '전'양식을 변용하는 등 다양한 방식으로 고전을 수용하였다.[20] 주지하는 바와 같이 김유정은 문학에 있어서 '도금식 허 식'을 비판하면서, '조선적인 요소'에 대해 깊은 관심을 보여 왔다. 그 의「홍길동전」은 당시 이러한 일련의 움직임과 전혀 무관하다고 볼 수 없다.

김유정 작품 중 흥미로운 것은 고전을 재창작한 작품 두 편이다. 「두 포전」과 「홍길동전」은 고전 설화와 고전소설 「홍길동전」을 각각 원전 으로 삼아 이를 소설화한 아동문학이다. 「두포전」(『소년』, 조선일보사,

---

20) 장성규, 앞의 글, 28~32쪽.

1939. 1.~5., 총 5회 연재)은 미완성 작품으로 사후에 발표되었는데, 총 10부분 중 1.「난데없는 업둥이」2.「행복된 가정」3.「놀라운 재복」4.「칠태의 복수」5.「두포를 잡으려다가」6.「이상한 노승」까지 김유정이 쓴 것이고, 그 이하는 현덕이 완성한 것으로 알려져 있다. 김유정 집필이 끝나는 부분에 "여기까지 쓰시고, 그러께 봄에 김유정 선생님은 이 세상을 떠나셨습니다. 이 다음 이야기는 다행하게도 김 선생님 병간호를 해드리며 끝까지 그 이야기를 횅히 들으신 현덕선생님이 김 선생님 대신 써주시기로 하였습니다"라고 기술하고 있으나, 어디까지 사실인지는 확인할 수 없다. 아기장수 설화를 소설화하고 있는 이 작품은 영웅소설의 특징을 보이고는 있지만, 김유정이 썼다고 하는 전반부만 보더라도 모티프만 아기장수 설화이고 스토리는 이와 전혀 다르게 전개된다. 김유정이 집필한 부분까지 정리하면 다음과 같다.

1. 강원도 산골 장수골에 선량한 노부부가 자식 없이 가난하게 살고 있었는데, 어느 날 노승이 나타나서 갓난아기를 주고 가면서 잘 키우라고 부탁한다.

2. 아기의 이름은 두포인데, 늠름하고 힘이 장사이며 효성이 지극한 소년으로 자라나, 노부부의 기쁨이 된다.

3. 노부부는 두포 덕분에 부자가 되고, 이를 탐낸 칠태가 재물을 훔치러 왔다가 두포의 술법에 망신만 당한다.

4. 칠태는 두포를 죽이려고 따라 다니지만 번번이 술법에 실패하자, 동네 사람들에게 두포가 큰 도적단의 괴수라고 모함을 하고 장정 삼십 명을 동원하여 두포를 죽이려고 한다.

5. 칠태와 동네사람들은 두포네 집에 불을 질러 죽이려고 하였지만, 갑자기 비가 내려 불길이 꺼지자, 두포가 하늘에서 낸 사람임을

알고 물러간다.

6. 칠태는 산 속에서 바위 한복판이 터지며 하얀 용마를 탄 장수가 나왔다가 다시 그 곳으로 들어가는 것을 목격한다. 그 장수는 두포이고 양쪽 겨드랑이에 날개가 달려 있다. 바위에서 나온 두포는 노인과 이야기를 나누는데, 잠시 후 노인은 홀연 사라진다.

둔갑술과 괴력에 능란한 두포가 아기장수임을 암시하는 내용까지가 김유정이 쓴 부분이다. 이후는 두포의 영웅적인 행위가 이어지고, 노인에 의해 두포가 난신을 피해 온 태자이며 곧 임금으로 등극하게 됨을 밝히면서 작품은 끝난다. 김유정이 쓴 부분만 보더라도 이 작품은 아기장수 설화와 다르다. 물론 노승이 아기와 관련되고 후일 다시 데려갈 것을 예고한다는 점, 큰 힘을 지닌 비상한 인물이라는 점, 겨드랑이에 날개가 있다는 점, 용마가 나타난다는 점 등은 아기장수 설화와 같다. 그러나 이와는 달리 끊임없는 살해 위협으로부터 벗어나고, 장차 큰일을 도모할 것을 분명하게 밝힌다는 점은 전혀 다르다. 즉 아기장수 설화는 하늘이 내린 영웅을 부모가 살해하는 비극적인 이야기이지만,「두포전」은 하늘로부터 부여받은 사명을 수행하는 영웅의 이야기이다.

「두포전」은 두 가지 관점에 주목해 볼 필요가 있다. 하나는 김유정 문학의 고유한 특징인 설화적 성격이고, 다른 하나는 작품에 반영된 작가 의식이다. 김유정 소설은 설화와의 친연성이 두드러진다. 그의 소설 중에는 설화에서 소재를 취한 듯한 작품들이 상당수 있다. 예컨대「산ㅅ골나그네」와「이부열녀담」,「만무방」과「조신전설」,「산골」과「춘향이야기」,「가을」과「하우고개전설」,「봄봄」과「바보사위」 등이 상관성이 있다.[21] 이 소설들은 모티프와 서사 전개 양상이 고전 설화와 유사하다. 또한 김유정 소설은 이야기꾼이 구연하는 옛날이야기를 그대로 기술해 놓은 서술 양식을 취하는 경우가 종종 있다. 김유정의 소설은 이야기를 들려주는 서술자의 목소리가 생생하게 살아 있는 듯하고, 따라서 그의 작품들은 읽히기 위한 소설이라기보다는 들려주기 위한 이야기의 성격이 짙다.[22] 김유정은 실제로는 말더듬이였지만 방송국에서 어린이 시간에 이야기를 구연한 경험이 있는데, 그의 고담식 화술은 대단하였다고 한다.

> 이번에 방향을 돌려 역시 용처버리나 될까 해서 어린이 시간에 이야기 방송을 시켰다. 이야기 방송만은 선선이 응낙했다. 입이 무겁고 말더듬인 유정이 '마이크' 앞에 앉더니 아주 능청스럽게 잘한다. 야담이나 고담식이어서 나는 방송실을 벌겋게 상기돼 나오는 그를 보고 이번엔 야담을 청하야겠어 하고 둘이 껄껄 웃었다. 이야기 방송도 가명으로 했기 때문에 유정의 화술이 얼마나 능하다는 것도 드러나지 않고 말았다.[23]

작가의 이러한 이야기꾼적인 기질은 소설에 반영되어 구연의 재현이라는 김유정 특유의 독특한 서술 방식을 낳는다. 「두포전」은 김유정 고유의 설화적 특성을 그대로 반영하고 있다. 또한 두 작품에는 원전과는 달리 충효와 인륜 등 전통적인 가치관과 전통적인 가족주의를 강

---

21) 전신재, 「김유정 소설의 설화적 성격」, 김유정학회 편, 『김유정의 귀환』, 소명출판, 2012, 206~223쪽.
22) 위의 글, 199~200쪽.
23) 이석훈, 「유정의 변모편편」, 김유정기념사업회 편, 앞의 책, 404쪽.

조하고 있다. 두포와 길동은 효성이 지극한 인물로 그려진다. 아기장수 설화의 부모는 멸문지화를 피하기 위해 자신의 아들을 죽이지만, 두포의 양부모는 지극 정성으로 아들을 양육한다. 또한 길동은 자신을 죽이려던 형 인형이 자신의 잘못을 뉘우치고, 아버지를 위해서 서울로 압송될 것을 간청하자 아무런 저항 없이 그 뜻에 따른다. 적서차별의 모순, 탐관오리의 징계 등 사회적인 문제에 대한 부정의식보다는 아버지에 대한 효도라는 윤리적인 측면이 우선되고 있는 것이다. 두 작품에 반영된 이러한 주제의식은 설화를 바탕으로 하는 아동문학이 지니는 도덕성 때문이기도 하지만, 전통성에 각별한 관심을 둔 작가의식의 발로라고 볼 수 있다.

이와 아울러 한 가지 덧붙여 생각해 볼 수 있는 것은 1930년대 후반기 문학 장에서 제기되었던 전통에 대한 새로운 인식과의 관련성이다. 당시에는 서구적 근대문학에 대한 진지한 성찰과 함께 새로운 소설 장르의 모색에 관심을 기울이기 시작하였고, 고전 서사 장르 작품에 대한 번역과 연구도 활발하게 진행되었다. 이러한 변화는 실제 창작에서 풍부하게 고전 서사를 수용하는 결과로 이어져서, 이태준, 채만식, 유진오, 박태원 등은 작품 속에 한시나 동양 고전 등을 삽입하거나, 고전적 '전'양식을 변용하는 등 다양한 방식으로 고전을 수용하였다.[24] 김유정은 문학에 있어서 '도금식 허식'을 비판하면서, '조선적인 요소'에 대해 깊은 관심을 보여 왔다. 「두포전」은 당시 이러한 일련의 움직임과도 전혀 무관하다고 볼 수 없다.

---

24) 장성규, 「1930년대 후반기 소설 장르 인식 연구」, 서울대학교 대학원 박사학위 논문, 2012, 28~32쪽.

박태원의 고전에 대한 관심은 이 시기 문학 장의 변화와 직접 관련성이 있다기보다는 작가의 고유한 특성으로 보인다. 그의 역사와 동양 고전, 전기문학에 대한 관심은 이보다 훨씬 앞서부터 시작되었고 월북 이후까지 지속되기 때문이다. 박태원은 작가생활을 시작하면서 1929년에 12월 17일과 24일에 8회에 걸쳐 「해하의 일야」를, 이어서 1930년 2월 『신생』 3권 2호에 「한시역초」를 발표하였다. 「해하의 일야」는 천하 쟁패를 결정짓는 마지막 전투를 앞둔 영웅 초패왕의 복잡한 내면을 깊이 파고든 작품이고,[25] 「한시역초」는 중국 한시를 번역한 것이다. 1930년대 이후에는 중국 야담과 고전에 대한 관심이 부쩍 늘기 시작하여, 1938년부터 『야담』지에 중국 야담을 번역하여 연재하고, 이어서 『지나소설집』(1939) 『신역삼국지』(1941) 『수호전』(1942) 『서유기』(1944) 『중국동화집』(1946) 『중국소설선』 Ⅰ (1948) 『중국소설선』 Ⅱ (1948) 등을 발표한다. 또한 박태원은 「김후직」(1940), 『조선독립순국열사전』(1946), 『약산과 의열단』(1947), 『이충무공행록』(1948) 등 전기문학, 『원구』(1945) 「고부민란」(1946) 「춘보」(1946) 「태평성대」(1946) 『홍길동전』(1947) 『이순신장군』(1948) 『군상』(1949) 『임진왜란』(1949) 등 역사소설을 발표하였다. 월북 후 박태원은 야담과 전기문학, 그리고 역사소설의 장르 안에서 작품 활동을 지속하여 나갔으며, 작품세계 역시 월북 이전과 밀접한 관련성을 지닌다.[26] 요컨대 박태원의 역사와 고전 서사에 대한 관심

---

25) 정호웅, 「박태원의 역사소설을 다시 읽는다—인물 창조를 중심으로」, 『박태원과 역사소설—구보학회 제4회 학술대회 발표집』, 2007, 7쪽,

26) 박태원이 월북 후 발표한 작품은 「조국의깃발」(1952) 「이순신장군전」(1952) 「이순신장군이야기」(1955) 『정수동일화집』(1955) 『야담집』(1955) 『심청전』(1958) 『삼국연의』(1959~1964) 『임진조국전쟁』(1960) 「을지문덕」(1962) 「김유신」(1962) 「김생」(1962) 「연개소문」(1962) 「박제상」(1962) 「구진천」(1962) 『계명

은 문학사에서 다른 예를 쉽게 찾아볼 수 없을 정도로 지속적이며 광범위하다. 『홍길동전』은 이러한 작가의 독특한 특성과 관련된 작품이다.

2) 김유정과 박태원의 「홍길동전」 다시 쓰기

다시 쓰기 즉 개작은 패러디의 한 양식이다. 패러디의 의미는 패러디적 상상력에 있으며, 그것은 원텍스트에 대한 '비평'과 '창작'이라는 이중성을 내포한다. 기존 작품을 모방하고 존속시키면서 동시에 이질적으로 치환하는 재구성과 변형, 그 과정에서 새로운 의미를 생성하는 것이 패러디의 묘미이다. 패러디는 '차이가 있는 반복'이며, 모방적 창조이다. 패러디의 특성인 모방과 창조라는 이중성은 작가가 원텍스트에 대하여 친화적이냐 아니면 비판적이냐에 따라 달라진다. 작가가 원텍스트에 대하여 어떤 시각과 의도를 지니고 있느냐에 따라 패러디 텍스트가 다르게 창출되기 때문이다.

중편소설인 허균의 「홍길동전」을 김유정은 단편으로, 박태원은 장편으로 각각 개작하였다. 두 작품은 시대 배경, 인물 성격, 서사 구조, 주제의식 등에서 큰 차이를 보인다. 그것은 두 작가가 원텍스트에 대하여

산천은 밝아오느냐』(1965~1966) 『갑오농민전쟁』(1977~1986) 등이다. 이 중 6·25전쟁을 배경으로 한 「조국의 깃발」 한 편을 제외하고 나머지 작품은 고전 다시 쓰기, 번역 그리고 역사소설이다. 또한 「이순신장군전」 「이순신장군이야기」는 『이충무공행록』 『이순신장군』과, 『임진조국전쟁』은 『임진왜란』과, 『삼국연의』는 『신역삼국지』와, 『계명산천은 밝아오느냐』 『갑오농민전쟁』은 「고부민란」, 『군상』과 각각 연계되고 있다. 또한 박태원은 『문학신문』에 '명인명장전'이라는 제목 아래, 「을지문덕」 「김유신」 「김생」 「연개소문」 「박제상」 「구진천」 등을 연재하였는데, 이는 『삼국유사』와 『삼국사기』의 내용을 부분적으로 번역, 차용하는 방식의 글이다.

서로 다른 시각을 지니고 있기 때문이다. 결론을 미리 말하자면 김유정은 원텍스트에 대하여 친화적인 반면, 박태원은 비판적인 태도를 보인다. 이 점을 좀 더 상세히 살펴보기로 한다.

(1) 시대 배경

허균의 「홍길동전」의 역사적 배경은 세종시절인데, 김유정과 박태원의 작품에서는 이와 다르게 설정되어 있다. 김유정의 「홍길동전」은 '이조 시절'이라고만 기술하고 있어서 특정한 시기를 언급하고 있지 않는 반면, 박태원의 『홍길동전』은 연산군 시대라고 명확하게 기술하고 있다. 김유정의 작품에서는 무역사성이, 박태원의 작품에서는 역사성이 강조되고 있는 것이다. 박태원은 시대적 배경을 연산군대로 정한 이유를 「책 끝에」를 통하여 다음과 같이 밝히고 있다.

> 이미 읽으셨으면 다 아시려니와 나의 홍길동전은 이와는 이야기가 매우 다르다.
> 나는 우선 시대부터 고쳐 잡았다.
> 홍길동과 그의 활빈당이 눈부신 활약을 하고 그들의 활약이 충분히 뜻 있는 것이기 위하여는 아무래도 어두운 시간 어지러운 세상이어야만 하겠다. 이조에 있어 드물게 보는 영명한 군주요 〈해동요순〉의 일컬음까지 받는 세종대왕 재위년간에 이러한 일이 있었다 하여서는 모처럼의 〈홍길동전〉이도 한갓 요망스런 장난꾼에 지나지 않을 것이다. 이리하여 나는 역사 위에 있어 가장 어둡고 어지러웁고 또 추락하였던 인군 연산군의 시절을 빌기로 하였다.
> 연산은 내 자신이 실로 사갈처럼 구수처럼 미워하는 인물이다. 그의 가지가지의 학정과 추행을 이 작품 중에서 들추어내어 나는 심히 흥분하고 또 분개하였다.[27]

이처럼 작가는 원 텍스트의 배경인 세종 시대에 대하여 비판적 시각을 드러내면서, 홍길동과 활빈당의 활약을 '충분히 뜻있는 것'으로 서술하기 위해서 작품 배경을 '가장 어둡고 어지럽고 추악하였던 '폭군 연산군 시대로 설정하였으며, 그것은 홍길동을 '한갓 요망스런 장난꾼'으로 그리지 않기 위해서라고 설명하고 있다. 성군 세종대왕 시기에는 홍길동과 활빈당의 활동이 소설적 리얼리티를 확보하기 어렵다는 점을 지적하는 것이다. 홍길동은 연산군대의 실존 인물이다. 『연산군일기』와『중종실록』에는 도적 홍길동에 대한 기록이 보이며 장성 아차곡에는 세조대에 활동했던 홍일동의 얼제인 홍길동이 살았다는 기록도 있으며, 홍길동이란 존재에 대한 기록은 여러 문헌에서 보인다.[28] 연산군 시대를 배경으로 설정함으로써 박태원은 이 작품이 역사적 사실에 충실하게 근거하고 있음을 강조한다. 박태원의『홍길동전』의 역사적 배경은 정확하게 말하면 갑자사화에서 중종반정에 이르는 시기인데, 연산군의 실정과 위정자들의 발호가 극에 달하였던 시절이다. 박태원은 이러한 역사적인 시기를 구체적으로 설정하고, 이를 통하여 실존 인물 홍길동과 그 일당들의 활동에 대한 역사적 의미를 형상화하고 있다.

소설에서 역사적 배경은 주제의식과 밀접한 관련성을 지닌다. 역사소설은 역사적 사건과 인물에 대한 작가의 고유한 해석을 바탕으로 전개되기 때문이다. 허균은 홍길동을 통하여 적서차별이라는 조선시대 신분제도의 모순을 비판하면서 사회악 속에서 고뇌하며 투쟁하고 극복

---

27) 박태원, 『홍길동전』, 금융조합연합회, 1947, 175쪽.
28) 이문규, 『허균 문학의 실상과 전망』, 새문사, 2005, 119쪽.

하려는 의지를 제시하였다. 박태원과 김유정도 길동이 서자로 태어나서 호부호형하지 못하는 사회적 모순을 비판적으로 그리고 있다는 점에서는 원전과 동일한 주제의식을 드러낸다. 그러나 박태원은 연산군의 폭정과 탐관오리의 수탈에 생존 자체를 위협당하는 민중들의 비참한 생활상을 폭넓게 그리면서 부정적 현실에 대한 혁명 의지를 제시하고, 이를 중종반정의 역사적 사건으로 구체화하고 있다.

그런데 김유정은 특정한 시기를 배경으로 삼지 않는다. 명확한 시기가 아닌 이조시절이라는 막연한 시대를 설정함으로써 역사성에 서술의 초점을 두고 있지 않다. 또한 길동의 영웅적인 행동을 부각시키면서 형의 회개와 임금의 뉘우침 등 인간적인 화해를 통해 사회적인 모순과 갈등이 해소되는 것으로 그리고 있다. 따라서 박태원의 『홍길동전』은 역사적인 시기에 실존했던 인물 홍길동을 중심으로 전개되는 역사소설이고, 김유정의 「홍길동전」은 설화적 성격이 짙은 작품이다.

(2) 인물

김유정의 「홍길동전」과 박태원의 『홍길동전』은 인물 성격 면에서도 뚜렷한 차이가 있다. 우선 주인공 홍길동의 성격이 서로 다르다. 서자로서 호부호형하지 못하는 서러움, 출세의 한계에 대한 절망감, 탐관오리들에 대한 징계와 가렴주구로 도탄에 빠진 백성에 대한 긍휼 등은 원전과 같고 두 소설도 대동소이하지만, 김유정의 소설에서는 신기한 능력이 강조된 반면에 박태원 소설에서는 부패한 현실에 대한 비판의식과 정의실현에 대한 열망이 두드러진다.

김유정의 소설에서 길동은 요술을 부려 죽음을 면하고, 괴력으로 돌을 들어 도적들의 괴수가 되고, 계략으로 해인사 승려들과 함경감사를 놀리고, 여덟 제웅으로 분신하고, 흰 구름을 타고 하늘로 사라지는 등 신이한 능력을 지닌 인물로 그려지고 있다. 그는 병조판서에 오르기를 소망하고 임금이 이에 응하자 홀연히 조선을 떠나는 탈세적이고 비현실적인 인물로 등장한다. 길동의 비범한 능력은 원텍스트의 인물과 상당 부분 일치한다. 또한 길동은 아버지와 형을 위해서 스스로 체포되는 나약하고 인간적인 면모를 드러내기도 한다. 자신을 죽이려 했던 형이 잘못을 뉘우치며, 병들고 옥에 갇힌 아버지를 위해 서울로 가자고 눈물을 흘리면서 호소하자 길동은 한마디 말도 하지 않은 채 고분고분하게 체포된다. 다분히 인정과 효도라는 윤리적 규범에 호소하고 있다. 이는 전술한 바와 같이 김유정의 소설이 설화성이 강한 작품이고, 또한 아동물로 발표되었기 때문이기도 하다.

박태원의 소설에서 홍길동은 역사성과 허구성이 혼재된 인물로 그려진다. 사회적 모순과 부패한 현실에 대한 부정의식은 역사적 실재성에 근거하지만, 길동이 중종반정의 배후 세력으로 등장하는 것은 허구적인 상상력이다. 길동은 '문무겸전(文武兼全)한 당대기재(當代奇才)'한 기인으로 등장하지만, 초인적인 능력은 영웅적인 면모보다는 현실의 모순을 적극적으로 해결하는 방편으로 활용된다. 그는 사회적 모순에 대한 통찰력을 지니고 있으며, 연산군의 폭정에 시달려 도탄에 빠진 민중들을 위한 근본적이고 구체적인 방법을 모색하고 실천하는 인물이다. 그는 폭정을 폭로하고 불의에 저항하고 반정을 도모하는 혁명가로 그려진다. 또한 이 소설에서는 작가 특유의 내면 갈등이 잘 드러나 있다. 신분적 한계를 통감하고 선산으로 낙향하는 길동이의 내면, 음전에 대한 연민 등이 그것이다.

무엇보다 주변 인물 성격에 있어서도 두 소설은 큰 차이가 있다. 김유정의 소설에서 주변인물은 길동의 아버지와 형 인형, 임금 등이다. 어머니 춘섬은 길동을 낳은 것으로만 서술될 뿐이고, 춘섬을 시기하여 길동을 죽이려고 모함하는 초란은 등장하지도 않는다. 주변인물 중 인형이 중요 인물인데, 그는 길동을 죽이려고 하지만 실패하고, 후에 길동을 체포하여 서울로 압송하는 역할을 담당한다. 인형은 길동이가 가족을 떠나게 하는 요인인 동시에 가족 구성원으로 돌아오게 하는 매체이기도 하다. 이 작품에서 형은 실제로 유정과 가족들을 힘들게 했던 친형의 무거운 그림자가 반영되어 있다는 견해도 있다.[29]

박태원 소설에서는 허구적인 인물과 역사적인 인물들이 주변인물로 등장한다. 역사적인 인물은 연산군, 임사홍과 임숭재 부자, 유자광, 성희안, 박원종, 유순종 등이고, 허구적인 인물은 조생원, 음전, 이흡, 길동의 유모 등이다. 이 중 조생원은 주목할 만한 인물이다. 그는 깊은 학문과 도덕적 수양을 겸비하고 있으며, 합리적인 판단력과 치밀한 계획으로 활빈당의 세력을 확장시키고 혁명으로 이끄는 핵심인물이다. 또한 옳은 일을 위한 자기 신념과 실천력이 강한 은둔적 행동가로서 길동이 혁명을 도모하고 이를 행동으로 옮기는 과정에 결정적인 도움을 준다. 또한 음전은 연산군의 음행의 실상을 드러내고 희생되는 인물이고, 이흡은 홍길동을 체포해야 하는 책무를 지닌 관료인데, 홍길동 일당에게 동화되어가면서 현실과 양심 사이에서 고뇌하다가 후에 활빈당 수장이 된다.

이처럼 김유정 작품의 인물은 단순하고 성격도 단일한 반면, 박태원

---

29) 홍기돈, 「김유정의 '홍길동전'—홍길동전 다시—쓰기에 나타나는 유정의 무의식과 작가의식」, 『근대서지』 제5호, 근대서지학회, 소명출판, 2012, 468쪽.

소설의 인물들은 복잡하고 성격도 복합적이다. 이는 단편과 장편이라는 장르적 특성에서 비롯된다고 볼 수 있다.

(3) 서사 구조

김유정과 박태원의 「홍길동전」은 서사 구조에도 차이가 있다. 두 작품은 길동이 서자로 태어남, 가출, 활빈당 행수가 됨, 탐관오리들을 징계함, 백성들에 대한 긍휼 등 핵심 내용은 원텍스트의 서사 구조를 그대로 따르고 있지만, 나머지 부분은 판이하다.

유정의 「홍길동전」은 1. 「길동이 몸이 천하다」 2. 「길동이 슬퍼하다」 3. 「길동이 집에서 없어지다」 4. 「길동이 도적 괴수가 되다」 5. 「길동이 해인사를 치다」 6. 「길동이 함경감사를 놀리다」 7. 「길동이 죄로 잡히다」 8. 「여덟 길동이 대궐에 오다」 9. 「길동이 조선을 뜨다」 등 아홉 부분으로 스토리가 전개된다. 서사의 핵심은 길동이 서자로서 호부호형하지 못하는 절망감에 집을 나가 도적의 행수가 되고, 해인사 승려들과 탐관오리들을 징벌하고, 가렴주구로 도탄에 빠진 백성들에게 양곡을 나누어주는 등 의적으로서의 활동을 하다가 형의 회유로 임금 앞에 나가서 자신의 무고함을 항변하고 병조판서를 제수 받고 조선을 뜨는 것으로 완결된다.

판본에 따라 다소 차이는 있지만 유정의 작품은 원 텍스트의 사건과 인물이 상당 부분 생략되어 있다. 특히 원텍스트에는 홍길동이 입궐 이후에도 여러 가지 사건이 펼쳐지고 있는데, 이 부분이 전부 생략되어 있다. 즉 임금에게 정조 일천석을 얻어 조선을 떠나는 장면, 괴물을 퇴치하고 미녀를 구해내어 아내를 맞이하는 내용, 길지를 얻어 아버지의 시신을 안장한다는 대목, 율도국 정벌에 나서 용맹과 지략을 펼쳐 결국

나라를 얻어내는 결말 등이 생략되어 있다.[30)]

김유정의 작품은 서사 전개도 원텍스트와 거리가 있다. 원텍스트는 적서차별과 탐관오리들의 가렴주구 등 사회적 모순이 중심 갈등이고, 서사의 핵심은 사회악의 징계와 극복에 놓여 있다. 그런데 김유정의 작품은 형제간의 갈등과 해소가 중심 서사이고, 그것은 가족의 문제로부터 출발한다. 소설 처음부터 형 인형은 길동을 죽이려고 하는데 그 이유는 관상쟁이가 길동의 인상이 왕이 될 상이라고 말했기 때문이다. 원전에서는 홍판서의 첩 초란이 길동의 어머니인 춘섬을 시기하여 길동을 죽이려는 음모를 꾸미는 것으로 되어 있으나, 유정의 소설에서는 형 인형이 멸문지화를 당할 위험성을 미리 없애기 위하여 길동을 없애버리려고 한다. 또한 인형은 왕의 명령으로 길동을 잡으려고 함경도로 가는데, 이때에도 "길동이 보아라, 아버지는 네가 집을 나간 후 생사를 몰라 병환이 되시엿다. 그리고 지금은 그 몸으로 너의 죄로 말미암아 옥중에 가게시다. 너에게도 부자지간의 천륜이 잇거든 일시를 지체말고 나의 손에 와 묵기기를 형으로써 바란다."[31)]라는 방을 붙이고, 길동이 나타나자 자신의 잘못을 뉘우치고 슬퍼 울면서, '내 손에 붙잡혀주기'를 호소한다. 이처럼 이 작품은 사회적 모순보다는 가문 지키기가 서사의 핵심이고, 인륜이라는 보편적 윤리를 강조하고 있다.

박태원의 『홍길동전』은 1. 「집을 나간다」 2. 「불행한 시절」 3. 「선산의 홍도령」 4. 「고아 음전이」 5. 「채홍사 채청사」 6. 「화적지망」 7. 「산으로

---

30) 홍기돈, 앞의 글, 469쪽.
31) 김유정, 「홍길동전」(『신아동』 제2호, 1935), 『근대서지』 제5호, 근대서지학회, 소명출판사, 2012, 482쪽.

들어간다」8.「해인사 사건」9.「함경감영 사건」10.「활빈당(1)」11.「활빈당(2)」12.「토포사」13.「문경에서」14.「토끼벼루에서」15.「종루의 방문」16.「풀을 뽑자면」17.「신왕만세」의 순서로 이야기가 전개된다. 사건은 역사적 사실과 허구적 진실이 적절하게 혼재되어 있는데, 특히 작가는 역사적 리얼리티를 강조하고 있다. 따라서 소설에 원텍스트의 비현실적인 부분을 비판하거나 원전을 그대로 인용하는 작가의 목소리를 중간 중간 삽입시키기도 한다.

고본『홍길동전』은 단순히 소설로 볼 때에는 흥미가 아주 없지도 않으나 문헌으로서의 가치는 별로가 없는 저술이다.
애기책—고대소설이라는 것이 흔히 그렇듯, 이『홍길동전』도 사실에 없는 허황맹랑한 수작이 너무 많다.
길동이가 둔갑법을 쓰고, 축지법을 쓰고, 구름을 타고 하늘을 달리고, 초인으로 저와 똑같은 길동이 여덟을 만들어 팔도에 배치하고 나중에 율도국으로 가서 왕이 되는 것은 그만 두고라도, 애초에 집을 나가는 동기부터 사실과는 모두 틀리는 수작이다.
그러한 중에 이 해인사 사건 하나만은 대체로 사실과 부합한다. 대개 이대로 믿어도 좋다.[32]

이 날 이들 군신 간에 대체 어떠한 의논이 있었던가…
이 대문은 고본『홍길동전』에도 사실을 비교적 충실하게 기술하여 놓았기로 그것을 그대로 옮겨보겠다.

상이 크게 근심하사 좌우를 돌아보시며 물어 가로사대 「이 놈이 아마도 사람은 아니요, 귀신의 작란이니, 조신 중 누가 그 근본을 짐작

---

32) 박태원(1947), 앞의 책, 83쪽.

하리오」[33]

박태원의 소설에서도 길동이 활빈당의 행수로서 투쟁하는 이야기는 원텍스트와 크게 다르지 않다. 합천 해인사를 공략하고, 함경 감영을 습격하며, 탐관오리를 징치하고 빈민을 구제하며, 홍길동을 잡기 위해 포도대장 이흡을 파견하는 등의 사건전개는 허균의 「홍길동전」과 거의 합치한다. 그러나 연산의 황음으로 인한 백성의 고통을 집중적으로 부각시키고, 탐관오리의 징치나 빈민 구제를 사실적으로 묘사하고, 활빈당 활동을 중종반정의 역사적 사건과 결부시킨 것은 박태원 소설의 독창적인 면모이다.[34]

따라서 이 소설의 핵심 서사는 크게 두 가지이다. 하나는 연산군의 실정과 위정자들의 부패상이고, 다른 하나는 부정한 현실에 저항하며 혁명을 도모하는 홍길동과 활빈당의 활약상이다. 소설의 전반부는 연산군의 학정, 임사홍 임숭재 부자와 홍판서 부자의 부패상, 갑자사화의 참혹함, 채홍사 채청사의 만행, 도탄에 빠진 민중들의 비참함 등이 중점적으로 그려지고, 후반부는 홍길동이 혁명 세력들을 규합하면서 활빈당이 전국적인 조직을 갖추게 되고, 본질적인 개혁을 위해 혁명을 모의하고 중종반정으로 이어지는 과정을 서술하고 있다. 전반부는 후반부에 대한 필연적인 동기를 부여하는 것으로 그려진다. 그런데 중종반정에는 홍길동과 활빈당이 배제되고, 거사는 성희안, 박원종, 유순정 등 역사적 인물들이 주도한 역사적인 사건으로 서술된다.

---

33) 앞의 글, 152~153쪽.
34) 이문규, 「허균·박태원·정비석의 「홍길동전」의 비교 연구」, 『국어교육』 128집, 2009, 635쪽.

만세를 부르는 한 사람 한 사람의 눈이 모두가 눈물로 어리어 있었다. 그 가운데에는 그대로 목을 놓아 엉엉 우는 사람조차 있었다. 「전하는 지금 이 모든 백성들의 만세 소리를 들으시오. 전하! 전하는 착하고 어진 인군이셔야만 하오!

광화문 앞 넓으나 넓은 거리- 양 옆에 길이 미어지게 늘어선 군중들 틈에가 젊은 농군이 하나 끼어 서서 마악 자기 앞을 지나는 새 인군의 행렬을 가장 감개무량하게 우러러 보며 이렇게 입에 말로 중얼거리고 있었다. 맨상투 바람의 젊은 농군-복색은 다르나 얼굴이 익다하여 자세히 보니 그는 곧 다른 사람이 아니라 활빈당 행수 홍길동이가 틀리지 않았다...그 뒤에도 길동이의 소식을 아는 사람이 없다. 활빈당도 다시는 세상을 소란하게는 안하였다.[35]

소설은 홍길동과 활빈당이 혁명의 주체 세력으로 등장하는 당위성에 대하여 다양한 서사를 전개시키고 있지만, 정작 결말에 이르러 중종반정은 이들과 무관한 역사적 사건으로 처리함으로써 소설 전체의 서사적 필연성과 긴밀성은 크게 약화되고 만다. 이는 역사적 사실을 중시하려는 작가의 의도가 과도하게 작용한 결과이다. 이에 대하여 박태원은 다음과 같이 말하고 있다.

나는 이곳에서 솔직히 고백하지 않으면 안된다. 나는 이 소설을 쓰면서 여러 가지 점으로 나의 용의가 부족하였던 것을 절실히 느꼈다. 허락받은 맷수 삼백 매의 갑절 육백 매를 없앴으면서도 나는 결국 한 말을 못다하고 말았다.

더구나 결말에 이르러서는 작가자신이 크게 불만이다. 모처럼 홍길

---

35) 박태원(1947), 앞의 책, 172~173 쪽.

동이란 인물을 살려보자고 붓을 들었던 노릇이 결말에 이르러 아주 죽이고 말았다. 나는 혼자 생각이거니와 언제고 다시 기회가 있다면 좀 더 나은 홍길동전을 써볼까 한다.[36]

김유정의 작품은 가문의 존속이 서사의 핵심이고 보편적 윤리를 강조하고 있지만, 박태원의 작품은 사회적인 모순에 저항이 중심 서사이고, 역사적인 사실로 허구적 진실을 입증하고 있다.

4. 결론

지금까지 이 글은 김유정의 「홍길동전」과 박태원의 『홍길동전』을 비교, 분석하였다. 논의 결과를 정리하면 다음과 같다. 이 두 작품은 허균의 「홍길동전」을 원 텍스트로 삼고 있는데, 김유정은 원텍스트에 대하여 친화적인 반면, 박태원은 비판적인 태도를 보인다. 따라서 두 작품은 시대 배경, 인물 성격, 서사 구조, 주제의식 등에서 큰 차이를 보인다. 김유정의 작품은 시대 배경을 이조 시절이라고만 기술하고 있고, 박태원은 연산군 시대, 갑자사화에서 중종반정에 이르는 시기를 역사적 배경으로 설정하고 있다. 김유정은 무역사성에 근거하고 있고, 박태원은 역사성으로부터 출발하고 있다.

김유정의 작품은 홍길동, 형 인형이 중심 인물이고, 춘섬과 초란 등은 등장하지 않는다. 박태원 소설에는 홍길동 이외에 허구적인 인물 조

---

36) 박태원(1947), 앞의 책, 175 쪽.

생원, 음전, 이흡 그리고 역사적인 인물은 임사홍과 임숭재 부자, 유자광, 성희안, 박원종, 유순종 등 다양한 인물들이 등장한다. 김유정은 홍길동의 신기한 능력을 보여주는 데 서술의 초점이 놓여 있고, 인정과 효도라는 윤리적 규범을 강조하고 있다. 하지만 박태원은 홍길동을 사회적 모순에 저항하고 중종반정을 도모하는 혁명가로 그리면서 단순히 비범한 영웅이 아니라 불의에 맞선 역사적인 인물임을 강조하고 있다. 따라서 박태원의 소설은 연산군의 폭정과 탐관오리의 수탈 양상을 집중적으로 담아내고, 생존 자체를 위협당하는 민중들의 비참한 생활상도 폭넓게 그리고 있다. 이를 통하여 길동이 처한 부정적 현실을 극명하게 제시하면서 혁명의 당위성을 구체화한다. 그러나 결말에 이르러 중종반정은 홍길동의 일당과는 무관한 역사적 사건으로 서술함으로써 서사적 필연성이 희박해지고 만다. 이는 역사성을 강조하는 작가의 의도에서 비롯된 한계이다. 요컨대 김유정의「홍길동전」은 설화적 성격이 짙은 특징을 보이는데, 이는 아동물로 발표되었기 때문이다. 박태원의 『홍길동전』은 역사성을 강조한 역사소설이다.

현대소설에 나타난 재만 조선인의 삶

― 강경애의 「소금」을 중심으로

1. 서론

강경애는 빈궁에 시달리는 하층 여성에 대한 치열한 인식을 보여줌
으로써 1930년대 여성문학의 새로운 지평을 열었다. 강경애 소설은 성
적, 경제적으로 억압당하는 여성의 간고한 삶을 통해 젠더의 핵심적인
모순에 얽혀 있는 계급과 식민지 질곡을 천착하고, 이를 통해 당대 민
중의 현실을 구체화한다. 대표작 『인간문제』[1] 「소금」을 비롯하여 여러
편의 소설에서 여성들은 성, 계급, 민족문제가 중첩된 식민지의 비극적

---

1) 남한에서는 1980년대 이후 강경애 문학에 대한 본격적인 논의가 시작되었지만,
   북한에서는 해방 이후 최초의 단행본으로 『인간문제』(노동신문사, 1949)를 발간
   하는 등 그 관심이 일찍부터 시작되었다. 그런데 북한 단행본은 동아일보(1934.
   8. 1.~12. 22.) 연재본을 강경애 남편 하장일이 부분적으로 변개한 것이며, 남한
   에서는 연재 당시 검열로 삭제된 부분까지 복원한 『인간문제』(창작과 비평사, 문
   학과 지성사, 2006)가 최근 발간되었다. 『강경애전집』(이상경편, 1999, 소명출판
   사)의 『인간문제』은 북한본에 근거하고 있으며, 그간의 많은 논자들이 변개한 작
   품을 텍스트로 삼고 있다는 비판이 제기되고 있다. 이에 대한 상세한 논의는 안숙
   원, 「여성주의 시각으로 본 강경애의 소설문체」, 『북간도, 페미니즘, 그리고 강경
   애』, 2007년 한국문학이론과 비평학회 후기 해외 학술대회 발표집, 141~143쪽.

인 국면을 첨예하게 드러내면서, 계급 해방에 대한 전망을 제시한다. 이러한 강경애 소설은 일상과 내면, 성적 정체성 등에 주목하였던 당대 여성 작가들과 사뭇 다를 뿐만 아니라, 여성문제에 대한 진지한 통찰이 결여된 남성 작가들과도 구별된다는 점에서 각별한 관심을 받아 왔다.

그동안 강경애 소설은 계급문학과 여성문학의 관점에서 많은 논란을 불러왔다. 계급주의 담론에 주목하는 논의는 강경애 소설에 대한 주요 논점 중에 하나이다. 이 관점은 여성서사를 식민지 현실과 관련하여 그 의미를 탐색하고, 기존 남성 중심적 계급 서사와의 차이 속에서 강경애 소설의 독특한 성과와 의의를 조명한다.[2] 북한문학에서 강경애 소설에 특별한 관심을 보이는 것도 이러한 시각이다.[3] 무엇보다 1990년대 이후 활발하게 전개된 페미니즘은 강경애 소설에 대한 생산적인 쟁점들을 개진하는 전기를 마련하였다. 그동안 빈궁문학, 간도문학에 머물러 있던 강경애 소설을 재조명하고, 이 과정에서 여성과 계급, 모성과 여성성 등에 대한 다양한 시각과 심도 있는 논의가 제기된 것이다.

지금까지 전개된 강경애 소설의 여성성에 대한 논의는 크게 세 가지로 대별할 수 있다. 하나는 여성 주체가 식민지 현실의 문제를 구체화하고 거대담론의 틈새를 뚫고 자신의 존재를 드러내 보인다는 긍정적

2) 이상경, 『강경애—문학에서의 성과 계급』, 건국대학출판부, 1997; 하상일, 「사회주의적 여성주의와 여성 서사의 실현」, 「식민지, 근대화 그리고 여성」, 김인환 외 『강경애, 시대와 문학』, 랜덤하우스코리아, 2006. 47~70쪽.

3) 강경애 탄생 100주년 남북공동논문집 김인환 외 『강경애, 시대와 문학』, 랜덤하우스코리아, 2006에 북한 학자들의 논문 다섯 편이 실려 있다. 소설에 대한 논의는 한중모, 「해방전 프로레타리아 문학과 강경애의 소설」; 김정웅, 「강경애의 소설작품에서 녀성 형상」; 조웅철, 「장편소설 『인간문제』에 대한 간단한 고찰」, 147~280쪽 참조.

인 평가이고,[4] 다른 하나는 여성문제에 대한 혁신적인 문제의식을 내
보이면서도 여전히 사회적으로 젠더화된 여성인식의 차원이 보수적인
통념에 머물러 진정한 여성 해방에는 미달된다[5]는 부정적인 평가이다.
이러한 상반된 시각은 여성성을 식민지 체험의 계급적 자각과 관련하
여 해석하느냐 아니면 진보적인 여성 해방에 초점을 두고 해독하느냐
에 따라 그 평가가 엇갈리기 때문이다. 세 번째 시각은 강경애 소설에
내재하는 여성성의 모순과 충돌에 주목하는 논의이다. "강경애 소설은
젠더문제를 노동자와 자본가라는 강박된 관념과 남성적 감수성으로 드
러내고자 하기 때문에 언술과 젠더의 착종이 있게 되었다"[6] "여성성의
비약과 단절은 당대 여성들이 처해 있는 현실, 혹은 그것이 담론화되
는 과정의 지난함을 증명하는 것"[7]이라든가, 혹은 그간의 여성주의 시
각을 부정하고 여성 서사가 아니라 남성 서사로 읽어내려는 의도[8] 등
이 이에 해당한다고 볼 수 있다. 이러한 논의는 작가의 계급의식이 서
사 전개에 과도하게 투영되며, 여성 주체의 의식이 균질적이고 명징하
다기 보다는 모호하고 비약적이라는 점에 주목하고 있다. 요컨대 강경

4) 김민정, 「강경애 문학에 나타난 지배담론의 영향과 여성적 정체성의 형성에 관
    한 연구」, 『어문학』85집, 2004, 315~337쪽; 김양선, 「강경애의 후기 소설과
    체험의 윤리학—이산과 모성 체험을 중심으로」, 『여성문학연구』제11호, 2004,
    197~219쪽.
5) 박혜경, 「강경애의 작품에 나타난 여성인식의 문제」, 『민족문학사연구』 23권,
    2003, 255~260쪽; 송인화. 「하층민 여성의 비극과 자기인식의 도정」, 한국여성
    소설연구회, 『페미니즘과 소설비평』, 한길사, 1996, 285쪽.
6) 안숙원, 앞의 글, 147~163쪽.
7) 서영인, 「강경애 문학의 여성성」 김인환 외, 앞의 책, 98쪽.
8) 김경수, 「강경애 장편소설 재론—페미니스트적 독해에 대한 하나의 문제제기」,
    『아시아여성연구』 46권 1호, 숙명여자대학교 아시아여성연구소, 2007.

애 소설의 여성성을 둘러싸고 제기된 쟁점들은 여성 담론의 다중성과
비일관성, 즉 여성 서사가 여성, 계급, 민족 문제 등을 중첩적으로 함축
하고 있으며, 여성 주체들의 사회화 과정에서 비약과 한계를 드러낸다
는 점 등에서 비롯된 것이다.

이 책에서는 비약과 한계의 요체를 밝혀내는 작업이야말로 강경애
소설의 여성성을 규명하는 핵심이라는 문제의식으로부터 출발한다. 강
경애 소설의 여성성은 계급과 민족, 모성과 애욕, 관념과 현실 등이 서
로 다른 층위들을 형성하면서 내적 일관성을 결여한 채 교착되어 있는
경우가 빈번하다. 무엇보다 여성들의 자기 각성이 자발적이고 주체적이
라기보다는 타율적이고 남성 의존적이며, 또한 우발적이고 모호한 경향
이 짙다. 이러한 여성성은 작가의식의 한계나 구조적 결함으로 지적되
기도 하지만, 그보다는 다중적인 질곡을 내면화한 여성 주체의 혼재된
의식과 삶의 진정성을 사실적으로 드러낸 것이라는 점에 주목할 필요가
있다. 유동적이고 균열된 여성 주체야말로 견고한 가부장주의와 식민주
의에서 타자로 존재할 수밖에 없는 여성성을 극명하게 체현하고, 전망
부재의 현실에서 실존적 절박함을 환기하는 실체이기 때문이다.

본고는 「소금」을 중심으로 이러한 여성성을 좀 더 면밀하게 살펴보
고자 하는데 그 목적이 있다. 「소금」을 논의 대상으로 삼는 이유는 이
작품이 간도, 여성, 계급, 민족이라는 강경애 소설의 핵심 요소를 형상
화한 수작이기 때문이다. 이 소설은 여성의 계급적 자각을 통해 민중의
현실과 전망을 드러냄으로써 '간도문학이 우리 민족문학에 기여할 수
있는 최대치를 구현한 작품'[9]이며, 또한 하위주체로서의 여성의 현실

---

9) 이상경, 앞의 책, 81~86쪽.

을 전경화함으로써 지배담론의 장벽에 갇힌 여성의식을 구체화하고,[10] 여성의 현실을 민족의 이산과 결부해 사실주의적으로 드러낸[11] 작품이 라는 평가를 받은 바 있다. 그런데 이러한 논의들은 여성의 계급적 자각과 만주 체험, 하위 주체의 젠더화 등에 각별한 의미를 부여하는 반면, 정작 여성성을 규명하는데 핵심이라고 할 수 있는 여성 주체의 균열과 내적 질서에 대해서는 간과하는 아쉬움이 있다. 이 글은 「소금」에 반영된 여성의식을 좀 더 면밀히 살펴보고, 이를 통해 궁극적으로 강경애 소설의 고유한 여성성을 조명해보고자 한다.

2. 이주와 여성의 사회화

이주 또는 이산(diaspora)은 강경애 소설의 핵심 주제이다. 강경애 소설은 간도 이주민들의 참담한 생활상이나 자신의 집을 떠나 전전하는 여성들의 고단한 여정을 중심 내용으로 삼는다. 처녀작 「파금」은 간도로 이주하는 한 가족의 몰락을 담아내는데, 소설의 말미에 간도로 간 "형철이는 작년 여름 ××에서 총살당하고, 혜경이는 ××사건으로 지금 ×× 감옥에 복역 중이다"[12]라는 간략한 서술을 덧붙이고 있다. 이후 「채전」 「소금」 「모자」 「원고료 이백 원」 「번뇌」 「어둠」 등으로 이어지는 소설에서 간도는 죽음과 투옥의 절망적인 공간으로 형상화된다. 또

---

10) 김민정, 앞의 글, 323~324쪽.
11) 김양선, 앞의 글, 206~207쪽.
12) 강경애, 「파금」, 이상경, 『강경애전집』, 소명출판사, 2002, 429쪽.

한 강경애 소설에서 여성 주인공들은 예외 없이 자기 집을 떠난다. 「채전」의 수방이는 왕서방의 양녀로 들어가고, 「마약」의 보득 어머니는 아편중독자인 남편에 의해 진서방에게 팔려가며, 「모자」의 승호 어머니는 거처할 곳이 없어 거리를 전전한다. 『어머니와 딸』의 옥이는 부모로부터 버림받고 양모의 도움으로 자라며, 『인간문제』의 선비는 부모를 잃고 정덕호네 집으로 들어가 살면서 갖은 고초를 겪는다.

이들의 이주는 자의적인 선택이 아니라 생존하기 위한 불가피한 상황이며, 따라서 이전보다 훨씬 더 고립적이고 위협적인 처지에 놓이게 된다는 공통점이 있다. 특히 식민지 치하에서 본향을 떠나 간도로 살길을 찾아 이주한 조선인들은 고국에서보다 더 열악한 환경에 직면하고, 여성들은 성과 경제적 억압, 계급과 민족적 차별 등 이중, 삼중고가 중첩되는 냉혹한 현실로 내몰린다. 끊임없이 이어지는 여성들의 이주는 안전한 공간에서 위험한 공간으로, 가족 공동체의 공간에서 가족 해체 후 홀로서기 공간으로의 이동이자, 동시에 힘겨운 주체화의 도정이다. 표류하는 여성들은 숱한 시련을 겪으며 이전과는 다른 사회의식의 소유자로 변화하는 것이다. 가령 「모자」의 승호 어머니는 여러 차례 내쫓김을 당하면서 남편의 계급투쟁을 적극적으로 옹호하게 되며, 『인간문제』의 선비는 집을 나온 후, 도시와 공장 곳곳에 또 다른 정덕호가 있음을 깨달으며 계급의식에 눈을 뜨고, 『어머니와 딸』의 옥이도 고향을 떠나 서울로 올라와 학교에 다니면서 이혼을 결심하고 자아 정체성을 찾는다. 요컨대 강경애 소설의 여성들은 이주와 시련을 통해 억압의 실상을 체득하고 종국에는 사회적 자각에 이르는데, 그들이 계급의식을 가진 여성 주체로 성장하는 과정은 다소 비약적이고 내적 일관성이 희박한 경우가 종종 있다. 「소금」도 이러한 성장 서사의 특성을 그대로 반영하고 있다.

「소금」은 크게 두 부분으로 나누어 전개된다. 전반부는 남편이 죽고 아들마저 집을 나가자, 봉염이 어머니가 아들을 찾아 나섰다가 팡둥(중국지주)네 집에 얹혀살면서 성적, 경제적 착취에 시달리는 과정을, 후반부는 팡둥네 집에서 쫓겨난 봉염이 어머니가 딸들을 모두 잃고, 소금 밀매에 나섰다가 발각되는 과정을 중심으로 전개된다. 그녀는 고향을 떠나 간도로, 간도의 싼더거우(三頭溝)에서 용정으로, 용정의 팡둥네 집에서 해란강변 헛간과 셋방으로 이주를 거듭하고, 딸들만 둔 셋방과 유모로 들어간 집 사이를 수시로 오가는가 하면, 소금 밀수를 위해 두만강을 넘나들기도 한다. 계속되는 유랑 속에서 봉염이 어머니는 가족과 집, 삶의 터전을 모두 잃고, 소금 밀매업자로까지 전락하며, 범법 사실이 밝혀지는 순간에 계급의식을 자각한다. 그녀의 수난은 계급적 각성으로 수렴되는 것이다. 즉 이 소설은 남편이 공산당의 손에 죽은 후, 아들이 공산당에 입당하기 위해 집을 나가는 비극적인 아이러니로부터 시작되는 봉염이 어머니의 수난을 통해, 여성의 성적, 경제적 착취가 이데올로기와 무관하지 않음을 명시하고 있다. 또한 아들이 공산당이라는 이유로 팡둥네 집에서 쫓겨나고, 소금 밀매가 발각되는 과정에서 봉염이 어머니가 그동안 원수로만 알았던 공산당에 대한 오해가 급반전하는 말미를 통해서도 이 소설은 여성과 민족의 수난을 계급 해방의 관점에서 접근하고 있다. 선행 논의에서도 이 소설이 사회주의에 대한 뚜렷한 지향을 보인 작품으로 평가된 바 있으며,[13] 민족문제 보다는 계급문제를 우선하여 주목한다는 점은 여러 차례 지적 된 바 있다.

실제로 「소금」의 여성서사는 봉염이 어머니의 이주/시련/사회화가

---

13) 이상경, 앞의 책, 81~82쪽.

순차적으로 심화되는 방향으로 전개된다. 그녀는 간도에 오자마자 '돼지우리 같은' 농가에서 자위단과 공산당을 피해 며칠 씩 토굴에 숨어있어야 하는가 하면, 소금조차 태부족하여 최소한의 생계유지도 힘거운 상황에 직면한다. 또한 졸지에 공산당의 손에 남편을 잃고, 공산당에 입당하기 위해 집을 나간 아들은 생사조차 알 수 없다. 아들의 행방을 찾아 용정으로 온 그녀는 팡둥의 아이를 임신한 채 쫓겨나 남의 집 헛간에서 딸을 낳고, 명수네 유모로 들어가 근근득생하는 사이에 정작 자신의 딸은 열병으로 죽고, 이를 빌미로 명수네 집에서도 쫓겨난다. 홀로 남겨진 그녀는 호구지책으로 소금 밀수에 손을 댔다가 검거되는데, 그 순간 그녀는 자신이 그토록 증오해왔던 공산당이 원수가 아니라 자신을 도와줄 유일한 협조자이며 진정한 적은 부르주아임을 깨닫는다. 이와 같이 싼더거우-용정-해란강변-두만강으로 이어지는 봉염이 어머니의 이주와 시련은 성적, 경제적, 민족적 억압이 중첩된 피식민지 여성의 질곡과 사회적 각성 과정을 구체적으로 보여준다.

그리고 '소금'은 간도 이주민의 궁핍을 상징적으로 대변하는 동시에 봉염이 어머니의 사회화를 매개하는 실체이다. 그녀의 소금에 대한 인식은 싼더거우의 농가, 용정의 팡둥네 집, 해란강변의 셋방에 따라 점진적으로 변화한다. 싼더거우로 이주한 후 그녀는 소금 때문에 전전긍긍하면서 '남몰래 운 적이 한 두 번이 아니었다.' 소금은 최소한의 생존 조건을 의미하는 바, 이는 왜곡된 식민정책이 불러온 경제적인 파탄의 한 국면이지만, 그녀는 이러한 현실에 대한 객관적인 인식이 거의 없다. 오히려 사회적 불평등에 문제의식을 지닌 어린 딸을 보수적인 고정관념에 젖어 질책할 정도로 사회의식이 부족하다. 이 때 소금은 고향에 대한 그리움을 촉발시키고 음식 만들기라는 가사노동에 국한된 여성의식에 머무른다, 용정의 팡둥 집에서 그녀는 돈이 있으면 소금도 넉넉하게 구입할 수 있으며, 결국은 돈이 중요하다는 객관적인 사실을 깨닫는다. 하지만 그녀의 자각은 돈이 없는 자신을 막연히 한탄하는 수준에 그치고, 계급적 불평등에 대한 문제제기로까지는 나아가지 못한다. 해란강변 셋방에서는 냉혹한 현실에 맞서 살아남기 위한 절박하고 구체적인 봉염이 어머니의 현실인식을 드러내지만, 여전히 개인적인 차원의 생존문제에 국한된다. 그리고 소금을 밀수하다가 만난 공산당이 '왜 이 밤중에 단잠을 못자고 이 소금 짐을 지게 되었는지 알'고 있느냐는 연설을 들으면서도 그녀의 의식은 크게 변화하지 않는다. 그녀는 그들의 언행을 계속 의심하면서 남편을 죽인 원수 앞에서 말 한마디 제대로 못한 것을 후회하고, 뒤늦게 공산당을 저주한다.

그런데 집에 돌아온 후 소금 밀수가 발각되는 순간에 공산당의 말을 떠올리며 자신의 적이 '돈 많은 놈'들이라는 계급적 자각과 함께 사회에 대한 '불평이 불길같이 솟아'오른다.[14] 공산당은 남편을 죽인 원수이며, 아들이 공산당이라는 엄연한 사실조차 전면 부인하였던 그녀는 순사에게 소금 자루를 빼앗기게 되는 순간, 그동안 공산당에 대한 오해를 풀고 계급의식을 자각하는 것이다. 하지만 봉염이 어머니의 사회적 각성은 주체적이고 확고한 것이 아니라, 모호하고 의존적이다. 전술한 바와 같이 그녀의 사회의식은 비록 변화하기는 하지만 진보적이고 일관성이 있는 것이 아니라 보수적이고 우발적인 경향이 짙다. 그녀가 팡둥

---

14) 「소금」의 결말 부분은 붓질 복자로 되어 있으며, 북한에서는 이를 사회주의 이념에 근거하여 임의로 복원하였으나, 최근 한만수에 의해 몇 자를 제외하고 정확하게 복원되었다. 이 책은 이를 참조하였다. 한만수, 「강경애 「소금」의 '붓질 복자' 복원과 북한 '복원' 본의 비교」, 김인환 외, 앞의 책, 28~46쪽.

에 의해 자행되는 성적 경제적 착취로부터 벗어나는 것도 자발적인 노력에 의한 것이 아니라, 봉식이가 사형당하는 장면을 목격한 팡둥이 일방적으로 모녀를 쫓아냈기 때문이다. 무엇보다 그녀의 자각은 계급문제와 직결된다기보다는 생존의 위기의식에서 촉발된 것이며, 오히려 아들과 딸에 대한 강한 그리움과 깊이 연루되어 있다.

이와 같은 여성의식은 비단 「소금」만이 아니라, 강경애 소설의 여성 주체들에게서 빈번하게 드러난다. 예컨대『인간문제』의 선비,『어머니와 딸』의 옥이도 봉염이 어머니와 유사한 의식을 내보인다. 선비가 덕호의 성적 억압으로부터 벗어나는 것은 자신의 선택이라기보다는 아들을 낳지 못하는 자신에게 덕호의 호감이 줄어들었기 때문이며, 인천 공장에서도 선비는 확고한 계급의식을 갖게 된다기보다는 간난이의 지시에 따르는 정도이다. 그러므로 선비의 갑작스런 죽음은 계급문제와 직접적인 연관성이 있다기보다는, 첫째의 나아갈 바를 다짐하는 매개로 의미화될 뿐이다.[15] 또한 옥이는 서울로 올라와 교육을 받으면서도 여전히 전통적인 의식에 고착되어 있으나, 소설 말미에서 영실이 오빠가 체포되는 현장을 목격하면서 갑자기 이혼을 결심하고 강한 사회의식의 소유자로 돌변한다.

이러한 결말은 계급의식을 강조하는 작가의식이 과도하게 개입한 결과 드러난 구조적인 결함이며, 여성의식의 한계를 드러낸 것이라는 지적이 있어 왔다. 그러나 그보다는 여성의식의 주체화, 사회화 과정에서 필연적으로 수반되는 균열로 보는 것이 보다 합당할 것이다. 한 번도 스스로 주체적인 존재가 되어 본 적이 없는 하층여성이 여성주체로

---

15) 이에 대한 상세한 논의는 서영인, 앞의 글, 100~105쪽 참조.

서의 정체성을 자각하는 과정은 종종 착종과 비약을 동반하기 때문이다. 봉염이 어머니의 사회화 과정은 하층여성들의 사회적 각성이 얼마나 어려운 과정인가 하는 것을 명징하게 보여준다. 그러므로 이러한 여성 의식의 균열과 간극은 강경애 소설의 여성성을 논의하는데 있어서 좀 더 상세히 살펴보아야 할 대목이다. 감당하기 어려운 모순적인 현실 속에 모호한 사회화 과정이야말로 강경애 소설의 여성 주체들이 내보이는 두드러진 얼굴이기 때문이다. 봉염이 어머니를 중심으로 이를 좀 더 자세히 짚어보기로 한다.

3. 균열과 여성 서사

「소금」의 초두는 용정서 팡둥이 왔다는 기별을 받은 남편이 문밖으로 나간 후, 봉염이 어머니가 남편의 신변을 걱정하면서 가사노동에 열중하는 여성의 일상을 세밀하게 그려내고 있다. 그녀는 집안을 청소하고, 메주를 손질하고, 곡식을 고르는 등 가정 내에서 가사노동에 충실한 모습을 보인다. 이는 가정과 여성을 일치시키는 젠더 이데올로기[16]를 반영하는 것이며, 그녀의 의식은 가부장적 질서 속에 예속된 여성성을 그대로 드러내 보인다. 그녀는 자신을 개별적인 존재로 인식하는 자아 정체성이 결여되어 있고, 가사노동과 분리되지 않은 상태에 고착되어 있다. 예컨대 소금이 부족하여 '장이 싱겁고 온갖 찬이 싱거워 맥없이 술을 놓는 남편'을 보고 '송구'해서 어쩔 줄을 모르며, 끼니때가 되

---

16) 다이애너 기틴스, 인호용 외 역, 『가족은 없다』, 일신사, 1998, 55쪽,

면 남편의 얼굴을 살피면서' '등허리에 땀이 훈훈하게 나도록 훌훌 마시게 국물을 만들어 놓지 못한 자기! 과연 자기를 아내라고 할 것일까?'라고 자책할 정도로 전통적인 여성의식에 젖어 있다. 즉 그녀는 남성 우위의 권력 배분과 종속적인 여성 역할을 고정화하는 가부장적 여성 억압[17]을 그대로 담지하고 있는 것이다.

이러한 봉염이 어머니의 의식은 팡둥네 집에서도 전혀 변하지 않는다. 그녀는 오직 주인의 마음에 들기 위하여 '밤잠을 못자고 미싱을 돌리'고, 팡둥에게 능욕당하고 임신을 하고도 그 사실이 밝혀지는 것을 두려워하면서 가사노동에 몰두한다. 팡둥은 사실상 남편을 죽음으로 이끈 장본인이며, '여름 내 지은 벼를 전부 빼앗아가는' 악덕 지주이다. 또한 그가 봉염이 모녀를 받아들인 것은 '살림에 서투른 젊은 아내'를 대신하여 밥이나 먹여주고 집안일을 시키려는 현실적인 계산 때문이며, 그녀를 겁탈한 후에는 '만족을 채운 그 순간부터 어쩐지 발길로 엉덩이를 냅다 차고 싶게 미운 감정'을 느끼는 파렴치범이다. 팡둥은 그녀를 단지 성적, 경제적 착취의 대상으로만 생각할 뿐이다. 그런데 정작 그녀는 가중되는 고통 속에서도 억압의 실체에 대한 인식은커녕 오히려 팡둥의 친절에 '감격하여 밤잠을 못자고,' 그에게 '끝없는 정'까지 느낀다.

> 그날 밤 후로는 팡둥의 태도가 아무리 좋게 해석해도 냉랭해진 것만 같았다. 처음에는 점잖으신 어른이고 더구나 성미 까다로운 아내가 곁에 있으니 저러나 부다 하였으나 시일이 지날수록 원망스러움이 약간 머리를 들었다. 반면에 끝없는 정이 보이지 않는 줄을 타고 팡둥

---

17) 우에노 치즈코, 『가부장제와 자본주의』 이승희 역, 녹두, 1994, 65쪽.

에게로 자꾸 쏠리는 것을 그는 느꼈다. 그는 한숨을 후 쉬며 이맛가에 흐르는 땀을 씻었다. 언제나 자기도 팡둥을 대하여 주저 없이 말도 건네고 사랑을 받아볼까? 생각만이라도 그는 진저리가 나도록 좋았다. 그러나 자기 주위를 둘러싸고 있는 모든 환경을 깨닫자 그는 울고 싶었다. 그리고 팡둥의 아내가 끝없이 부러웠다. 그는 시름없이 머리를 숙이며 원수로 애는 왜 배었는지 하며 일감을 들었다. (506~507쪽)[18]

이처럼 팡둥에 대한 봉염이 어머니의 감정은 원망스러움과 그리움, 섭섭함과 간절함이 교차한다. 그녀는 팡둥의 무관심을 '점잖으신 어른'의 행동으로 간주할 정도로 물색없으며, 사랑받고 싶은 강한 욕망과 함께 그의 '아내를 끝없이 부러워'한다. 이는 선비가 덕호를 아버지라고 믿고 따르며, 그에게 능욕을 당한 후에는 그가 원하는 '아들을 낳고 이 집에서 살고 싶다'는 소망을 갖고, '옥점이 어머니'에게 질투를 느끼는 것과 동일한 맥락이다. 가장을 죽음으로 이끈 장본인에게 의탁하여, 성적 경제적 착취를 당하면서도, 그들의 친절에 수동적으로 끌려가고, 불행의 늪에서 주체적으로 벗어나지 못한다는 점 등에서 선비와 봉염이 어머니는 동일한 인물이라고 할 수 있다. 이들은 가부장제의 두꺼운 벽 안에 예속적인 존재로 길들여진 여성의식을 잘 반영하며, 또한 지배 담론에 매몰된 여성들이 성적, 계급적 정체성을 자발적으로 깨닫는 길이 얼마나 어려운 일인가 하는 것을 잘 보여준다. 봉염이 어머니의 팡둥에 대한 애착은 그의 아이를 임신한 후 더욱 강해지는데, 이는 가장에 대한 절대적인 의존성을 그대로 보여주는 것이다.

---

18) 강경애 「소금」은 이상경 편, 『강경애 전집』, 소명출판사, 2002를 텍스트로 삼으며, 인용 쪽수만 기재한다.

주지하는 바와 같이 경제적, 성적 착취는 피식민지 여성 억압의 전형적인 문제이며, 이 때 신체는 단지 피동적이고 종속적인 것만이 아니라 담론이나 권력 관계를 생산해내는 장소이다.[19] 팡둥과 그녀와의 왜곡된 관계는 가부장적 성 문제, 자본주의의 계급 문제 그리고 피식민지 민족 문제까지 얽혀 있으며, 이 때 그녀의 육체는 최후의 식민지라 할 수 있다.[20] 소설은 부당한 현실에 저항하지 않고 자발적으로 끌려가는 봉염이 어머니의 수동적인 일상을 세밀하게 묘사해낸다. 한 가지 주목할 것은 그녀가 피동성 안에서도 자신의 욕망을 드러내기도 한다.

> 그는 전 같으면 얼른 팡둥의 뒤를 따라 나갈 터이나 팡둥의 아내가 없는 것만큼 주저가 되었다.
> "배고프지 않아요"
> 이렇게 말하는 그는 웬일인지 눈썹 끝에 부끄럼이 사르르 지나친다. 팡둥은 일감을 휙 빼앗았다.
> "가, 응. 자, 어서 어서"
> 그는 일감을 바라보며 어째야 좋을지 몰랐다. 그리고 이 기회를 타서 집세를 얻어달라고 할까 말까, 할까…… (505~506쪽)

그녀는 팡둥에게 '부끄럼'을 느끼는데, 이는 주종 관계로 수렴되지 않은 성적 욕망을 암암리에 노출시키는 것이다. 견고한 남성 중심적 질서를 따르면서도 그 균열을 통해 완전히 은폐할 수 없는 자신의 본능적인 애욕을 내비치는 것이다. 성은 인간됨 즉 인간 실존과 상호 삼투하

---

19) 조규형, 「탈식민론과 몸—식민에서 디지털까지의 몸 담론」, 고부응 편, 『탈식민주의 이론과 쟁점』, 문학과지성사, 2005, 338쪽.
20) 클라우디아 폰 벨로프 외, 강정숙 외 역, 『여성, 최후의 식민지』, 한마당, 1987.

는 일종의 동전의 양면에 해당한다. 아주 자연스러운 것이며 의지를 발동해 억지로 가지는 것도 아니지만 억지로 억압할 수 있는 것도 아닌, 인간 실존에 퍼져 있는 신경망 같은 것이다.[21] 그러나 그녀의 욕구는 팡둥으로 대변되는 폭력적인 이데올로기에 의해 소거될 뿐만 아니라, '이 기회를 타서 집세를 얻어 달라고 할까 말까'의 망설임으로 이어지면서 절박한 생존문제로 귀결되고 만다. 자연스런 성적 욕구도 당면한 생계문제로 직결되고, 성적 경제적 착취를 감당하는 것만이 유일한 생존 방식일 수밖에 없는 봉염이 어머니는 가혹한 현실에 내몰린 피식민국 여성의 비극을 진솔하게 보여주고 있다.

또한 그녀는 임신한 후 팡둥에 대한 그리움이 깊어지면서도, 아이를 '유산시키려고 별 짓을 다한다'. '양잿물을 마시려고 캄캄한 밤중에 몇 번이나 일어서면서도,' 냉면을 먹고 싶은 강렬한 욕구를 거부하지 못하고, 냉면 한 그릇 먹지 못하고 죽는 것이 못내 억울해 죽음을 포기한다. 아이를 '낳자마자 죽이려고' 굳게 다짐하지만, 출산 후에는 '짜르르 흐르는 모성애' 때문에 차마 죽이지 못한다. 딸들을 먹여 살리기 위해 유모살이를 하는 동안 딸이 죽자, '남의 새끼 키우느라 제 새끼를 죽인' 어미라는 자책감에서 벗어나지 못한다.

이처럼 그녀는 이성과 본능, 현실과 생존 사이에서 늘 흔들리고 충돌하는 불안정한 의식을 내보인다. 이는 그녀가 감당할 수 없을 정도로 가혹한 생존조건과 현실을 내면화하는 데에서 비롯된다. 일관성을 얻기 힘든 그녀의 균열된 의식과 고통스러운 모순은 참담한 상황에서 살아남기 위한 고투의 흔적에 다름 아니다.

---

21) 조광제, 『주름진 작은 몸들로 된 몸』, 철학과현실사, 2003, 99~100쪽.

4. 모성과 여성 서사

강경애 소설의 남성들은 대부분 부재하는데, 이는 집의 부재와 가족의 해체로 이어진다. 그녀의 소설은 남성부재로 인한 가족의 해체와 생존의 위기에서 가족을 지켜나가는 모성의 강인한 생명력을 구체적으로 보여준다. 강경애 소설의 남성들은 죽거나 집을 나가거나 도덕적 판단을 상실한 마약 중독자이다. 특히 간도를 배경으로 하는 소설에서 남성들은 항일 투쟁에 나섰다가 사형을 당하거나 무능한 존재로 등장한다. 「모자」의 승호 아버지, 「어둠」의 영실이 오빠, 「소금」의 봉식이는 항일투쟁과 공산당에 투신했다가 죽음을 당하며, 「마약」의 보득 아버지는 아내를 매춘으로 내모는 마약 중독자이다. 「모자」는 항일투쟁을 하다가 죽은 남편 때문에 살 길이 막막한 승호 모자의 절박한 상황을 그리고 있는데, 승호 어머니는 아들의 백일기침을 '자기에게 옮아오도록 입술을 대고 흠뻑 빨아내면서', 아들이 '아버지가 못다 한 사업을 완성'하기를 굳게 바라고 믿는다. 「마약」의 보득 어머니는 남편이 자신을 진서방에게 팔아넘겼다는 사실을 알면서도 원망은커녕, '보득일 데리고 애를 태울' 남편을 걱정하면서, '보득이만 있다면 되놈에 집에서 되는대로 지내리란' 생각까지 하며, 집으로 돌아가기 위해 목숨을 걸고 탈출한다. 이처럼 그녀들의 모성은 무조건적이고 본능적이다. 이 때 남성부재는 국가 상실과 식민지 현실을 상징하는 바, 이는 여성의 질곡이 식민주의와 직결되어 있음을 의미한다.

「소금」은 만주사변을 전후하여 일제와 중국 당국의 조선인 탄압이 한층 고조되고 간도 일대가 극도의 혼란에 휩싸였던 사회상을 배경으로 삼고 있다. 당시 간도는 일본과 중국, 우리나라의 정치적 이해관계

가 충돌하고, 제국주의와 식민주의, 민족주의와 공산주의 등 서로 다른
이데올로기가 교차하는 공간이었다. 특히 조선인 농민들은 중국 지주
들에게 착취당하고, 자위단, 보위단, 공산당, 마적단들에게 번갈아가며
재물을 강탈당하면서 목숨이 경각에 달린 절박한 상황에 놓여 있었다.
「소금」은 남편과 아들의 무고한 죽음으로 인한 가족 해체와 봉염이 어
머니의 가혹한 시련을 통해 폭력이 일상화된 간도의 처참한 현실을 집
약적으로 드러낸다. 간도라는 공간이 남성 중심적 제국주의 및 자본주
의의 모순이 중첩된 곳이라고 할 때, 하층민 여성들은 그 다중적인 질
곡이 겹쳐지는 위치이다.[22] 「소금」의 봉염이 어머니는 패권주의의 타자
의 위치와 자본주의의 타자의 위치에서 식민지 현실에 직면한 여성의
식을 드러내는데, 그것은 모성을 통해 체현하고 있다. 전술한 바와 같
이 봉염이 어머니는 남편이 죽은 후, 팡둥 집에 기거하면서 성적, 계급
적 착취를 당하며, 아이까지 임신한다.

> 그는 팡둥의 얼굴을 머리에 그리며 원망스러운 듯이 바라보았다.
> 생각하면 자기 죄 같지는 않았다. 그런데 왜 자기는 선뜻 팡둥에게 이
> 말을 하지 못하는가. 그리고 그렇게 먹고 싶은 냉면도 못먹고 이때까
> 지 참아 왔던가. 모두가 자기의 못난 탓인 것 같다. '왜 말을 못해, 왜
> 주저해, 이번에는 말할테야. 꼭 할테야. 그리고 냉면도 한 그릇 사다
> 달라지' 하며 그는 눈앞에 냉면을 그리며 침을 꿀꺽 삼켰다. (507쪽)

이와 같이 봉염이 어머니는 팡둥의 아이를 임신한 것에 대한 죄의식
이 전혀 없다. 그녀에게 팡둥은 성폭행의 가해자라기보다는 아기의 아

---

22) 나병철, 『탈식민주의와 근대문학』, 문예출판사, 2004, 322쪽.

버지로서의 존재감이 훨씬 더 크다. 때문에 팡둥에게 쫓겨난 후에도 그에 대한 미련을 버리지 못하는 것이다. 그녀가 일말의 죄의식을 느끼는 것은 헛간에서 아이를 출산하면서 딸 봉염이의 '시선이 거북스럽고' 딸에게 미안함을 느낄 때뿐이다. 그녀는 피묻은 빨래를 들고 '딸이 나가는 것을 보고 저것이 추울 터인데 하며 자신이 끝없이 더러워 보이는' 것을 자인한다. 그녀의 자책감은 추운 날씨에 딸을 밖으로 내보내는 것에 대한 어머니로서의 안타까움이지, 팡둥의 아이를 낳았다는 사실에 대한 윤리적인 가책이 아니다. 본질적으로 모성은 주체/객체, 안/밖, 자국/타국의 경계를 남나드는 것이며, 민족과 국가, 적과 아군의 경계가 허물어지는 공간이다. 자식과 분리되지 않으며 공사의 경계와 개체의 경계를 흐리는 것이야말로 모성이 지닌 위험한 힘이다.[23] 봉염이 어머니의 모성애도 이념과 민족의 경계를 무너뜨리고, 도덕과 윤리의 범위를 벗어나며, 맹목적이고 본능적이다. 따라서 그녀의 모성애는 생물학적인 차원도 넘어선다. 그녀는 봉식이와 봉염이 뿐만 아니라 팡둥의 자식인 봉희, 그리고 유모로 들어가 키운 명수에게까지 짙은 모성애를 느낀다. 봉염이와 봉희가 죽은 후에는 명수에 대한 그리움으로 애를 태운다. 그녀에게 있어서 유모살이는 단지 생계를 위한 수단이 아니며, 자기 젖을 먹여 키운 아이는 다 자기 자식인 것이다.

무엇보다 봉염이 어머니가 팡둥 집에서 온갖 고초를 견뎌냈던 것은 오직 아들의 소식을 듣기 위해서이다. 사실상 그녀가 팡둥 집에 얹혀살게 된 단초가 '봉식이가 다녀갔다'는 말 한마디이기 때문이다. 그녀는

---

23) 이은경, 「광기/자살/능욕의 모성 공간」, 태혜숙 편, 『한국의 식민지 근대와 여성 공간』, 여이연, 2004, 126~127쪽.

아들이 공산주의자이며 그로 인해 사형 당했다는 엄연한 사실조차 끝까지 믿지 않는다. 그녀는 계급적인 각성을 촉구하는 공산당의 연설을 들으면서도 딸을 떠올리고, 아들의 행방을 걱정하는 등 모든 사고와 행동이 자식과 미분리 상태에 놓여 있다. 이처럼 그녀의 모성은 분열적이고 무모하며, 이성적이고 논리적인 판단이 무의미한 실체이다. 그리고 「소금」은 모성애가 강한 식욕을 동반하는 경우가 빈번한데, 이는 단순한 허기가 아니라 모성이 생명과 직결되어 있음을 의미한다. 그녀는 남의 집 헛간에서 아기를 낳고, 먹을 것이 없어 파뿌리를 입에 넣으면서 '내가 왜 죽어 꼭 산다. 너희들을 위하여 꼭 산다'라고 다짐하며, 오히려 '삶의 환희'를 느낀다. 이는 다소 과장적으로 표현되어 있기는 하지만, 모성이 지닌 원초적인 생명력을 극적으로 드러낸 것이다. 또한 모성은 이 소설의 서사를 이끄는 소금과도 직결되는데, 그것은 모성-소금-생명은 동일선상에 놓이기 때문이다.

즉 그녀에게 있어서 모성은 온갖 폭력적인 이데올로기를 건너는 힘이며, 비루한 현실을 극복하고 추동하는 유일한 힘이다. 성적, 계급적, 민족적으로 타자의 위치에 있는 그녀가 구체적인 현실과 소통하고, 체험하는 유일한 창은 모성을 통해서이다. 따라서 봉식이 어머니의 사회적 각성 과정은 추상적인 관념이 아니라 구체적인 현실과 결부된 모성을 통해서 직접적으로 체득하는 것이라는데 주목할 필요가 있다.

5. 결론

본고는 「소금」에 반영된 여성의식은 무엇이며, 그것은 어떠한 독특한 문학적 성취를 이루고 있는지를 살펴보았다. 이 글에서 좀 더 관심을 기울인 것은 그동안 강경애 소설의 여성성을 둘러싸고 제기된 쟁점들, 즉 여성 서사의 다중성과 비일관성, 요컨대 여성담론이 여성, 계급, 민족 문제 등을 중첩적으로 함축하고 있으며, 여성 주체들의 사회화 과정에서 비약과 한계를 드러낸다는 점 등을 천착하는 것이었다. 논의 결과를 요약하면 다음과 같다.

「소금」은 봉염이 어머니의 수난을 통해 성적, 계급적, 민족적 억압이 중첩된 피식민지 여성의 질곡을 형상화하고 있다. 그녀는 고향-간도의 싼더거우(三頭溝)-용정의 팡둥 집-해란강변의 셋방과 두만강으로 아주를 거듭하면서 가족과 집, 삶의 터전을 모두 잃고, 소금 밀매업자로 전락한다. 소금 밀매가 발각되는 순간, 비로소 계급의식을 자각하는데, 그녀의 계급적 각성은 다소 비약적이고 모호하다. 그런데 균열되고 내적 일관성이 희박한 여성주체는 자본주의와 식민주의 그리고 남성중심 가부장제에서 타자로 존재할 수밖에 없는 여성성을 극명하게 체현하고, 전망 부재의 현실에서 실존적 절박함을 환기하는 진정성을 드러내는 것이다. 또한 「소금」의 여성주체는 이성과 본능, 현실과 생존 사이에서 종종 충돌하고 흔들리는 불안한 의식을 내보이는데, 이는 감당하기 어려운 가혹한 현실을 내면화하는 데에서 비롯되며, 그녀의 모순은 참담한 상황에서 살아남기 위한 고투와 상처의 흔적인 것이다. 그리고 여성주체가 온갖 폭력적인 이데올로기와 비루한 현실과 소통하고 극복하는 힘을 내장하는 것은 모성을 통해서이며, 이 모성은 구체적인 현실과 결부되어 사회적 각성을 체득하는 실체이기도 하다.

참고문헌

1. 자료

교육과학기술부고시 제2012-14호, 별책 5권, 『국어과 교육과정』

교육부, 『초 중 고등학교 국어과 한문과 교육과정 기준(1946~1997)』, 교육부, 2000.

김종철 외, 『국어』 1, 천재교육, 2014.

박영목 외, 『국어』 1, 천재교육, 2014.

박태원, 「9월 창작 평」, 『매일신보』, 1933. 9. 22.

_____, 「창작여록─표현, 묘사, 기교」, 『조선중앙일보』, 1934. 12. 22.

_____, 「1934년의 조선문단」, 『중앙』, 2권 12호, 1934. 12.

_____, 「솟곱」, 『매일신보』, 1935.10.27.~11.1.

_____, 「김후직」, 『소년』, 1940. 10.

_____, 「어린이 일기」, 『어린이 신문』, 1945. 12. 1.

_____, 「이순신 장군」, 『주간 소학생』, 1947. 1. 1.

_____, 『중등문범』, 정음사, 1946.

_____, 『중등작문』, 정음사, 1948.

신형기 외, 『과학 글쓰기』, 사이언스북스, 2006.

우한용 외, 『국어』 1, 비상교육, 2014.

윤영수(1997), 『자린고비의 죽음을 애도함』, 창작과비평사.

이숭원 외, 『국어』 1, 좋은책신사고, 2014.

정희모 외, 『대학 글쓰기』, 삼인, 2009.

조한설 외, 『국어』 1, 두산동아, 2014.

한철우 외, 『국어』 1, 비상교육, 2014.

Ann Raimes, *Keys For Writers*, Boston : Houghton Mifflin, 2004.

2. 단행본

강진호 외, 『국어 교과서와 국가 이데올로기』, 글누림, 2007.

강현구, 『문화콘텐츠의 서사전략과 인문학적 상상력』, 글누림, 2008.

구인환 외, 『문학교육론』, 삼지원, 2012.

국립중앙도서관, 『한국교과서 목록』, 국립중앙도서관, 1979.

김근호, 「이태준 소설의 서사윤리와 소설교육」, 『현대소설연구』 54권, 2013.

김동환, 「문학교육의 관점에서 본 소설 읽기 방법의 재검토—교과서 속의 「메밀꽃
　　　필무렵」」, 『문학교육학』 제22호, 2006.

김만수, 『문화콘텐츠유형론』, 글누림, 2006.

김상태, 『문체의 이론과 해석』, 집문당, 1993.

김준오, 『 한국현대시와 패러디』, 현대미학사, 1996.

김천영, 『문화콘텐츠 기획을 위한 인문학의 활용방안 연구』, 한국교육개발원,
　　　2002.

김혜련, 『일제강점기 조선어과 교과서와 조선인』, 역락, 2011.

민족문학사 편, 『민족문학사 강좌』 하권, 창작과비평사, 1993.

변학수, 『문학치료』, 학지사, 2004.

＿＿＿, 『프로이트 프리즘. 문학 그리고 영화』, 책세상, 2004.

우한용 외, 『소설교육론』, 평민사, 1993.

정운채, 『문학치료의 이론적 기초』, 문학과 치료, 2006.

정현숙, 『한국현대문학의 문체와 언어』, 푸른사상, 2005.

차봉희 편, 『수용미학』, 문학과지성사, 1985.

차봉희 편, 『독자반응비평』, 고려원, 1993.

허재영, 『국어과 교과서와 교재지도 연구』, 한국문화사, 2006.

_____, 『일제강점기 교과서 정책과 조선어과 교과서』, 도서출판 경진, 2009.

라만 셀던 · 피터 위도우슨 · 피터 부루커, 정정호외 역, 『현대문학이론 개관』, 한신
문화사, 2000.

브루스 핑크, 맹정현 역, 『라캉과 정신의학』, 민음사, 2003.

3. 논문

곽경숙, 「대학 글쓰기 교재의 비교분석」, 『한국언어문학』 제68집, 한국언어문학회,
2009.

김민정, 「이공계생을 위한 글쓰기 교육의 방법론과 운영에 대한 연구」, 『한국문학
이론과 비평』 제34집, 한국문학이론과 비평학회, 2007.

김병길, 「대학 글쓰기 평가방법과 실태 연구」, 『작문연구』 제8집, 역락, 2009.

김상현, 「이공계 학생들을 위한 글쓰기 강좌의 운영 : 서울대학교 과학과 기술 글
쓰기 강좌 운영 사례를 중심으로」, 『철학과 현실』 통119호, 철학문화연구
소, 2008.

김성숙, 「미국의 대학 글쓰기 교육과정과 평가」, 『작문연구』 제6집, 역락, 2008.

김신정, 「대학 글쓰기 교육에서 글쓰기 센터(Writing Center)의 역할—미국 대학의
운영 사례를 중심으로」, 2007.

김재호, 「'공학인증제'와 교양교육 : 서울대학교 과학과기술 글쓰기 교과내용 개설
의 필요성을 중심으로」, 『철학사상』 28호, 2008.

김형중 외, 「뉴미디어 시대 문학의 새로운 지형을 말한다」, 『문학동네』 가을호,
2004.

나동광, 「「자전거」에 대한 심리치료적 연구」, 『한국문학이론과 비평』 36집, 2007.

박권수, 「이공계 과학글쓰기 교육을 위한 강의 모형—연세대학교의 〈과학글쓰기〉
를 중심으로, 2006.

박기범, 「고등학교 문학교과서의 현대소설 제재분석」, 『문학교육학』 제37호, 2012.

박상언, 「'책 밖'의 문학을 위하여」, 『경기일보』, 2007. 10. 23, 19면.

박상태, 「이공계 대학생을 위한 글쓰기 교육 개선 방안에 대한 연구 : 성균관대학

교 율전캠퍼스 사례를 중심으로」, 『작문연구』 제7집, 역락, 2008.

박진숙, 「동화의 출발점으로서의 심심함이라는 기제」, 『구보학보』 9집, 구보학회, 2013, 357~362쪽.

변학수, 「문학치료와 문학적 경험」, 『독일어문학』 10집, 2006.

_____ · 채연숙 · 김춘경, 「문학치료와 현대인의 정신병리」, 『뷔히너와 현대문학』 28~30집, 2006~2008.

서영란, 「한 작가의 문학관이 6개나 되는 나라, 러시아」, 한국문학관협회 홈페이지, 2005.

신상성, 「문학 심리치료를 위한 이론적 접근」, 『학생생활연구』 4집, 용인대학교 학생생활연구소, 1996.

양윤모, 「교과서 수록 현대소설과 정전의 형성과정 연구—고등학교 국어 및 문학 교과서 수록 작품을 대상으로」, 『한국어문연구』, 2012.

엄경희, 「이효석 평론에 나타난 문학 정체성」, 『한국문학이론과 비평』 38집, 한국문학이론과 비평학회, 2008.

엄흥섭, 「평자의 교양문제」, 『조선중앙일보』, 1935. 3. 1.

오현숙, 「해방기 박태원 문학의 두 가지 갈래」, 방민호 편, 『박태원문학 연구의 재인식』, 예옥, 2010.

우한용, 「문학교육과 문화론」, 서울대학교 출판부, 1997.

윤여탁 외, 『국어교육 100년사』 I, 서울대학교 출판부, 2006.

이광우, 「창의적 체험활동 교육과정의 편성 · 운영」, 『청소년활동과 창의적 체험활동 연계 · 활성화를 위한 청소년기관 종사자 직무교육』, 국립중앙청소년수련원, 2010.

이응호, 『미군정기의 한글운동사』, 성청사, 1974.

이효석, 「건강한 생명력의 추구」, 『이효석 전집』 6권, 창미사, 2003.

인문콘텐츠학회, 「문화콘텐츠 입문」, 북코리아, 2006.

임혜원, 「한국어 빛과 색의 은유적 확정」, 『담화와 인지』 제12권 3호, 담화인지학회, 2005.

전상국, 「강원도 소재 문학관의 운영 실태와 전망」, 강원사회연구회 편, 『강원문화의 이해』, 한울아카데미, 2005

정경운, 「한국문화콘텐츠 활성화 방안연구—국내 문학관 프로그램 운영방식을 중심으로」, 『현대문학이론연구』 25권, 2005.

정우영, 「누가 문학관을 살리는가」, 한국문학관협회, 2005.

정혜승, 「좋은 국어교과서의 요건과 단원 구성 방향」, 『어문연구』 제34권 4호, 2006.

정희모, 「대학 글쓰기 교육과 과정 중심 방법의 적용」, 『현대문학의 연구』 제29집, 현대문학연구회, 2006.

_____, 「대학 글쓰기 교육과 사고력 학습에 관한 연구」, 『현대문학의 연구』 제25집, 2005.

주민재, 「정교화이론을 활용한 대학 글쓰기 교재분석 연구」, 『작문연구』 8집, 역락, 2009.

최상민, 「공학인증제와 글쓰기 교육 : 전남대학교 글쓰기 교재분석을 중심으로」, 『한국언어문학』 제68집, 한국언어문학회, 2009.

최병우, 「문학교육학의 이론적 범주와 문학교육의 방법」, 『문학교육학』 제40호, 2013.

허재영, 「일제강점기 조선인을 대상으로 한 일본어 보급 정책」, 『담화인지언어학회 학술대회 발표논문집』, 담화인지언어학회, 2004. 4.

_____, 「국어과에서의 쓰기교육변천 연구—근대계몽기로부터 건국기까지의 쓰기교육」, 『어문론총』 24호, 한국문학언어학회, 2005.

마끼세 아끼꼬, 「해방기 박태원과 교과서—「어린이 일기」 『중등국어교본』 『중등문범』을 중심으로」, 『구보학보』 9집, 구보학회, 2013, 325~337쪽.

4. 기타

김유정문학촌   www.kimyoujeong.org

영인문학관   www.youngin.org

한국문학관협회   www.munhakwan.com,

한국현대문학관   www.kmlm.or.kr

황순원문학촌 소나기 마을   www.sonagivillage.kr

찾아보기

// 작품, 자료 //

ㅇ

ㅈ

인명

// 용어 //